当你老了，白了头，睡意也浓，

正颔首附火，请取下这部诗作，

且款款读……

丽达与天鹅

叶芝诗歌新译详注

[爱尔兰] 叶芝　著　　萧俊驰　编译

WUHAN UNIVERSITY PRESS

武汉大学出版社

图书在版编目(CIP)数据

丽达与天鹅:叶芝诗歌新译详注:英、汉/(爱尔兰)叶芝著;
萧俊驰编译.—武汉:武汉大学出版社,2022.1(2022.10 重印)
ISBN 978-7-307-22452-0

Ⅰ.丽…　Ⅱ.①叶…　②萧…　Ⅲ.诗集—爱尔兰—现代
Ⅳ.I562.25

中国版本图书馆 CIP 数据核字(2021)第 139452 号

责任编辑:郭　静　　责任校对:汪欣怡　　整体设计:马　佳

出版发行:**武汉大学出版社**　　(430072　武昌　珞珈山)
　　　　　(电子邮箱:cbs22@ whu.edu.cn 网址:www.wdp.com.cn)
印刷:武汉邮科印务有限公司
开本:880×1230　1/32　印张:16.25　字数:364 千字　插页:1
版次:2022 年 1 月第 1 版　　2022 年 10 月第 2 次印刷
ISBN 978-7-307-22452-0　　　定价:48.00 元

The translation is for Pierre Y C X

此译实为裕昌而作

序

钟锦

叶芝之慨人生也，年貌盛而心智弱，精神强则形骸衰，无往而非雠对。故写之诗中，每作玄思。虽可译也，殊难尽思。思有雠对，渐及文辞亦然。中年而后，其辞备雅俗、合奇正，其文平而崛，动而整，诚杰作也。虽操英伦语者，犹难措手，遑论译写之徒耶？噫，吾知叶芝之艰于迻译也。

萧子俊驰从事叶芝诗有年矣，诚有所得，故知今之译本或不能当其意。乃以新译见示，然不语，俾吾自悟。吾知其译且注者，释玄思，析妙辞，盖汲汲乎惧人之失叶芝也，不嫌捐力如此。然吾不能知其心智之所穷。何者？叶芝文辞之妙固吾所难尽会，萧子之迻译又吾所难尽同也。盖追慕叶芝，太浅易则失其雅、正、平、整，太雕饰则失其俗、奇、崛、动，尚安在其合雠对之妙也？故萧子之迻译，体在文言、白话之间，或用避其失欤？而吾疑文言、白话之不能和，萧子之功或徒在思际，转失于纸上矣。

吾旧日亦尝迻译叶芝，无能追摹其中年后作，取早年轻靡之调，即《值汝老》也。世之盛传其诗，亦为其轻靡易诵耳。虽然，尝试取以譬萧子。吾之译，其题曰《反白头吟》，其诗曰：

一旦红颜向老衰，白头吟倦漫低垂。何人为拨通红火？映出明眸善睐时。

卷帘一顾总倾城，谁是当筵最有情？可惜赏心终不会，繁华凋尽转凄清。

熏笼斜倚正愁浓，来不空言去绝踪。寻到遥山山顶上，满天星斗隐君容。

文全用旧体之则，固自与白话龃龉。再取余光中之译，题云《当你年老》，诗云：

当你年老，头白，睡意正昏昏，
在炉火边打盹，请取下此书，
慢慢阅读，且梦见你的美目，
往昔的温婉，眸影有多深；

梦见多少人爱你优雅的韶光，
爱你的美貌，不论假意或真情，
可是有一人爱你朝圣的心灵，
爱你脸上青春难驻的哀伤；

于是你俯身在熊熊的炉边，
有点惘然，低诉爱情已飞扬，
而且逡巡在群峰之上，
把脸庞隐藏在星座之间。

余公白话尚饶古意，然究与旧体隔。求其合，吾译未及余公，若其离，吾译转有超绝处。萧子则将两全之，其译《当你老了》：

当你老了，白了头，睡意也浓，
正颔首附火，请取下这部诗作，
且款款读，梦涵那秋水的柔波，
似你如初双眸，亦涵邃影其中。

多少人思慕你明媚温雅的韶辰，
并贪爱你的花容以真爱或虚情，
唯一人曾挚恋你朝圣者之魂灵，
还眷爱你垂老容颜上几许愁痕。

再俯下身倚着那炉火映照的阑，
喃喃，清愁自语，爱神何逝，
亦何遁陟群山之天际，
又隐尊颜于星汉其间？

其之求和也，意自极深。然文言与白话之雠对，固非英伦文字之雅、正、平、整与夫俗、奇、崛、动也，其不可强和，或非人力所能欤？

虽然，萧子之用力于叶芝也深，求全于雠对也苦，即徒在思际，亦不嫌失于纸上也。余公吾不敢论，萧子之译，固超然远凌吾上矣。而况其并叶芝中年后作皆能迻译耶？夸父逐日，虽止半途，名犹昭昭在后世。萧子以斯人之徒哉！

庚子十一月初五，钟锦序。

灵秘梦地的浪游者①
（代译序）
——叶芝以及叶芝诗歌的翻译

　　1923 年 12 月 10 日，瑞典文学院经过一系列评选程序，最终将当年的诺贝尔文学奖颁发给了一位终身致力于爱尔兰文学复兴运动的诗坛旗帜。这位年近六旬的老人，以其充满灵性而又洋溢民族精神的诗歌创作，成为第一位获得"诺贝尔文学奖"的爱尔兰人。以其一人之殊荣，使爱尔兰这个孤悬欧陆一隅的岛国得以向欧罗巴、向全世界昭示其民族与生俱来的文艺天赋，从而在世界文学版图中生生开辟了独具风格的一席之地。

　　这位爱尔兰的老者也被誉为"20 世纪最伟大的英语诗人"，他就是这部诗歌选集的作者——叶芝。

---

　　① "灵秘梦地"：拉丁语 Spiritus Mundi，直译是"众灵的世界"，这一概念出自 17 世纪英国剑桥柏拉图学派的领袖人物亨利·摩尔。他受犹太教卡巴拉神秘主义传统启发，结合基督教义创造了这一灵学概念，可理解为"灵界、灵境"——是一个超现实的、所有人类灵魂和记忆的集合之所，音译则为"斯庇意多思梦地"。叶芝自己曾解释道，所谓斯庇意多思梦地是"不再属于任何人格或灵性的众像之总库"，类似于荣格所称之"集体无意识"。

一、叶芝的生平及其创作

威廉·巴特勒·叶芝（William Butler Yeats，1865—1939），其中文译名或作"叶慈""耶茨""夏芝"等，是爱尔兰杰出的诗人、戏剧家、作家和社会活动家。1865 年 6 月 13 日，叶芝降生在爱尔兰首府都柏林郊区桑迪蒙堡的一栋名为"乔治维尔"的住宅楼里，其父约翰·叶芝虽然在后世以肖像画家的身份知名于世，但当时还只是一名刚刚放弃职业律师身份转而追寻艺术理想的文艺青年。为纪念孩子已故的祖父威廉·巴特勒·叶芝牧师，年轻的父亲满怀深情地用自己父亲的教名"威廉"给自己的第一个孩子命名并受洗。于是，这个艺术和宗教氛围浓厚的小家庭的长子——威廉·巴特勒·叶芝，自呱呱坠地便继承了祖父的全名，他家族的传统似乎注定要在他的人生道路上，留下不可磨灭的印记。

（一）启蒙的年代。1867 年，叶芝的父亲去英国伦敦的皇家学院接受绘画专业训练。这一年的 7 月，两岁的叶芝随全家从爱尔兰的老家斯莱戈搬到伦敦摄政公园旁的菲茨罗伊街。但因在伦敦的生活相对清贫，叶芝的母亲苏珊经常带着孩子们回到斯莱戈的娘家居住。

老家斯莱戈是叶芝童年的乐园，是对他"真正影响最大的地方"。大西洋的海浪以及岁月的淘洗，雕刻出了爱尔兰西部峻峭的轮廓。小城斯莱戈正坐落于此。这里有蜿蜒的海岬、雄奇的山峦和神秘的森林，还有数不清的沼泽和湖泊，就像珍珠一样播撒在广阔的绿野，传说中有许多凯尔特的精灵居住其间。旖旎的自然风光孕育着浓厚的风土人情。在这里，舅舅家的女佣给叶芝讲述凯尔特的神话故事，私塾里的老太太教他哼唱西部爱尔兰的民谣小调，邻居老奶奶为他朗读诗歌，马倌儿小伙伴拉着他一起读着某本破旧的《奥伦治歌谣集》……

当然，影响他最深的还是他那位注重人格教育的父亲，虽然这种教育方式通常比较粗暴，但画家父亲富于人文主义的言传身教，使叶芝自幼便对古代哲学和文艺有着浓厚兴趣。父亲曾带七八岁的叶芝坐在海边，为他朗诵《古罗马诗选》、英国文豪司各特的长诗《最后的游吟诗人之歌》以及梭罗的《瓦尔登湖》等经典，这大概是叶芝后来在作品中所表现的浓郁的古典主义、神秘主义和自然主义倾向之渊源。

1876 年，叶芝全家回到伦敦，寓居在贝德福园附近的公寓。不久，他被送入郭德尔芬小学念书。这是一间平民小学，由于被认为来自爱尔兰的穷乡僻野，即便是出生于基督教的新教家庭，他在学校依然受到了同龄人的霸凌，他逐渐孤立于其他同学，特别是男同学。在郭德尔芬小学的经历也让他更加怀念故乡爱尔兰，怀念老家斯莱戈的山水与那里淳朴的人民。他后来写的《湖屿茵内思佛意》等一些知名的诗作，便带有这段时期思乡之情的真实流露。当然，对英国同龄学伴们的厌恶之心，事实上也启发了他最初的爱尔兰民族意识。他认识到哪怕讲的都是英语，信奉的都是新教，但是英裔爱尔兰人和宗主国英国人是不一样的。

15 岁时，叶芝终于随家人迁回了爱尔兰，定居在都柏林的豪士区。叶芝先是进入史密斯中学读书，随后他拒绝了前往父祖都曾负笈的都柏林三一学院学习法学或神学的机会，而选择转学去都柏林首府艺术学校学习绘画。在这所父亲曾任教职的艺术学校里，叶芝逐渐发现相对于美术而言，自己更为感兴趣的艺术领域其实是诗歌，于是又弃画从文。这一时期，他的诗作经常发表在《都柏林大学评论》等青年文学刊物上，还出版了一部诗选——《"青年爱尔兰"诗歌谣曲选》，成为都柏林学生界的诗歌新秀。在此期间，以文学为媒，他结识了对他一生的思想产生过重大影响力的精神导师、爱尔兰民族主义革命家约翰·欧李尔瑞，在他指导下开始广泛阅读塞缪尔·费格生等爱尔兰作家的文学作品以及用英语改写自盖尔语的书籍，奠定了对爱尔兰文学传统的终身兴趣。与此同时，他还结识了道格拉斯·海德、乔治·拉塞尔、凯瑟琳·缇婳等文字知交，其中的一些人后来和他共同扛起了爱尔兰文学复兴的大旗。

此时的欧洲，占星术、通灵学等神秘主义思想颇为盛行，受此风潮的影响，再加上童年在斯莱戈接受的凯尔特民间文化的共同作用，叶芝在这一阶段对神秘主义表现出非常浓郁的兴趣。他以艺术学校的同学为主体，联合乔治·拉塞尔等人创立了"都柏林秘术研究会"，并自任会长，通过研究《奥义书》《吠陀经》和新柏拉图主义者、现代神秘论者等著作，宣扬东方宗教和秘术。1886年，叶芝邀请正在伦敦讲学的孟加拉婆罗门摩悉尼·刹特吉访问都柏林，宣讲古印度吠檀多学派的离欲、出世之说，随后确立了对轮回说的终生信仰。按照刹特吉所授的神智学方法，冥想和祈祷都是直接体验和感知上帝的重要途径。40多年后，叶芝曾回忆当年按刹特吉传授的法门，将自己冥想入定时的官感用意识流的方式，写进了诗里：

旧恋人还能拥有

时间阻绝的一切——

坟丘垒上坟丘

他们得以慰藉——

覆盖这昏黑大地

古老军队折冲，

孳息覆于孳息

如此剧烈之炮轰

可以将时间轰逋，

孳息日、灭寂日，相遇，

噢，如圣贤所云，

人类舞于不死之步。

(《摩悉尼·刹特吉》，1929)

1887年，随着父亲绘画事业的发展，叶芝一家再度定居伦敦。正如他后来所说，"古老的爱尔兰文学成了我一生想象力的主要启发"。他在这一时期的创作如著名的叙事长诗《莪相漫游记》等，多取材于爱尔兰本民族的古代神话、历史故事以及民间传说，创作内容在伦敦诗歌界看来非常新鲜，风格又非常符合当时盛行的唯美主义审美。新奇的题材、唯美的诗风以及异域的情调，让这位年轻的诗人一时间声名鹊起，当时活跃在伦敦文坛的莫里斯、萧伯纳、王尔德等文豪纷纷与之订交。

和在都柏林一样，叶芝一方面进行文艺创作，同时还在文学作品的编辑和出版方面展示了热情。定居伦敦的第二年，叶芝编选出版了《爱尔兰乡野志怪俗讲》一书，书中搜罗整理了大量的爱尔兰民间传说。后来又出版了志怪散文集《凯尔特薄暮》。他也因此一度被认为是爱尔兰民间文学的权威。

在伦敦期间，叶芝还做了几件重要的事情。1891年，他以唯美和古典主义为号召在伦敦聚集一帮文学青年，组建了一个名为"诗人俱乐部"(Rhymers' Club)的文学团体。他花了大量精力同俱乐部的成员活跃在各种文学沙龙，一起探讨文学理想，并共同从事某些神秘主义活动。俱乐部的同侪莱昂内尔·约翰生、欧内斯特·道生等一些人后来在文学方面取得了一定成就。为宣传爱尔兰传统文化，他还在伦敦成立了"爱尔兰文学会"，并联合欧李尔瑞在都柏林组建了"民族文学社"。当然，对叶芝个人而言，在伦敦的这段经历中，最重要的还是认识了自己一生的挚爱与苦恋——茉德·冈。

(二)浪漫又曲折的情史。叙述叶芝的生平，必然绕不开一位女性的名字——茉德·冈(Maud Gonne，1866—1953)，爱尔兰民族主义革命者、女演员，16岁时跟着任英国上校的父亲到爱尔兰的都柏林赴任，并逐渐成为当地知名青年演员。她在都柏林深切感受到了爱尔兰人民遭受英人压迫的悲惨生活，思想上逐渐开始同情爱尔兰人民，终于毅然放弃了都柏林上流社会的生活，投身到轰轰烈烈的爱尔兰民族独立运动中，并先后成为土地同盟、"爱尔兰之女"等一系列爱尔兰政治组织的重要成员。

1889年1月30日，年方廿二的茉德·冈怀揣欧李尔瑞的介绍信，去叶芝在伦敦的家中拜访他的画家父亲。正是这次在家中的邂逅，让叶芝对茉德一见钟情，随后陷入了近乎痴狂的爱恋。

而这段刻骨铭心的初遇，让叶芝在自传中写道：

> 她（茉德·冈）艳丽风华，仿佛阳光倾落在苹果的花。我记得初见那日，她便在如此的一团花间，伫立窗前。

他在回忆录中也写到这一刻：

> 她走过一扇窗前，摆弄瓶花一抹。一十二年后，我将此情此景写入诗行——"她摘落，苍白的花朵。"

茉德这样一位风华绝代的佳人凝立在明媚的窗前，身后摇曳着盛开的苹果花——这一幕在叶芝脑海里留下了难以磨灭的印记，以至于苹果花这一意象在他今后的诗中简直成了茉德的象征。此后在叶芝的心中和笔下，苹果花便是茉德的化身。譬如其名篇《箭镞》写到：

> ……玉女初长成之时候，
> 颀身亦雍容，玉颜与酥胸犹带
> 娇媚之色彩宛如苹果花开。

又如在《浪游的安歌士之歌》中描绘一位银色鳟鱼变化而成的小姑娘，也说：

> 小鱼变个小姑娘，晶莹闪亮
> 苹果之花，冠其妙鬘。

这表明叶芝实际上也是将以上这些诗中女子的形象都作为了茉德的化身。看到这里，中国的读者可能会联想到盛唐诗人崔护，这位诗人先于叶芝一千余年就曾写下"去年今日此门中，人面桃花相映红"这样的诗句。当然，崔护虽然邂逅了佳人，但"人面不知何处去，桃花依旧笑春风"，最终物是人非，余恨怅然；而叶芝则因为这"春花人面"的惊鸿一瞥，让自己一生的情感陷入纠结。

在初识直到叶芝离世逾一甲子的时光里，叶芝陷入对茉德·冈疯狂的爱恋。他们是研修秘术的同道，甚至在秘仪中缔结了"灵婚"；他们也是探讨文学艺术与理想的知音，结伴游历的足迹遍及爱尔兰、英国和欧洲大陆。叶芝一生曾在 1891 年、1899 年、1900 年、1901 年和 1916 年总计五次向茉德求婚，但均遭拒绝。在 1916 年最后一次求婚遭拒后，叶芝甚至爱屋及乌地把求婚对象转向茉德的"养女"伊瑟勒特(实际是茉德和法国右翼政客吕西安的私生女)，当然结果同样也未能如愿。

事实上，茉德的感情世界丰富而复杂，她一生拥有多段情史，对叶芝的感情也始终若即若离。她早在认识叶芝之前就已在巴黎和年长而富有的政客吕西安相恋，在 1889 年有了私生子乔治。认识叶芝不久后，不到两岁的小乔治就意外夭折。这段时间茉德与叶芝交往，除了对叶芝的殷勤怀有自然好感外，很可能抱有借助叶芝的陪伴，以及叶芝所精通的源自神秘主义宗教的所谓"灵力"来排遣丧子之痛的心理。在终身大事上，茉德也并没有将叶芝放在第一选择。1903 年，她与革命战友约翰·麦克布莱德成婚，先是遭受家暴分居，随后麦克布莱德参加复活节起义失败遭到枪决，她成了寡妇。每当茉德遭遇家庭或生活上的不幸，她便会找到叶芝，通过他或者他所信奉的神秘主义宗教来寻求情感上的抚慰。而叶芝则充分显示了诗人的本色，将对茉德的爱恋升华为一篇篇美丽的文字，流传后世。

1892年，叶芝得知茉德想在都柏林演戏，需要一个剧本，便采集爱尔兰民间传说，专门为茉德量身打造了《女伯爵凯瑟琳》这部诗剧，歌颂了女主人翁凯瑟琳为救饥民而奉献出灵魂的义举。诗剧上演后大获成功，他在同时期写的20多首抒情诗也随后结集出版，这就是著名的象征主义诗集《玫瑰》，其中大部分是为茉德·冈而作。在这部诗集作品里，他将心爱之人比作女伯爵凯瑟琳，比作特洛伊的海伦，比作女神雅典娜，比作古爱尔兰的倾国红颜黛尔德丽，比作英格兰的乱世佳人罗莎蒙德·柯莉芙德，以及绽放在"时间十字架"上的"玫瑰"，这些象征无不代表着精神之爱与永恒的美。

与大众的通常印象大相径庭的是，叶芝的感情世界其实也很丰富，茉德并非是他唯一产生感情的女性。

叶芝在追求茉德·冈陷入绝望的时候，曾在伦敦的一次文学聚会上认识了诗友莱奥内尔·约翰生的表妹欧莉薇雅·莎士比娅。而后，欧莉薇雅事实上先于茉德·冈成了叶芝的第一个情人。1896年3月，他们在伦敦开始同居。大约一年后，当欧莉薇雅发现叶芝仍无法忘怀茉德时选择了离开。但他们此后一直是精神上相互支持的挚友。叶芝后来的妻子乔吉娜·海德—莉丝也和莎士比娅有着亲戚关系。

1894年，叶芝以青年诗人的身份被家乡斯莱戈的贵族戈尔—

布斯邀请至庄园小住，其间认识了戈尔—布斯家的两位小姐康斯坦丝和伊娃。他对二人都产生过朦胧的情愫，因当时身份地位悬殊并没有实质进展。但叶芝成名后写过许多关于戈尔—布斯姐妹的诗作，流露出了少年时期的情怀。

除此之外，叶芝还先后同演员弗洛伦丝·法尔、梅波尔·狄金森、玛戈特·鲁多克，记者伊蒂丝·希尔德，小说家艾瑟尔·曼宁等女性传出过绯闻。

当然，这些丝毫不影响叶芝为茉德所作那些动人诗篇的艺术感染力，他把最真挚的感情以及不朽的诗章都留给了茉德。

（三）大获成功的戏剧实践。继《女伯爵凯瑟琳》之后，叶芝在戏剧方面的才华也逐步展现。1894 年，他的另一部诗剧《心愿之乡》在伦敦上演。该剧依然取材于古代爱尔兰传说，编了一个新娘被仙人诱拐离开尘世的童话。在当时，爱尔兰作家用英语写成的文学作品只有侨居英国的爱尔兰人读，爱尔兰本地人一般只看报纸，读读祷告书或通俗小说，这种状况很不利于通过文学来唤醒普通爱尔兰民众的民族意识。叶芝敏锐地察觉到戏剧这种形式在爱尔兰民众中传播进步思想、播撒革命火种的作用。正如他在给友人的信中写到的："我最希望做的一件事是戏剧；它似乎是一种途径，也许是唯一的途径，通过它我可以与爱尔兰公众发生直接关系。"因此，他通过创作这些充满浓郁民族文化特色的剧本，并将之搬上舞台公开演出，来鼓吹民族戏剧运动，带动爱尔兰社会中民族意识的觉醒。而他，无疑也成为了这场民族戏剧运动的旗手。

1902 年，叶芝根据梦境中得到的灵感创作了《胡里痕的凯瑟琳》，讲述 1798 年爱尔兰大起义前夕，一位爱国青年放弃富裕生活和未婚妻，追随象征着爱尔兰的一名老妇人而去的动人故事。这部由茉德·冈担纲主演的戏剧，因为茉德在舞台上淋漓尽致的发挥而大获成功，极大地配合了当时爱尔兰社会日益高涨的民族情绪，至今都被认为是爱尔兰爱国主义戏剧的一座高峰。高质量的创作、演员高超的演技，给叶芝带来了极高的声望，他被誉为爱尔兰的英雄。演出散场后，许多观众竟要求代替辕马，亲手挽马车送他和茉德回家。

其实早在 1896 年，叶芝与戈尔韦的两位大庄园主爱德华·马丁和格雷戈里夫人便一同酝酿建立一座"爱尔兰民族剧院"，但历尽波折，最终直到 1904 年底才组建完成，定名为"艾贝剧院"，三大股东为叶芝、格雷戈里夫人和沁孤。这是爱尔兰第一家民族剧院，首演的剧目包括《拜乐河滩》《王宫门槛》等两部叶芝主创的剧作，均以古爱尔兰传说为素材。自此以后在它的舞台上演绎了数不清的悲欢离合，历尽时代的沧桑，至今延续百年。

叶芝为艾贝剧院写了许多反映爱尔兰重大历史题材和乡土风俗生活的戏剧。他用纯熟的技艺，将民间的吟唱、俚曲融入舞台艺术之中，让数百年来饱受外族所谓上流社会鄙夷的爱尔兰传统登上了大雅之堂。在他看来，爱尔兰艺术就和古希腊艺术一样，是源自全体人民在历史中不间断进行的母题创作；对爱尔兰民众而言，古代的凯尔特文化的启蒙性毫不逊色于古希腊艺术。这些观念及其实践无疑在民众中具有极大的号召力。他的创作直接唤醒了许许多多爱尔兰普通民众的民族意识，为后来的爱尔兰民族自治起到了推动作用。

　　因艾贝剧院事务繁杂，从1904年到1914年差不多十年时间，叶芝除了做经理外，还担任舞台监督等职务，他将主要精力都投入剧本创作、演出和剧院经营上。这让他很少有机会顾及诗歌的创作，连茉德·冈都在给他的信中直言不讳："艾贝剧院妨碍了你创作许多美丽的诗。"他自己在诗中也抱怨剧院的琐务牵扯了大量的精力：

> ……我诅咒那些戏，
> 那些戏排演起来得要五十种的方式，
> 诅咒这成天价干仗同每个泼皮和蠢货，
> 诅咒戏院生意，还有人事治理，
> 我誓要在黎明复苏的前夕
> 找到神厩，脱落缰锁。
>
> 　　　　　　　　　　(《万事艰难亦痴魔》，1909)

　　1907年，剧院另一位重要人物约翰·沁孤创作的喜剧《西部浪子》上演，因部分台词取自爱尔兰西部岛民的俚语，加上一些别有用心的文人从中挑拨，该剧在天主教徒观众中引发了轩然大波。叶芝为好友沁孤辩解，甚至叶芝的父亲也慷慨登台，发表演讲为剧本辩护，但观众并不买账。这也让叶芝萌生退意，他逐渐淡出了剧院的经营事务，直至1910年辞去艾贝剧院的一切职务。

　　(四)向现代派诗风的转变。在叶芝试图摆脱艾贝剧院杂务缠身的时候，他认识了后来成为美国著名的现代派意象主义诗人的埃兹拉·庞德。彼时庞德刚从美国汉密尔顿大学毕业不久，来伦

敦游历，结识了欧莉薇雅·莎士比娅的女儿多萝熙。他在美国读
书时便非常崇拜叶芝的诗歌，多萝熙推荐他与叶芝相识，随后担
任了叶芝的秘书。在庞德的帮助下，叶芝多次前往当时国力正在
蒸蒸日上的美国，在新大陆获得了崇高的声誉。

庞德带给叶芝的一大影响，是让他对东方文化有了接收。诸
如日本的能剧，叶芝吸收其中的表现手法创作了著名戏剧《鹰井
之畔》。又诸如中国的一些诗歌思维，庞德是将中国诗歌译介到
西方的早期代表之一，叶芝也读过他编译的中国古代诗歌选集
《华夏集》。叶芝在1914年出版的诗集《责任》的题词上专门选用
了《论语》中孔子的一句名言："甚矣吾衰矣，久矣吾不复梦见周
公。"虽然总体上看，叶芝对中国诗歌的借鉴明显不如对日本古代
文化的吸收，但不可否认中国的神境、性灵等古典诗歌思维通过
庞德这位后来的意象主义大师给了叶芝很大的启迪，使他抽象而
又艰深的诗风逐渐开始变得有血有肉。

1910年至1921年这十余年间，叶芝出版了《绿盔及其他》《责
任》《廓园的野天鹅》《麦可·罗拔兹与舞者》等多部重要诗集，他
的创作开始接近当时正在兴起的现代派，新的诗风渐趋成熟，技
巧上也有了长足的发展。这时期，他作品中的现实主义主题明显
增多。特别是1916年都柏林复活节起义爆发之时，叶芝正在法
国，但参与起义的志士仁人有许多都与他相熟。起义迅速失败
后，叶芝的诗友皮尔斯、麦克唐纳等作为起义领袖先后死难，茉
德·冈的丈夫约翰·麦克布莱德被英国当局处以极刑，挚友康斯
坦丝·马凯维奇则身陷囹圄。这一事件极大地震撼了叶芝，激发
了他的创作激情。他从不同方面入手，写下《一九一六年复活节》

《逝者十六》《记一名政治犯》等多篇名作。在作品中，他一改以往浪漫古典的诗风，用冷峻的现实笔触勾勒出了为民族独立而斗争的烈士们鲜活的群体形象，同时用紧张急促的节奏渲染出"一种可怕之美诞生"。这些诗作无疑是他现实主义风格的高峰。

非但如此，在这些作品中叶芝并没有完全抛弃自己炉火纯青的象征主义手法，将之运用到抒写人物内心世界、渲染诗歌意境，以及掌控全诗在情绪和节奏上的起伏等方面，展现了大诗人极为高超的语言技巧。如以"封魔之石"象征爱尔兰民众中本已被抑制的暴力革命倾向：

> 众心之所欲别无二致
> 历经夏炎与冬寒，俨然
> 封魔了一石，
> 去阻扰这欢动的潺湲。
> 有骏马驰来自那道中，
> 骑手，还有那群鸟回旋
> 凌云直上翻腾的九重，
> 在每瞬间之顷刻，变幻。
> 潺湲之上的一片云影
> 变幻，在每个顷刻之瞬间。
> 一蹄滑落，落在清流盈盈，
> 而后一马溅水溪间。
> 长腿沼鸡水中跃，
> 群雌呼鸣向雄鸡。

> 每个瞬间与顷刻，他们活着，
>
> 万物之中皆此石。

（《一九一六年复活节》，1919）

　　在紧张的描写起义人物的诗歌叙事中，运用象征主义手法插入这样大段的带有意识流色彩的诗句，顿时营造出空灵警幻而又生机盎然的意境，与全诗阴沉、紧张、充满死亡气息的现实笔触形成鲜明对比，在节奏上显得有张有弛。同时，有了这样一段非常舒缓的诗句，更能让读者体会到终章那种骤然紧张、扣人心弦的"可怕之美"。

　　此外，在这些作品中还有以"可怕之美"象征暴力的正义，以"腾跃初出之禽"象征即将出狱的志士（康斯坦丝）以及即将开启新局面的爱尔兰政治形势等一系列生动的例子，都体现了这时期的叶芝熔旧铸新的创作面貌。说明在转向现代主义的同时，他诗歌中的象征主义技法也得到了长足的发展。

　　除了在诗艺上日益精进，他在生活中也收获了幸福。1917 年10 月20 日，52 岁的叶芝终于步入婚姻的殿堂，新娘并非茉德·冈——她在前一年第五次拒绝了叶芝的求婚，也不是茉德的女儿伊瑟勒特——她作为叶芝眼中她母亲的替代者也拒绝了叶芝，新娘是伊瑟勒特的朋友乔吉娜·海德—莉丝。她年方廿五，是欧莉薇雅·莎士比娅的亲戚，五年前与叶芝相识。她热爱文艺，也喜欢宗教秘术，崇拜这位年长的诗人并欣然接受了他的求婚。婚礼上，庞德做了叶芝的伴郎。

　　婚后，叶芝和乔吉娜在家中共同实践秘术、探究文艺，度过了一段"充满宁静和秩序"的美好时光。夫唱妇随的生活也让叶芝重新燃耀起对诗歌创作的激情，他写下《所罗门对示巴》等许多直接反映夫妇生活情感的抒情篇什。在有些诗中，他对妻子的感情溢于言表：

> 我怎能忘怀那智慧你所带来、
>
> 那安逸你所造就？尽管我的心神
>
> 继续骧腾着轩车宝驾，鞭策我良骥……
>
> (《孤星当头》，1919)

1918 年，叶芝夫妇对戈尔韦郡戈特镇附近的一座破旧的塔楼进行了大规模的改造，并命名为索尔·灞立里。这是一栋 15 世纪由当地大族奥肖内西氏营建的诺曼风格的石砌塔楼，离格雷戈里夫人的廓园不远。叶芝以 35 英镑的低价买下了它，并将其营造为家庭的避暑之所。随着女儿安·叶芝的出生，叶芝举家搬来灞立里塔楼，居住的时间也越来越多。这栋塔楼也成为他晚年创作中一个重要的象征符号，他著名诗集中的《塔楼》《旋梯及其他》都是用索尔·灞立里塔楼的元素命名。

(五)受人景仰的晚年。1922 年，爱尔兰在英国政府的妥协下成立了自由邦临时政府，在政治上获得了一定程度的独立。但共和派和自由邦临时政府旋即爆发了激烈的武装冲突，最终发展为蔓延全境的内战。这场内战的伤亡甚至远远大于之前的英爱战争，给自由曙光乍现的爱尔兰社会留下了深刻裂痕。

战争给叶芝一家也带来了灾难。内战的双方为了争取叶芝这位文坛领袖的支持，都到灞立里塔楼去游说叶芝，但均被拒绝。叶芝对这场战争有着自己的看法，他后来说："我觉得双方对这股仇恨的漩涡都负有责任。"而后共和派武装害怕自由邦利用塔楼作为弹药库，在夜里炸掉了塔楼门口古老的桥梁，叶芝一家只好躲在塔楼的顶楼。他后来写到当时的情形："他们禁止我们离开屋子，除此之外却颇有礼貌，甚至最后还说'晚安，谢谢'，好像是我们把桥送给了他们似的。"他把这段经历用冷峻的笔法写成著名的组诗《内战期间的沉思》。内战打了一年多，共和派宣布放弃武装斗争，双方最终协议停火。

自由邦的首任总统阿瑟·格瑞菲斯对叶芝极为推崇，称他为"爱尔兰最伟大的诗人"。贝尔法斯特大学、都柏林大学先后授予叶芝名誉学位。1922年底，他被提名为自由邦参议员。虽然这对叶芝来说并不算得什么平步青云、飞黄腾达的大事儿，但参议员的头衔依然满足了他参与政治的欲望。随后，他又出任爱尔兰文化促进委员会的主席。这些任职，让他憧憬着可以用自己的智慧对爱尔兰的立法和行政施加影响。但总体来说他这段从政的经历乏善可陈。

1923年，因为"他那永远富有灵感的诗歌，以一种高度艺术的形式表现了整个民族的精神"，58岁的叶芝被授予诺贝尔文学奖，迎来了人生最辉煌的时刻。他终身奋斗的事业——植根爱尔兰民族文化的创作终于得到了全世界的承认。这不仅仅是评委会对他个人成就的认可，也标志着全世界对爱尔兰民族、凯尔特文化的认同与接纳。叶芝获奖后，整个爱尔兰社会都在为他的成就而欢呼，各种机构纷纷邀请他去演讲、讲学，政府也称他是自由邦"最尊贵的成员"。只是，叶芝的获奖对英国而言却不一定是好消息，由于爱尔兰事实上的独立，用英语写作的叶芝已经不能被视为是一位"英国诗人"了。

获奖后，叶芝依然笔耕不辍，保持了非常高产的节奏。1925年，神秘主义散文集《幻象》出版，这部奇书汇集了他和妻子共同研究扶乩、降神等神秘仪式时所获得的文字启示，书中总结了自己一生神秘主义思想的体系，是明显具有意识流特色的创作尝试。1928年，他晚年的重要诗集《塔楼》付梓，诗集中充满了对古希腊、古罗马文明的敬意，意味着叶芝晚年对自身文艺思想的梳理和重建，其间富于想象的诗境营造和深刻的哲思让这部作品广受好评。1933年，《旋梯与其他》出版，这部诗集的作品被认为代表了叶芝诗艺的顶峰，即用象征主义的手法将自己的思想体系符号化。叶芝在这些作品中对自己的思想体系反复地进行了宣称，如《血与月》的一开篇：

福庇此地，
厚福尤庇此塔楼。
猩血、桀骜的一股劲头
崛起其脉系。
娓娓然、冥冥然，
崛起，就如墙垣从这
风侵的廛舍——
嘲笑中我已营建
一座强大的徽标，

　　且歌以诗行复诗行

　　去嘲笑一代的时光

　　半死于其秒。

(《血与月》，1927)

　　叶芝用瀶立里塔楼来作为象征自己艺术体系的符号。接下来又将这座塔楼中的一架旋梯作为自己家族血脉的象征，因为旋梯与血脉一样，也有着"蜿蜒、纠缠、螺旋"等特点：

　　我宣示这座塔楼是我的象征，我宣示

　　这架蜿蜒、纠缠、螺旋踏磨般的旋梯是我祖传之梯，

　　那是高德斯密和那位高德、柏克莱和柏克光临之地。

(《血与月》，1927)

　　叶芝在这首诗中所用的语言冷峻、深沉而富有韵律感，其中还运用了大量的英语修辞手法(具体可参考本书译文的注释)，体现了诗人晚年炉火纯青的艺术造诣。

　　此后的时间叶芝差不多每隔两年时间，便有一部诗集问世，如1935年的《帕内尔的葬礼及其他》、1938年的《新诗》和1939年的《乱辞》等。此外还创作了《大钟楼之王》《三月的满月》《炼狱》等剧本。

　　晚年的叶芝一直受高血压的困扰，62岁时又在西班牙和法国南部染上肺病，两年后又在意大利感染了马耳他热病，后来又有哮喘，再加上迷信各种所谓通灵法术带来的类似幻视、癔

症等症状，以及格雷戈里夫人、乔治·拉塞尔、欧莉薇雅·莎士比娅等挚友先后辞世带来的多重打击，他的身体健康状况开始恶化。

1938 年，叶芝夫妇定居到法国东岸部的里维埃拉，住在开普马丁的一家宾馆。此时他已预知自己时日无多。他在最后的一批诗作中直抒胸臆，酣畅淋漓地剖析自己思想体系，作为自己生平的总结。就像他在给朋友的信中写到的："我放下了可以放下的一切，以便可以说我必须说的话。"杰作《班磅礴山下》以及最后的绝笔《黑塔楼》等都是其中的代表。在生命中最后的时日，他给这些作品编好了目次，定名为《乱辞》（Last Poems，亦作《最后的诗》），但是直到逝世后，这些诗篇才得以结集出版。

1939 年 1 月 26 日，寒冷而阴暗。下午 14 时许，叶芝在开普马丁的宾馆里与世长辞，终年 73 岁，安厝在罗布克吕纳。葬礼非常简单，出席者只有叶芝夫人乔吉娜、多萝熙·薇尔丝丽夫人等至亲好友，詹姆斯·乔伊斯以后辈作家的身份敬献了花圈，但茉德·冈拒绝出席葬礼。7 年之后的 1948 年 9 月 17 日，遵叶芝遗愿，其骸骨由爱尔兰共和国政府派遣海军军舰护送回爱尔兰，迁葬在故乡斯莱戈的鼓崖墓园。这里是他祖辈长眠之地，是他诗心的源泉，他的肉体和心灵都滋养于此，如今他的灵魂重回这热土的怀抱，枕着神山班磅礴伟岸的峰峦，聆听茵岛湖岸的涛声，仿佛还要在"灵秘梦地"里耕耘诗田。

他的墓碑上，镌刻着他的最后杰作《班磅礴山下》的最后诗行：

冷眼一掷

于生，于死。

骑者，行矣！

（《班磅礴山下》，1938）

斯人行远，古典浪漫主义诗歌的时代落下帷幕。

二、叶芝诗歌在中国的译介

叶芝的诗歌出入古典与现代之间，在世界各国都留下了反响，中国也不例外。他的诗歌在中国的译介始于20世纪20年代初。那时的中国，新文化运动正开展得如火如荼，文学革命者们纷纷将目光投射到世界各国的文化改革思潮中，以作为文学自我改良的借鉴。而19世纪后期兴起的爱尔兰文学复兴运动在时代上距离较近，且饱受英国统治和欺凌的爱尔兰在当时和中国一样都具有"被损害民族"这一身份认同，自然在中国收获了共鸣。

1920年3月，茅盾在《东方杂志》发表了《近代文学的反流——爱尔兰的新文学》一文，称誉叶芝为"提倡爱尔兰民族精神最力的人，是爱尔兰文学独立的先锋"，并选译了叶芝的一首诗歌《沙漏》（The Hour Glass），这大概是中文世界有史可徵的对叶芝诗歌作品的最早译介。以此为号角，文学研究会、新月派的一些诗人都对叶芝给予了充分关注。著名的文学研究会主办的《小说月报》《文学旬刊》等以"夏芝"为译名，先后对叶芝其人其诗进行了译介。

1923 年 12 月叶芝获得诺贝尔文学奖后，在中国迎来了叶芝作品译介的第一个高峰。一年内，《文学》杂志先后分 4 期刊载了郑振铎、樊仲云等新文化运动干将对叶芝的研究文章，以及樊仲云、赵景深、王统照对叶芝诗歌的选译。其中王统照对叶芝极力推崇，称他是"伟大的诗人"和"新浪漫派的文学作者"。他翻译了叶芝《无道德的梦境》一诗发表在《晨报》上，还写有专论《夏芝的诗》，对叶芝的浪漫主义长诗《莪相漫游记》进行了详细介绍，甚至以"微光集"为名全译了叶芝的志怪散文名作《凯尔特薄暮》，可算是叶芝在中国最早的"粉丝"了。

一代文豪鲁迅先生也对叶芝的作品给予过关注。1929 年 6 月，鲁迅翻译了日本学者野口米次郎的《爱尔兰文学之回顾》一文，刊登在《奔流》上，并以"编校后记"的形式谈到当时中国对于叶芝、沁孤等爱尔兰作家的作品"屡有绍介"的盛况。

此后一直到中华人民共和国成立前，还有吴兴华、朱光潜、杨宪益、谢文通、施蛰存等人也翻译过叶芝的诗作，并都取得了一定反响，特别是朱光潜、杨宪益等人的译作注重拟构原诗的形式，足以启迪后学。如杨宪益翻译的《象征》这首小诗：

> *Symbols*
>
> *A storm-beaten old watch-tower,*
> *A blind hermit rings the hour.*
>
> ***All-destroying sword-blade still,***

Carried by the wandering fool.

Gold-sewn silk on the sword-blade,
Beauty and fool together laid.

　　这首小诗结构简单，每节形式相同，用双行体写成。杨宪益借鉴传统诗歌的形式，用整齐的句式翻译为：

> 象征
> 风雨飘摇的古楼中，
> 盲目的处士敲着钟。
>
> 那无敌的宝刀还是
> 属于那游荡的傻子。
>
> 绣金的锦把宝刀围，
> 美人同傻子一同睡。

　　这样的翻译和原诗相比无论从意涵还是形制，都几乎达到了信、达、雅的和谐统一，大大超出了以前的译文。但整体上，这一阶段的翻译依然局限于叶芝的零星作品和生平事迹的简介，对他丰富的诗歌创作手法和多元化的思想则缺乏有深度的学术研究。

　　中华人民共和国成立后的前 30 年中，因为各种原因对英语文学的翻译从数量和质量上都远不如俄语文学。叶芝虽然是爱尔兰诗人，但往往被归入英国作家的范畴，他的作品中又带有大量神秘主义及宗教哲学思想，与社会主流的现实主义创作风格不太相符，故基本上被当时的翻译界遗忘。但依然有袁可嘉在1956年用英文撰写的《论叶芝的诗》等论文问世。

袁可嘉毕业于西南联大外文系，很早就在《大公报》等刊物上发表诗歌，中华人民共和国成立前和曹辛之、王辛笛、陈敬容、查良铮、郑敏等人同为"中国新诗派"诗人（这一派别的核心人物在改革开放后又有"九叶派"之称）。袁可嘉受叶芝、艾略特、奥登、里尔克等现代主义诗人的影响，对西方现代主义诗歌进行了开拓性的翻译与研究，并运用到自己的诗歌创作实践中。在他选编的《外国现代派作品选》里收录了一组叶芝的诗歌。在相当长一段时间里，叶芝的诗歌几乎是靠着袁可嘉的这些译笔出现在中国普通读者视野中的。

改革开放后，文化氛围日渐活跃，西方文明的各种思潮涌入封闭已久的中国。西方诗歌的翻译一时间成为热潮。20世纪80年代初，对西方诗歌的翻译多以合集选译为主。卞之琳、查良铮等前辈诗人先后在一些西方诗歌的选本中收入了自己对叶芝部分诗作的翻译，这些译作准确把握了原诗的意象和手法，成为了当代以诗体译英诗的典范。如卞之琳所译的《深誓》：

深誓
别些位，因为你并不尊重
那一番深誓，成了我朋友；

可是每逢我迎对了"死亡"脸，

每逢我攀登了"睡眠"的高峰，

每逢我喝酒兴奋了时候，

突然间我重新见了你的脸。

译诗完全按照原诗 ABCABC 的韵脚形式安排韵脚，且第三行与第六行原诗韵脚均为"face"，而译诗中的韵脚也对应使用"脸"字，在形式上与原诗高度契合，足见译者匠心。

80 年代中后期直到 90 年代，随着市场经济的活跃，西方诗歌大量引入中国的文化市场，一时间版本蜂出，同一诗人的作品往往出现多位译者的不同译本。这时期叶芝的诗歌也出现了几种专门的选集，除袁可嘉先生选译的叶芝诗歌外，裘小龙、傅浩的译本是其中代表。

裘小龙是卞之琳的学生，他在 1986 年选译了叶芝的 75 首诗歌，编成《抒情诗人叶芝诗选》，这大概是大陆出版的第一种叶芝诗歌选集单行本。后来，裘氏在此基础上不断增译至 233 首，另外结集出版。这是那个年代规模较大的叶芝诗歌翻译尝试，但其中或多或少也存在一些译文上的疏漏。

傅浩是国内叶芝研究的专家。他早年毕业于北京大学西语系，在中国社科院取得博士学位。他从本科起就关注叶芝早期创作的研究，发表过一些叶芝诗歌的译作。其后在英国剑桥大学进修时，他又寻访叶芝的足迹游历了英伦三岛。1993 年，他应中国工人出版社之约，在此前的基础上独立翻译了一共 374 首抒情诗，出版了《叶芝抒情诗全集》。这是中文世界第一个相对较为完整的叶芝诗歌全集，而且翻译时参考了西方研究成果，译文较为准确，给以后关于叶芝的研究提供了基本的文本参考，首善之功，泽惠学林。但因时间仓促，首版时个别地方的诗意把握稍欠准确。但此书后来在不同出版社多次再版，译者也精益求精，每次都有修润增补。傅浩译叶芝最新的一版是 2018 年由上海译文出版社出版的《叶芝诗集（增订本）》，此版另从各种文献中又收辑41 首诗歌进行了补译，是当前最全面的叶芝诗歌中译本。

20 世纪 90 年代大陆还出版过一个比较重要的叶芝作品集，这便是 1996 年由东方出版社出版的三卷本《叶芝文集》。主编王家新自己也是诗人，他很是推崇叶芝，遂于 90 年代初从一些已发表的叶芝作品翻译中编选了这部书，收录作品涵盖诗歌、书信、随笔、文论、自传、回忆录以及剧本节选等，是当时难得一见的能粗略反映叶芝作品全貌的一种译本。当然，因译文采自众手，全由编者蒐为一册，其中既有当时的中青年译者，也不乏施蛰存、卞之琳、袁可嘉这样的前辈，译文形成的时间跨度很长，译笔风格和水准也难免参差，受当时条件限制对部分作品的理解也不无可修正之处，但时至今日依然是中国读者的一个重要参考，可视为大陆此前对叶芝作品翻译成果的一个总结。

我国台湾也有值得一提的叶芝译本。台湾著名诗人杨牧翻译了 76 首叶芝的诗歌，收入 1997 年出版的《叶慈诗选》中。这是一部带有鲜明个人特色的译本，译者试图用较为洗练和古典的汉语语言风格去译写叶芝的诗歌，出版后在海峡两岸都有一定的影响。支持者认为他的译诗风格"典雅、玄奥、沉雄、绵密"（王家新），质疑者认为"文白夹杂、诘屈聱牙，令人难以卒读"（傅浩）。不可否认，杨牧这个译本读来确实有枯涩凝滞之感，但我以为其中追求中英文体式合一的思路值得提倡，其方法论对我翻译叶芝的诗歌提供了非常重要的启迪。

台湾著名诗人余光中对叶芝诗歌的翻译可追溯到他 1968 年选译《英美现代诗选》之时，他受现代主义影响颇深，非常喜爱叶芝、庞德等诗人的作品，因此在这本书中选译了叶芝的部分作品。其后多次增删，特别是 90 年代末退休后前往大陆任教，又对译文反复增益雕琢。余光中怀着诗人的心灵，对叶芝作品的研究非常深入，对句、韵、词都进行了细致的分析，译文融合中西，每首译诗都可谓是精品。这些后来收入他的译诗集《天真的歌》，在大陆影响颇大。

进入 21 世纪后，文化出版事业空前繁荣，各种西方文学译本日渐丰富。因自身具有"神秘主义诗人""诺贝尔文学奖得主"等标签，以及与茉德·冈曲折的爱情故事，让叶芝在中国的出版界及读者中渐受青睐。特别是某年春晚莫文蔚演唱的一曲《当你老了》红遍大江南北，配上他最终"爱而不得"的悲剧情史，叶芝更成为了当代青年人心中孜孜以求追寻真爱的代表。他的《当你老了》《莎莉花园》（本书译为《走下娑柳园》）等早期经典诗作开始在不同年龄的中国读者口中传颂，可谓"文章已满行人耳"，甚至某种意义上被大众进行了庸俗化的解读。一时间各种叶芝的译本层出不穷，有一些也不无浮躁跟风之嫌疑。但是，也出现了较具特色的译本，董伯韬翻译的《当你老了：叶芝诗选》即是一例，这个译本的译者本身也是具有古典主义审美的诗人，非常注重对叶芝诗歌中语言技巧的还原，在译文的一些遣词造句上也十分精巧。

如《布尔本山下》(本书译为《班磅礴山下》)将 Quattrocento("意大利文艺复兴初期流派")译为"夸琢鲜特派",音义兼备,颇有巧思。此外,罗池的译本在选诗上突出了对叶芝与茉德·冈的情史主线,译者还撰有对叶芝与茉德·冈情爱经历的详细介绍附后,可以满足当代读者对严肃文学的通俗化阅读需求,也是颇有特色的一个译本。

随着叶芝在中国的名气渐增,网络上也开始流行各种叶芝诗歌的同人翻译。因叶芝诗风偏于晦涩,且喜欢大量用典、隶事,加之他本人思想来源极其复杂,思想上东西交融、古今糅杂,又往往同时呈现古希腊、古罗马、不列颠及凯尔特文化的多重元素,中文的同人译者又缺乏耐心去研读他的全部著作,故往往不能完整地把握他作品的内涵,因此译手虽多,终究乏善可陈,在此不一一列举。

从民国到当代,纵观百年来叶芝作品在中国的译介历程,正如英国大诗人奥登在《悼念叶芝》一诗中写道:

> 一位亡人的文字,
> 在生者的肺腑间润色。

叶芝这位伟大的诗人,其人其诗、所歌所颂,注定要在有人类的地方传唱不息。

三、对叶芝诗歌翻译的一点尝试

那么,我为何要重译叶芝?我想可能要从诗歌本身的角度来回答。

埃兹拉·庞德曾经说过，在他眼里，叶芝是唯一值得研究的当代诗人。的确，叶芝出旧入新，从古典到现代都有涉足，且成就不小，后来的庞德、布鲁姆、奥登、希尼等一大批诗人无不受其滋养。他是爱尔兰文学复兴运动的旗手，他的诗歌在题材、语言等方面非常具有民族性。凯尔特民族的我相传说、茵岛精禽、媚芙女王的幻象、红枝英雄的故事等，对他而言都是催放诗国玫瑰盛开的沃壤。同时，他最终也是一位现代主义诗人，他不曾学会盖尔语，终生都以英语写作。这样一来，他在创作的同时，还收获了一个重要的附加成果——将爱尔兰的凯尔特民族文化用英语进行了现代化。

众所周知，我国近现代的诗歌其实受西方诗歌的影响颇多，这个影响最初正是从译诗开始的。西方古典主义诗歌中有大量的格律体，在最初的翻译中因文化的隔阂以及技巧上的稚嫩，一部分译者有意忽视了西方诗歌精巧的修辞和语言技巧，将大量的西方诗歌翻译为了自由体，或者为便于读者理解，将有些典雅的诗语译为平直的白话。特别是新文化运动以来，在此类翻译基础上建立的新的文化审美体系成为中国所谓新诗、旧诗在审美特质上分道扬镳的重要原因之一。以至于现在我们谈到诗歌的翻译，依然推崇平实、少雕饰的译法。

但是，如果原诗的风格就不那么平实，所用的辞藻就是雕琢华丽呢？以"信、达、雅"三字而论，如有雅诗而不得雅译，则非但不"雅"，且亦失"信"。叶芝的诗歌大概就是一个最典型的例子。

　　叶芝作为古典诗歌最后的代表，其诗歌被公认典雅，几乎没有写过不带韵律的诗歌。特别是一些早期诗句用语古奥，且好用生僻典故，在当时诗坛即以诗风晦涩而知名。他又喜用跨行句，有意营造错综复杂的句式来配合诗义的表达。对译者而言，这样的作品显得并不太"友好"。惟其如此，前文所述近百年来数代人的译介仍给我辈留下了补益的空间。以下从三个小的方面谈谈我个人对此的尝试。

　　(一)对繁复音韵形式的处理。叶芝非常注重诗歌的音韵美，在他存世的 340 多首抒情诗中，鲜有无韵之作，而观其用韵也颇具特色。在技法上，他不但注重英诗传统形式上的韵脚押韵，且大量运用了行中押韵、视韵等形式，而且往往在同一首诗中兼顾多重押韵方式，形成了一种独特而繁复、音韵与形式统一的美感。如其著名的象征主义诗作《致时间十字架上的玫瑰》在开篇第一行就非常密集地使用了押韵技巧：

Red Rose, proud Rose, sad Rose of all my days!

　　就音韵而言，这一诗行采取了五步抑扬格，其中 Red、Rose 构成头韵，Red、proud、sad 又构成假韵，且三个 Rose 又和行末的 days 构成尾韵，同时行末 days 作为本行的韵脚又和下一行的韵脚押韵。而首字母大写的 Red、Rose 分置在这一行的不同位置，在借不同象征意义的玫瑰来表达神秘主义隐喻的同时，又兼具西语诗歌特有的视韵效果。仅通过这样几个行中韵，从音韵和视觉上就将整个诗行熔铸成为一个紧凑的有机整体，正如《新唐书》称赞孙逖为文是"欲易一字，卒不能也"，这两行诗在遣词炼字上也几乎达到了无一词可易的高度。

当然，类似这样一些高超的押韵技巧，给他诗歌的汉语翻译带来了无比巨大的挑战。因为这些技巧是植根于西语语言体系的，在形式和结构上都和汉语迥异，很多构成押韵的元素在汉语中都不具备，或者不符合汉语的语言习惯，从理论上简直是不可能被直接翻译出来的。但音韵之美又是叶芝古典主义浪漫主义诗风特点的一个重要体现，如果译者在译诗中对这些繁复而高超的音韵技巧完全忽略，无疑将使原诗的艺术特色大打折扣，是不负责任的。

那么究竟该如何翻译？传统的处理方式当然是以达意为主，如上举《致时间十字架上的玫瑰》第一行，袁可嘉先生译为"伴我终生的玫瑰，骄傲的玫瑰，悲哀的玫瑰"①，傅浩先生译为"红玫瑰，骄玫瑰，我毕生悲哀的玫瑰"②，罗池先生译为"红红的玫瑰，骄傲的玫瑰，伴我一生的忧伤的玫瑰"③，等等。应当说在这三种译法中，除袁先生不知何故将 sad Rose 这一重要意象舍去不译，其他两种译文在诗意的传达上基本都中规中矩，可称"达意"。但对原诗诗行中富藏的音韵形式及修辞技巧，以上译文则均涉及不多。值得一提的是傅浩先生的翻译，他显然注意到了行中隐含的一部分音韵技巧，将 Red Rose 和 proud Rose 这两个短语采取相同类型的翻译方式，译作"红玫瑰""骄玫瑰"与后面 sad

① 袁可嘉译：《叶芝抒情诗精选》，太白文艺出版社，1997年版，第25页。
② 傅浩译：《叶芝诗集(增订版)》，上海译文出版社，2018年版，第107页。
③ 罗池译：《当你老了：叶芝爱情诗选》，云南人民出版社，2017年版，第14页。

Rose 的译法形成区别，给译文注入一种节奏上的变化。当然，这种译法在策略上是否契合原诗的语言特征，似乎尚可进一步探究。

我认为，Red Rose、proud Rose、sad Rose 三个词组在音韵上都分别构成标准的抑扬格音步，按照原诗的这一特征则显然应该遵循同样的翻译模式。至于暗藏其中的复杂的行中韵关系，则可用汉语特有的双声、叠韵现象进行拟构。于是，这两行诗就有了本书中的这样一种翻译：

红彤玫瑰、高傲玫瑰、忧愁玫瑰于我之终日！

"红彤""高傲""忧愁"均为汉语叠韵词，"玫瑰"又是相同部首汉字构成的单纯词，用来拟译原诗，在基本准确传达原诗意思的基础上，稍能使读者得以领略原诗句内部的音韵和视韵效果，以对诗人匠心所运有一个大体的感性认识。当然，我的这种翻译处理也不一定算得上有多好，但求能体现出对原诗的一种对等拟构。

在这个译本中类似的处理还有许多，又如在那首脍炙人口的《彼冀求天堂之罗绮》中，有以下两行经典的诗句：

The blue and the dim and the dark cloths
Of night and light and the half-light

单从音韵上分析这两行诗，除行末押韵的韵脚之外，其行中运用到的音韵技巧也颇值得玩味。前一行 The blue、the dim、the dark 构成抑扬格的音步，且 dim、dark 带有头韵。后一行 night、light 二词主要元音部分发音相似、拼写相近，和后面的 half-light 放在同一行中，兼具整齐的视韵效果。这三个词通过义、音、形串联起整个诗行，形成了一个凝练的不可分割的整体，读起来又朗朗上口，极具反复咏叹之美。诗章本天成，而竟为叶芝氏以妙手撷来。百年而下，使我辈读来犹可击节而叹。

如此佳句，作何翻译？袁可嘉先生译为"那蔚蓝、暗淡和深黑的锦衣/为黑夜、白昼和晨昏穿戴"①，傅浩先生则翻译为"黑夜、白天、黎明和傍晚/湛蓝、暗灰、漆黑的锦绣"②，王家新先生翻译成"这碧蓝、灰暗和黑色的织物/属于夜、白昼和晨曦"③，裘小龙先生译作"那蔚蓝、黯淡、漆黑的锦绣/织上夜空、白昼、朦胧的光彩"，不一而足。这些译文在诗意的传达上都大体不错，但对照原诗的用词炼字，似乎又少了一些琢磨推敲的兴味。而这一层兴味，正是诗歌的精微之所在。在本书中，我将这两行诗翻译成了以下的样子：

那青苍、黑黯或是晦暗的罗绮
属于昼光、夜光还有蒙昏的光。

译文的前一行以"晦暗"与"黑黯"二词对译构成头韵的 dim、

---

① 袁可嘉译：叶芝抒情诗精选，太白文艺出版社，1997 年版，第 71 页。
② 傅浩译：叶芝诗集（增订版），上海译文出版社，2018 年版，第 196 页。
③ 王家新编选：叶芝文集卷一·朝圣者的灵魂：抒情诗、诗剧，东方出版社，1996 年版，第 43 页。

dark，依然是用到汉语双声和叠韵的构词法（"晦""黑"双声而"暗""黯"叠韵）来拟构英语诗歌头韵的结构。后一行中以"光"为中心语素结合原诗诗意拟构了"昼光""夜光""蒙昏的光"三个词组，来模拟原诗的视韵效果。同时，在遣词的推敲上也刻意遵从了原诗用词的多义性，以增加译文的诗意和兴味。

当然，冀望在翻译中以汉语自身的语音特点去完全拟构英语诗歌的音韵技巧，显然是不现实的。不论英语还是汉语，在诗歌的音韵方面都自有其体系，构成各自体系的元素也并非完全对应，因此在翻译中无法一一对应拟合的情况是常态。例如英语诗歌中的音步、抑扬等格，是否可按前人以平仄、音组等形式翻译尚可进一步探讨。

（二）对用典的考证与融合翻译。用典即"用事"，就是在诗中徵引古籍、故事等，或径用前人之成句警语，注入所创作的诗作之中，从而以有限的文本和曲折的表达方式，来求得诗意内涵的最大化。千百年来，汉语诗歌在用典上存在着一以贯之的执着传统，甚至已经被固化为"诗教"的一个重要组成部分。类似的传统在外国诗歌中同样存在，在当代文学批评理论中称之为"互文性（intertextuality）"。叶芝的诗歌正是西方诗歌互文性这一特点的集中体现，他用典集中体现在以下三个方面。

其一，取自古希腊、古罗马等欧洲文明的源头。作为古典主义诗歌最后的余晖，叶芝对古希腊、古罗马时代在艺术领域的辉煌成就，以及文艺复兴、启蒙运动以来欧洲的"诗教"传统无比推崇，他的作品充满了对荷马史诗以及济慈、雪莱、司各特等古典巨匠的敬意。从深层次而言，不断追溯和引用来自欧洲文明源头的元素,并将其完美化地呈现,其实是他试图表达对社会现实所持有的扬弃态度的曲折尝试。如《丽达与天鹅》借古希腊神话中关于引诱与暴力的一个经典场景,一方面阐释自己"历史周期论"的唯心主义史观,另一方面也隐喻了爱尔兰的历史与现实,展示了大诗人驾驭素材的高超技巧。《航往拜占庭》则通过刻画"圣城"拜占庭的完美形象并与现实对比,借以抒发他本人对"永恒艺技"(the artifice of eternity)即古罗马理性主义文艺标准的神往。更不用说那些充斥于他为茉德·冈所写大量情诗中的海伦、雅典娜等比喻。

其二,采自凯尔特传统文化元素和爱尔兰历史。叶芝早期深受爱尔兰文学复兴思潮的影响,在诗作中大量融入了凯尔特传统素材。翻开他早期的诗集,仿佛打开了一座古爱尔兰文化圣殿的大门。这当然是他有意为之的。

12世纪以来,英国开启了对爱尔兰岛长达七百余年的殖民统治。英国殖民者为便于维护统治持续对岛上相对原生态的凯尔特文化进行打压。如禁止用盖尔语写作文学作品和历史文献,禁止供养行吟诗人、弹唱诗人,并大量更换爱尔兰地名,毁坏凯尔特民族历史遗迹。这一系列文化殖民措施直接造成了凯尔特传统的瓦解,其民族特有的盖尔语文学从此日益衰微,几近荡然。直到19世纪中叶,那些植根凯尔特传统中源远流长的古老传说、灿若繁星的英雄神祇以及朴素生动的民俗故事依然只能在民间通过口耳相授,代代流传。在当时欧洲文学的华丽殿堂中,已无盖尔语一席之地。因此,在叶芝生活的19世纪末至20世纪初的英语世界,世人对凯尔特文化传统的了解并不一定多么深入,甚至不一定高于当代中国的一部分读者——毕竟当代中国年轻一代或多或少都能接触到亚瑟王、指环王、圆桌骑士团等具有凯尔特文化色彩题材的小说、影视或手游。那么叶芝作品中大量的凯尔特文化元素，便成为向英语世界展示爱尔兰文明传统的一个窗口。

此外，一部爱尔兰民族独立的斗争史也是叶芝诗中用典的源泉。如《逝者十六》中列举的皮尔斯、麦克唐纳、爱德华·菲兹杰拉德、沃尔夫·透讷等人，如读者不了解其事迹自然无从体会作者的深意。

其三，出自各种神秘主义宗教和哲学思想。哈罗德·布鲁姆曾这样评说叶芝："叶芝更像是一位宗教诗人，但他所宣扬的是诗歌的宗教，与雪莱和布莱克的模式相近。西方世界的精英如今都居住在叶芝的国度中：日落之地现在与被启蒙的欧洲无异，不再是过去的新世界了。只有变成了伟大想象文学的宗教和形而上学才能打动目前还剩下的深度读者。"[1]叶芝年轻时就加入了各种神秘宗教社团，各种宗教符号也在他诗作中大量存在，有些还被赋予了特别的象征意义。如"玫瑰"就经常被他写入诗中，当时就有人讽喻他有某种"魔力玫瑰象征主义的某种狂热"。这个意象实际是神秘宗教社团"金色黎明隐修社"的象征，叶芝青年时代就曾加入。著名的《致时间十字架上的玫瑰》一诗中"时间十字架的玫瑰"这一符号正是这个社团的代表符号，其具象是四叶玫瑰与十字架的结合，被认为是"第五元素"的象征。再如《山墓》一诗中提到的罗希克洛斯神父就是"玫瑰十字会"的创始人，其名 Rosicross

---

[1] 哈罗德·布鲁姆：《影响的剖析：文学作为生活方式》，译林出版社，2016年版，第216页。

在字面上就具有"玫瑰十字架"的意思，英语读者望文生义，便知端的。音译为汉语的"罗希克洛斯"之后，则在字面上失去了这一层联想，因此必须用注释的形式阐明。

以上是叶芝诗歌中主要的三种用典方式。译者是作者与读者之间的桥梁，那么在这个译本中，我尽量将有关典故详细注释出来，在读者与作者之间架好这座桥，以便于读者更好地理解原诗，理解作者。

(三)对精巧修辞的拟构。叶芝的诗歌特别注重修辞技巧，炼字手法异乎寻常的高超，以至于在细微处让人有作者在炫技之感。这些修辞往往又是不太能够直接翻译的，兹举《血与月》一诗中的例子予以说明：

I declare this tower is my symbol; I declare

This winding, gyring, spiring treadmill of a stair is my ancestral stair;

That Goldsmith and the Dean, Berkeley and Burke have travelled there.

这第三行中 Goldsmith 无需多言很明显是诗人奥利弗·高德斯密，而 the Dean(住持牧师)则是江奈生·斯威夫特，他曾担任都柏林圣帕特里克教堂的主持牧师。但是，叶芝为何不直接写上斯威夫特的大名 Swift，而非要含蓄地称呼他的职位呢？其实，这里暗含了作者的小心机，因为 Goldsmith 既是人名，本义又指"金匠"，是一种职业，因此用 Dean 这一职务名称来指代斯威夫特，实际上暗地里凸显了前面的高德斯密这个名字的多义性，借"高德斯密"的另一种意思"金匠"来构成与"住持"的对偶。以英语为母语的读者看到这行诗或许要会心一笑——"金匠"对"住持"，职名对职名，颇有汉语"无情对"的效果。但如果直译成"高德斯密和住持"之类，中国读者就完全无法通过文字领会到诗人的这点小心机了。因此，我在翻译时做了一些变通的处理，将 Dean 译作"高德"，汉语中可指德行崇高之人，尤指高僧、大德等，与 Dean 类似。中国读者一看这里将"高德斯密"与"高德"对称，至少就能明白原诗中二词存在修辞上的某种关联了。类似这样的拟构在本书中还有许多，都一一作了注释，读者留意的话，可博一笑。

翻译叶芝的诗歌是一件不容易的事，过程既具有挑战、乐趣又使人沉迷。翻译给译者提供了一个独特的视角，将自己代入诗作者的角色设身处地去思考：此时此景，诗人所思所感究竟如何？从而更直接地感受诗人在创作时所激荡的心弦。故此翻译过程中我时常思考，如果叶芝用汉语写作，他又会如何表达他的诗思？大概只有这样才知道如何去拟构他诗歌的汉语形态。

今天，我们逐渐开始寻求民族文化的自信。我尝试一种以汉语为本位的诗歌翻译途径，其翻译的逻辑或许和前人不同。百年来对叶芝诗歌翻译的逻辑，多是希望将英语的诗意和意象直接传达给读者，或是将异域的表述方式借鉴到汉语的改良之中。但我希望我的翻译能让读者通过对照不同语言环境下诗境的构造，去领悟不同文化下诗思的契合，来体会创作者与译者的诗心相互激发而产生的愉悦和共情。至于叶芝本身，他诗歌中蕴含的思想是独特而复杂的，爱尔兰/凯尔特、英格兰/不列颠以及欧洲和东方的文化在其作品中融通互释。正是这种多重互释性的存在，生动地展示了不同语言乃至不同文化理应是平等而值得交融激扬的。盖尔语、英语既是如此，那么我们的汉语、我们中华的文明也同样。

是为序。

目
录
CONTENTS

遠
径

CROSSWAYS

1. 印度人论上帝①

我顺着水岸穿过溽湿的林地，
我的精魄荡漾在夜光里，水草围陷我的双膝；
我的精魄荡漾在醑甜和唏嘘里，看见泽鸡在踱步②
纷纷滴洒在草陂，却见它们不再扑逐③
——不再绕圈扑逐彼此，并听那最年长者说：
将这世界衔于神喙间且裁决我等强弱④
乃是只不死之泽鸡，祂居于昊天之上。
祂振翼则霖落行雨，目光化为月之芒。
我前行稍远，又听一盏莲花在吐音：
尘世造化主及司命官，悬吊在芰荷一茎，⑤
予即仿其庙貌而创造，及此潮水咚咚
无非为硕大花瓣中的一粒雨珠在滚动。
在不远的昏黯处有一头雄獐吊起了双睛
若星辉盈盈，他还说道：这炼补九天之神灵

1. *The Indian upon God*

I passed along the water's edge below the humid trees,

My spirit rocked in evening light, the rushes round my knees,

My spirit rocked in sleep and sighs; and saw the moorfowl pace

All dripping on a grassy slope, and saw them cease to chase

Each other round in circles, and heard the eldest speak:

Who holds the world between His bill and made us strong or weak

Is an undying moorfowl, and He lives beyond the sky.

The rains are from His dripping wing,the moonbeams from His eye.

I passed a little further on and heard a lotus talk:

Who made the world and ruleth it, He hangeth on a stalk,

For I am in His image made, and all this tinkling tide

Is but a sliding drop of rain between His petals wide.

A little way within the gloom a roebuck raised his eyes

Brimful of starlight, and he said: The Stamper of the Skies,

其为优雅一獐鹿；匪此则我将祷问我主
衪何能构设出似我优雅愁又柔之生物？⑥
我继而前行不远，又听有只孔雀正说着：
那滋萌草莽且化育虫介还催生我这羽衣绮艳者
衪定是只笨硕的孔雀，衪还整夜地晃荡
晃荡衪奋拉的翎尾在我们头上，放射出点点辉光。

He is a gentle roebuck; for how else, I pray, could He
Conceive a thing so sad and soft, a gentle thing like me?
I passed a little further on and heard a peacock say:
Who made the grass and made the worms and made my feathers gay,
He is a monstrous peacock, and He waveth all the night
His languid tail above us, lit with myriad spots of light.

◎注释：

①此诗作于 1886 年，最初发表在当年 10 月的《都柏林大学评论》上。初题《印度人考俐之书节录：戊篇·论上帝本原》，在收入《莪相漫游记及其他的诗》时，诗题改为"印度人甘婆论上帝"。1885 年，在都柏林首府艺术学校读书的叶芝联合几位对宗教感兴趣的朋友创立了"都柏林秘术研究会"，自任会长。他们一起研究《奥义书》《吠陀经》和新柏拉图主义者、现代神秘论者、降神论者的大量著作，宣扬东方宗教和秘术。1886 年，他们联系伦敦的通灵学权威波拉瓦茨基夫人，邀请到正在伦敦讲学的孟加拉的婆罗门摩悉尼·默汗·刹特吉(*Mohini Chatterjee*，1858—1936)访问都柏林，宣讲古印度吠檀多学派的离欲、出世之说，以及精修的法门。受刹特吉以及凯尔特古老宗教德鲁伊教的影响，叶芝确立了对轮回说的终生信仰。

诗中通过想象中的泽鸡、莲花、雄獐、孔雀等事物分别从各自的感知出发来理解和诠释上帝，体现了摩悉尼·刹特吉所持的神智学的宗教思想。

全诗 20 行，用连韵 AABB……，翻译时遵循原诗韵律。

②原诗此行 *sleep*, *sighs* 等构成头韵，用叠韵词"酣甜""唏嘘"对译。*moorfowl* 由 moor 和 *fowl* 二词合成，意为沼泽之禽、水鸡之类，此处或特指产于苏格兰高地沼泽地带的红松鸡，今从其构词法译为"泽鸡"。值得注意的是，结合前文意境及叶芝所修之印度秘术，此后所称"看见"之景象，似可认为出于灵视。

③原诗此行 *cease*, *chase* 构成假韵，译为双声叠韵之二词组"不再""扑逐"，以使读者略察行中之韵律。

④原诗此行及以后各行中有关人称及名词用大写字母开头的，如 *His*, *He*, *Stamper* 等，均系神格，译文各行均已作出对应的处理，不注。

⑤原诗此行 *ruleth*, *hangeth* 构成假韵，以"官""悬"拟其韵。*hangeth* 有吊死之意，用在此带有宗教色彩。

⑥原诗此行 *so*, *sad*, *soft* 三词构成头韵，以"愁又柔"三字译之。

《印度人论上帝》 寸缄 绘

2. 印度人致他所爱①

这岛有个迷梦覆在初晨

壮硕的枝条垂滴着静谧；

孔雀率舞在柔滑的芳茵，②

一只鹦鹉摇曳树枝，

朝着漆燎海面上自我的倒影狂呓。③

我们且将孤舟系于斯处

把双手交织着游荡不息，

交吻之唇昵昵软语，④

沿着莽原，沿着沙碛，

昵昵于相离那纷扰大地的躔距：⑤

缘何你我寂寥之凡人

得匿身于沉冥的枝桄，

2. 印度人致他所爱 | 009

2. *The Indian to His Love*

The island dreams under the dawn

And great boughs drop tranquillity;

The peahens dance on a smooth lawn,

A parrot sways upon a tree,

Raging at his own image in the enamelled sea.

Here we will moor our lonely ship

And wander ever with woven hands,

Murmuring softly lip to lip,

Along the grass, along the sands,

Murmuring how far away are the unquiet lands:

How we alone of mortals are

Hid under quiet boughs apart,

当我们的爱长成一道印度的星辰，

一道焚燃内心的流光，

带着荧荧的潮浪，和那电耀星驰的翅膀——

繁沉的桠枝、华丽的飞鸽⑥

将唏嘘且凄鸣一百个昼日：

我们死后影子会如何漂泊，⑦

这前夜寂灭了虚空的鸟迹，

踏着氤氲中的足印在海水里晦冥地闪熠。⑧

While our love grows an Indian star,

A meteor of the burning heart,

One with the tide that gleams, the wings that gleam and dart—

The heavy boughs, the burnished dove

That moans and sighs a hundred days:

How when we die our shades will rove,

When eve has hushed the feathered ways,

With vapoury footsole among the water's drowsy blaze.

◎注释：

①此诗作于 1886 年，最初发表于当年 12 月的《都柏林大学评论》，与《印度人论上帝》是对偶诗，创作背景见《印度人论上帝》注①。

全诗 20 行，分 4 节，每节 5 行，用韵形式 ABABB……，翻译时遵循原诗韵律。

②此诗发表后，有评论家以孔雀不会跳舞为由对诗中的描写提出质疑，叶芝回应到："在全印度的诗歌里，孔雀都在舞蹈"，并指出在古印度诗人迦梨陀娑的著作中可以找到很多这样的例子。原诗 peahens 为雌孔雀的复数形式，而汉语又称众兽舞蹈为"率舞"，语出《尚书·舜典》："夔曰：於，予击石拊石，百兽率舞"，孔安国解释："乐感百兽，使相率而舞"，差近原诗之意，故译为"孔雀率舞"，以明其为复数。

芳茵：草地。晋·葛洪《抱朴子·嘉遁》："藉翠兰之芳茵。"

③原诗 enamelled 为形容词，意为烧上了釉的、烧上了珐琅的，形容海面平静光滑，如此海面上才能映出鹦鹉的倒影。译为"漆燎"，烧上漆的、如漆般燎光，意思相近。

④昵昵：亲切、亲密状。唐韩愈《听颖师弹琴》："昵昵儿女语。"原诗用 murmur，复音词，故以"昵昵"译之。

⑤躔距：日月星辰运行之度量与距离，在此为距离之喻。

⑥原诗此行 boughs, burnished 有头韵效果，故以"桠枝""华丽"对译，各字依次韵同。华，有光彩之意，合于 burnished 之构词。

⑦古代凯尔特人信奉德鲁伊教，认同"灵魂转世说"，主张人死后灵魂不灭，由一个躯体转投入另一个躯体中，在转投之前停留于"旁外之世（The Other World）"，其影子还会在大地上漫游。

⑧末二行兼具印度及凯尔特文化传统之审美。

3. 叶之落①

秋敷长在长长叶子叶子爱我们，②
亦覆藏在田鼠栖没捆捆麦穗间；
皱黄了这长楸之叶临睨着我们，
温润野莓叶子也染上金色的颜。③

这爱意衰飒之秋辰已幂罩了我们，
倦怠和疲惫化作今我悲恨之离魂；④
告别吧，先于炽烈之季遗忘我们，
带着唇脂并侬眉角低挂的离痕。⑤

3. *The Falling of the Leaves*

Autumn is over the long leaves that love us,
And over the mice in the barley sheaves;
Yellow the leaves of the rowan above us,
And yellow the wet wild-strawberry leaves.

The hour of the waning of love has beset us,
And weary and worn are our sad souls now;
Let us part, ere the season of passion forget us,
With a kiss and a tear on thy drooping brow.

◎注释：

①此诗最初收入 1889 年出版的《莪相漫游记及其他的诗》中。叶芝自称有时会根据记忆中的曲调来撰写诗章，还自嘲是个"乐盲"，所以只好用类似吟诵的方式逐字反复朗读，以此感受曲调，而这首诗正是依"一段传统曲调"而作。

全诗分 2 节，每节 4 行，用交韵 ABAB……，奇数行末词皆为 us，翻译时遵循原诗韵律。

②原诗此行 long，leaves，love us 分别构成两种类型的行中韵，今以"敫长(zhǎng)""长(cháng)长(cháng)"嵌入译文，取其同形而异音。又借鉴杨牧先生对此诗的译法，在此行重复两个"叶子"，用后一个代原诗从句之引导词 that，以增饰音韵。

③原诗此行 wet 与 wild-strawberry 构成头韵，故以汉语叠韵词"温润"对译 wet，丰富诗行的韵律感，其义亦相符。

④原诗此行 weary 与 worn 构成头韵，而汉语古音"怠""惫"二字同部，形亦近，义各相符。

又，sad 与 souls 构成头韵，汉语"悲恨"与"离魂"构成复韵，遂以译之。"离魂"，离躯之魂，南宋姜夔《踏莎行》词："别后书辞，别时针钱，离魂暗逐郎行远"，皆怀人之情语。

此行汉译"今我"二字，借《诗经·小雅·采薇》中"今我来思，雨雪霏霏"之意，亦合于原诗语境。

⑤原诗此行 thy 一词用语古雅，意即"你的"，故以"侬"译之。侬，吴语中第二人称代词。

《叶之落》 寸缄 绘

4. 蜉蝣[①]

"你那以往从未厌倦与我对望的双眸
在低垂的眼睫下折服于忧愁
因为我们的爱情正如月渐缺。"

她接着说：
"虽然我们的爱情正如月渐缺，且让我们
再次站在那寂寥的湖岸，
共同度过这温柔的时辰。
此刻这疲惫可怜的孩子，炽烈地，落入沉眠。
看那星河这般迢遥，你我之初吻
也已杳渺，啊，我心竟如此苍老！"

他们忧郁地信步在枯萎的落叶中
他握住她手，缓缓地回应：
"激情老是消磨我们漂泊的心。"

4. *Ephemera*

"Your eyes that once were never weary of mine
Are bowed in sorrow under pendulous lids,
Because our love is waning."
    And then She said,
"Although our love is waning, let us stand
By the lone border of the lake once more,
Together in that hour of gentleness
When the poor tired child, passion, falls asleep.
How far away the stars seem, and how far
Is our first kiss, and ah, how old my heart."

Pensive they paced along the faded leaves,
While slowly he whose hand held hers replied,
"Passion has often worn our wandering hearts."

空林簇拥着他们，那些黄叶
如陨星隐隐，坠于幽暗之中，曾经
有只又老又跛的兔子蹒跚跳过这小径；
秋色染身，这时他们——
再次站在那空寂的湖岸
蓦回首，他见她已将逝去的叶子塞满
那暗默中收拾的叶子，带着她含露的眼睛
——塞满了胸怀与发际。

　　"噢，不用悲痛，"他说
"我们都累了，还有世外之爱等待我们②
在无怨无悔的年华里且爱且恨。
横亘在前即永恒，你我灵魂
即为爱，一声告别亦无尽。"

The woods were round them, and the yellow leaves
Fell like faint meteors in the gloom, and once
A rabbit old and lame limped down the path;
Autumn was over him: and now they stood
On the lone border of the lake once more:
Turning, he saw that she had thrust dead leaves
Gathered in silence, dewy as her eyes,
In bosom and hair.

"Ah, do not mourn," he said,
"That we are tired, for other loves await us;
Hate on and love through unrepining hours.
Before us lies eternity; our souls
Are love, and a continual farewell."

◎注释：

①此诗作于 1884 年，最初收入诗集《我相漫游记及其他的诗》中，题为"蜉蝣：一首秋日牧歌"。

②世外之爱：灵魂转世的思想往往见于叶芝诗歌中。曾指导叶芝灵修的孟加拉婆罗门摩悉尼·默汗·剎特吉以及叶芝的挚友、爱尔兰文艺复兴运动的干将乔治·拉塞尔都对转世说深信不疑。当然，叶芝也曾对此表示过怀疑："我不该说灵魂转世的整个教义是假说，它是这个世界极可信的解释，但也仅此而已。"与此同时，凯尔特人信仰的德鲁伊教也有类似说法，见《印度人致他所爱》注释⑦。原诗此行 *other loves* 一语或仿德鲁伊教中 *The Other World*（旁外之世）而来，今译作"世外之爱"。

5. 被拐走的小孩①

司路士林有巉岩清高②

于某处涵浸在湖里，

湖里静卧葱茏一岛

有群白鹭在此振翼

——惊醒了昏沉的水鼠；

在那里我们早已藏覆

——盛满魔缸的浆果

还有偷摘的樱桃红胜火。③

过来，呵！人类的小孩！

去那水中，去那野外

跟一个仙女，牵手在一起，

因为这尘世多的是你所不懂的泪泣。

如月皎皎的柔波在此洒落④

5. *The Stolen Child*

Where dips the rocky highland

Of Sleuth Wood in the lake,

There lies a leafy island

Where flapping herons wake

The drowsy water-rats;

There we've hid our faery vats,

Full of berries

And of reddest stolen cherries.

Come away, Oh! human child!

To the water and the wild

With a faery, hand in hand,

For the world's more full of weeping than you can understand.

Where the wave of moonlight glosses

润泽了幽沉灰黯的沙际,

迢邈在天极的若瑟思海角⑤

我们终夜踏歌于斯地,⑥

编织着远古舞步,

交挽双手,凝结双目

直到月亮都已逃逸;

还徘徊欢蹈不息

且追逐着翻腾的浪泡,

此刻那人间遍是烦恼

还有睡梦中的焦急。

过来,呵!人类的小孩!

去那水中,去那野外

跟一个仙女,牵手在一起,

因为这尘世多的是你所不懂的泪泣。

此处有喷薄的滂澜

自歌伦嘉湖上的众陵腾溢——⑦

奔涌入群泽草莽间

那里刚好只容下孤星的游弋,

我们觅寻蛰眠的鳟鱼

款语到这鳞类耳际

送予他们喧嚣梦乡,

轻柔将头探出

自蕨丛,其坠落的泪滴

The dim grey sands with light,

Far off by furthest Rosses

We foot it all the night,

Weaving olden dances,

Mingling hands and mingling glances

Till the moon has taken flight;

To and fro we leap

And chase the frothy bubbles,

While the world is full of troubles

And is anxious in its sleep.

Come away, Oh! human child!

To the water and the wild

With a faery, hand in hand,

For the world's more full of weeping than you can understand.

Where the wandering water gushes

From the hills above Glen-Car,

In pools among the rushes

That scarce could bathe a star,

We seek for slumbering trout

And whispering in their ears

Give them unquiet dreams;

Leaning softly out

From ferns that drop their tears

坠落青春的激流之上。
过来，呵！人类的小孩！
去那水中，去那野外
跟一个仙女，牵手在一起，
因为这尘世多的是你所不懂的泪泣。

他将离我们而去，
带着凝重的眼神：
他再也听不到那群牛犊——
在暖暖的山腰低吟，
听不到炉架上的水壶
安详地歌唱他的心声，
也看不到那褐鼠
围着麦片盒子上下跳腾，
因为他已经去了，这个人类的小孩，⑧
去那水中，去那野外
跟一个仙女，牵手在一起，
因为这尘世多的是他所不懂的泪泣。

Over the young streams.

Come away, Oh! human child!

To the water and the wild

With a faery, hand in hand,

For the world's more full of weeping than you can understand.

Away with us he's going,

The solemn-eyed:

He'll hear no more the lowing

Of the calves on the warm hillside

Of the kettle on the hob

Sing peace into his breast,

Or see the brown mice bob

Round and round the oatmeal-chest.

For he comes, the human child,

To the water and the wild

With a faery, hand in hand,

For the world's more full of weeping than he can understand.

◎注释：

①此诗是叶芝诗歌代表作之一，最初发表于 1886 年 11 月的《爱尔兰月刊》，先后收入叶芝的《莪相漫游记》《迷径》及他编选的《爱尔兰乡野志怪俗讲》等多部著作中，是极具象征主义和浪漫主义审美特质的名篇，通常被认为是叶芝由印度神秘主义向田园牧歌诗风转变的重要标志。在此之后，叶芝确立了以爱尔兰为主要场景的诗歌创作方向。叶芝在其 1888 年主编的《爱尔兰乡野志怪俗讲》一书中对这首诗解释道："（故乡斯莱戈）更远处的若瑟思则是一处非常有名的仙人出没之地，那里有一小片重岩，若有人在此熟睡，醒来就有变成白痴的危险，因为会有仙女摄走其魂魄。"此典故后来被他写入自传中。

全诗 4 节，前 3 节为第一人称模仿仙女的口吻召唤孩子，第 4 节换做第一人称。每节后 4 行大体重复，颇具回环咏叹之美。此诗音节优美，用韵繁复，翻译时基本依原诗韵律。

②司路士林（Sleuth Wood）：英文或写为 Slish Wood，其名汉语亦曾译为"斯利什""史留什""斯里许"等，是爱尔兰斯莱戈东南方向的吉尔湖南岸的一片小森林，叶芝在自传中曾提及少年时夜穿该林之逸事。按，此林名称写法由盖尔语英译而来，sleuth 一词有"猎犬、追踪"等义，而叶芝择该词定名，饶有象征意味。译者以为叶芝诗中众多译名，都或多或少承载了他对爱尔兰民族文化的重构之功用，故在此以"司路士林"对译，以期读者得窥幽旨于 二。

又，此行汉译"巉岩"语出宋玉《高唐赋》："登巉岩而下望兮，临大阺之稀水"，昔贤登高而望，虽中外异同，而其情差近。

③原诗此行形容浆果之色红用最高级，故以比较之语译之。

又，以上三行借"仙女"之口吻而述，以启下文。

④此行以"如月皎皎"一语敷译 moonlight。"月皎"亦有"月光"之意，语本《诗经·陈风·月出》："月出皎兮，佼人僚兮。"

⑤若瑟思海角（Rosses Point）：或译作萝西斯海角等，是斯莱戈西北的一个小渔村，横贯斯莱戈的嘉拉沃吉河（Garvoge River）于此注入大西洋。叶芝小时候常随家人来此度夏，在他幼年的世界里，这是一处"极远"而又充满灵异之地，留下过丰富的回忆。后来，他在志怪散文集《凯尔特薄暮》一书中描述此地："萝西斯的北角是一个沙、

岩、草构成的小海岬：一个幽魂出没的凄凉之地。明智的农民不会在它低矮的崖壁下睡去，因为在这里睡着的人醒来时可能会'傻里傻气'——'好人儿们'已经把他的灵魂带走了。"(《凯尔特薄暮》第29章"鼓崖与萝西斯"，许健译)并说这里是前往"幽暗王国"的捷径。

⑥这一段中出现了多处关于"舞蹈"的意象。自古爱尔兰人就有善舞之称，其独有的踢踏舞至今仍风靡全球。在凯尔特文化传统中，舞蹈与起源神话、巫术仪式等神秘元素联系密切。对叶芝而言，舞蹈这一意象既具有民族性，又带有浓郁的象征主义色彩，是他诗歌中反复出现的主题意象之一。

⑦歌伦嘉湖：即 Glencar Lough，在斯莱戈的东北，有壮观的瀑布。其名在盖尔语中为"立石之碑"的意思，故以"歌伦嘉"译之，取其颂赞之微意。

⑧原诗此行在前三段末尾回环反复的基础上蕴含了变化，human child 由此前的泛指变为具体的指代，体现全诗主旨的升华，这也是叶芝惯用的手法。

6. 走下娑柳园^①

走下娑柳园，我真邂逅了心上的人，
她穿过娑柳园那双纤足轻卷雪尘。
她轻嘱我爱且随缘，好似春树含荑，
可少年无知的我，何曾懂她的心思。

在河边绿野，我真伴我心上人凝立，
也曾微倾下吟肩好停泊她的雪臂。
她轻嘱我余生欢喜，要像草堤青青，
曾年少无知的我，如今也热泪盈盈。

6. *Down by the Salley Gardens*

Down by the Salley Gardens my love and I did meet;

She passed the Salley Gardens with little snow-white feet.

She bid me take love easy, as the leaves grow on the tree;

But I, being young and foolish, with her would not agree.

In a field by the river my love and I did stand,

And on my leaning shoulder she laid her snow-white hand.

She bid me take life easy, as the grass grows on the weirs;

But I was young and foolish, and now am full of tears.

◎注释：

①此诗作于 1888 年，收入 1889 年出版的《我相漫游记及其他的诗》，原题作《旧调重歌》。关于此诗的缘起，叶芝曾自注云："此诗重构自斯莱戈郡巴力索尔代尔一乡野老妪自吟自唱的三行残缺旧调。"盖尔语学者、音乐家科尔姆·欧洛克莱恩（Colm O'Lochlainn，1892—1972）认为所谓"残缺旧调"即当时流行于斯莱戈一地的民谣：*Going to Mass last Sunday my / True Love Passed Me By.* （"上周日去望个弥撒/我那真爱与我擦身而下。"）希尔茨（H. E. Shields）则认为源于一首英爱小调《快乐的浪子（*The Rambling Boy of Pleasure*）》，同时叶芝之子麦可·叶芝在《叶芝与爱尔兰民谣》一文中也列举了或许可视作这首诗源头的一些民谣文本。

题中 *Salley* 一词是盖尔语 *saileach* 的雅译，即英语之 *willow*，意为柳树，叶芝取 *saileach* 之音转写为英语之 *salley*。在叶芝故乡斯莱戈有一地，其居民往往伐柳枝覆盖于茅屋之顶，遂有"柳园"之名，即 *Saileach Gardens*，青年男女往往在此处相会。但叶芝未将其地意译为 *Willow Gardens*，而是巧妙地写作 *Salley Gardens*，既保留其盖尔语的发音特征，又保留了英语中"柳属"——*salix* 这一词根的部分形式，且这一译名非常通俗化，可谓音、形兼备的一种雅译了。

以前的中译本或译诗题为"莎莉花园"，或省译作"莎园"，亦有意译成"柳园"的。按 *Salley Gardens* 非实指某处园林，故不宜译作"某某花园"，而"莎园""柳园"或传音而失意，或传意而失音，似不能备得叶芝雅译之旨。今按叶芝音形兼备的译写原则，译 *Salley Gardens* 作汉语"婆柳园"，汉语中婆娑、毵婆等词多可形容杨柳婀娜之态，如白乐天状苏州柳则云"曲江亭畔碧毵婆"，邵康节吟垂柳则有"婀娜王恭韵，婆娑赵后姿"等，且"婆柳"又近于 *Salley* 之音译。

全诗 2 节 8 行，韵脚形式为连韵 AABB CCDD。翻译时基本遵循原诗韵律。

玫
瑰

THE ROSE

7. 致时间十字架上的玫瑰①

红彤玫瑰、高傲玫瑰、忧愁玫瑰于我之终日！②
朝我走近些吧，当我唱起那些古记：③
狯丘林奋战愤怒之潮；④
灰发术士，木精化育又眼神寂寥⑤
在佛古司周身布设梦魇与祸胎无数。⑥
汝身受之哀愁，上应星宿，渐衰朽——
履以银屣而蹁跹于海里，
吟唱之宫调高亢又孤寂。
走近！不再蒙惑于凡人命运，
我在爱和恨的巨枝下觅寻，
一切庸愚之物苟活于朝暮，
永恒之美徜徉其途。

7. *To the Rose upon the Rood of Time*

Red Rose, proud Rose, sad Rose of all my days!
Come near me, while I sing the ancient ways:
Cuchulainn battling with the bitter tide;
The Druid, grey, wood-nurtured, quiet-eyed,
Who cast round Fergus dreams, and ruin untold;
And thine own sadness, whereof stars, grown old
In dancing silver-sandalled on the sea,
Sing in their high and lonely melody.
Come near, that no more blinded by man's fate,
I find under boughs of love and hate,
In all poor foolish things that live a day,
Eternal beauty wandering on her way.

走近！走近！走近！啊，依旧为我而孑遗
某一方寸之地以收留玫瑰的芳息！
那喝望的俗事唯恐我不再听见；
孱昧的蝼蚁匿身其孔穴之间，
田野鼠辈从我身边蹿入青芜，
沉重的肉身寄愿苦行以超度；
再孤独求索，直到将那灵异聆听
上帝所谕久逝之人明慧的心，[7]
再以世人未知之语习而咏唱。[8]
走近！在我临别之前，我将——
颂歌老爱林还有那些古记：[9]
红彤玫瑰、高傲玫瑰、忧愁玫瑰于我之终日。

Come near, come near, come near—Ah, leave me still

A little space for the rose-breath to fill!

Lest I no more hear common things that crave;

The weak worm hiding down in its small cave,

The field-mouse running by me in the grass.

And heavy mortal hopes that toil and pass;

But seek alone to hear the strange things said

By God to the bright hearts of those long dead,

And learn to chaunt a tongue men do not know.

Come near; I would, before my time to go,

Sing of old Eire and the ancient ways:

Red Rose, proud Rose, sad Rose of all my days.

◎注释：

①此诗是诗集《玫瑰》的序诗。1895 年，叶芝从其剧本《女伯爵凯瑟琳诸传奇及歌词》中辑出 23 首诗歌，以《诗集》为名刊印，再版时改用现名《玫瑰》，并将此诗以斜体印刷置于卷首，作为序诗。

叶芝早期诗歌中"玫瑰"大多只是语言或形象上的装饰与点缀，但到 1891 年以后，玫瑰则被他赋予了越来越丰富的象征意义。关于这首诗中的"玫瑰"意象，历来中文译者多有从作为爱尔兰象征符号来理解的。但按叶芝在《女伯爵凯瑟琳诸传奇及歌词》诗集序中所写："玫瑰是深受爱尔兰诗人喜爱的一个象征，以之为题的诗歌非止一首，既有盖尔语的，也有英语的。它不只用于情诗之中，也被用来称呼爱尔兰，如奥布莱·德·维尔的诗行'小小黑玫瑰，终应绽怒红'，又如詹姆士·曼甘的诗作《乌发罗莎莲》之所咏。当然，我并没有在后者的意义上使用它。"可知对爱尔兰的爱国主义情怀并非这部诗集中"玫瑰"符号的主要象征意义。

叶芝也曾暗示在宗教玄言诗中运用玫瑰这一象征，他曾说过："如古盖尔语所云'星期五的玫瑰'，则意指禁欲之花。"在叶芝的宗教信仰体系中，玫瑰是神秘宗教组织"金色黎明隐修社"（又称"玫瑰十字会"）的核心象征符号。叶芝在 1890 年 3 月受麦柯奎葛·玛瑟士之邀加入该组织，并从其神秘仪式中学习到诸如"四叶玫瑰与十字架可以构建第五元素"等一系列神秘主义学说。这部诗集中大量的玫瑰符号都可以被理解为该教会赋予这种美艳花朵的精神之爱与永恒之美的晦涩象征。

此外，玫瑰在本诗中更为直接的象征则是叶芝一生的挚爱——茉德·冈。茉德·冈（Maud Gonne，1866—1953）：爱尔兰演员、社会活动家、狂热的爱尔兰民族主义者。她幼年在法国长大，16 岁时跟着她的英国上校父亲到爱尔兰的都柏林赴任，并逐渐成为当地知名青年演员。她在都柏林深切感受到了爱尔兰人民遭受英人压迫的悲惨生活，思想上逐渐开始同情爱尔兰人民。在亲眼目睹一桩英国人驱逐租户的事件后，她毅然放弃了都柏林上流社会的生活，投身到轰轰烈烈的爱尔兰民族独立运动中，并先后成为土地同盟、"爱尔兰之女"以及后来的新芬党等组织的重要成员。

1889 年 1 月，叶芝与茉德相识，随后陷入了对她近乎痴狂的爱恋。茉德的感情世界丰富而复杂，她一生拥有多段情史，对叶芝的感情也始终若即若离。她与叶芝是研修秘术的同道，甚至在秘仪中缔结了"灵婚"；他们也是探讨文学艺术与理想的知音，结伴游历的足迹遍及爱尔兰、英国和欧洲大陆，但茉德又多次拒绝叶芝的求婚。1892—1895 年，茉德在法国与右翼政客吕西安同居，曾生育两个子女（其一夭折）。1903 年，她在巴黎与革命战友约翰·麦克布莱德少校结婚，但婚后生活并不幸福，屡遭家庭暴力。1916 年，夫妇二人在都柏林参加复活节起义，惨遭失败，麦克布莱德被枪决，她也入狱 6 个月。对这一深刻影响爱尔兰历史的重要事件，叶芝也在文学创作中进行了多层面的反映。

应当说，对茉德·冈这样一位美丽聪颖而又坚强独立的女性，那种思之不得的痛苦，促使叶芝一生中留下了许多不朽的文字，如剧本《胡里痕之女凯瑟琳》、诗歌名篇《白鸟》《当你老了》等。在《玫瑰》这部早期的诗集中，"玫瑰"这一象征符号，绝大多数都暗涵着作者对她的隐喻。

全诗 2 节，每节 12 行，韵脚采用连韵 AABB……翻译时遵循原诗韵律。

②原诗此行用韵密集，red，rose 构成头韵，同时 red，proud，sad 又构成假韵。在一行中同时用多种行中韵的押韵方式，是叶芝惯用的技巧。今以三个叠韵词"红彤""高傲""忧愁"译之，以便汉语读者大略体会到其韵律。

③原诗此行 the ancient ways，兼指符合古爱尔兰、凯尔特传统习俗的行为以及那个年代流传下来的事迹，故以"古记"译之。古记，有旧话、故事之意，如《醒世姻缘传》第九十八回："他还说了一大些不该休了老婆，不该替人写休书的古记哩。"又引申为古习俗之意，如民间称说旧俗有"讲古记儿"等说法。

④猺丘林（Cuchulainn）：凯尔特神话"乌托尼恩诸事记"中厄尔斯特国的伟大武士，属"红枝英雄"一脉的主要人物，其不畏强暴的英武形象成为后世爱尔兰民族精神的代表。其本名为瑟坦纳（Setanna），是光明神卢赫（Lugh mac Ethlenn）与厄尔斯特公主黛克泰娜（Dectera）所生之子。Cu 在盖尔语中意为"猎犬"，是勇敢与美的象征，CuChulainn 意即"丘兰之犬"。相传瑟坦纳少年时就曾独自杀死铁匠丘兰的看家猛犬，为补偿丘兰自愿为他看家护院，故以此得名，后成为著名的凯尔特勇士。此名在叶芝其他著作中曾用现代英语拼写为 Cuhoollin、Cuchullin，其音或汉译作库胡林、库丘林等，今以犬旁之"猺（音 kǔ）"译其首音，以明其源流。

猺丘林与大海搏斗之典故，系一段著名的凯尔特神话。某日猺丘林打猎之后枕石而眠，梦到被两名姐婶族女子以树枝击打，醒来便卧病不起，持续一年之久。后经人

指点,再次找到那块让他产生幻象的石枕,见到了梦中出现的姐婶女子之一。这名女
子告知猫丘林在仙湖彼岸的仙境中,海神玛南楠(*Manannan mac Lir*)美丽的妻子梵德
(*Fand*)求猫丘林助她打败三个恶魔,报偿便是获得梵德的爱情。于是猫丘林派战车御
夫拉伊驾驶铜船渡至湖彼岸之仙境中打探消息。拉伊回来后将梵德女神的美貌,以及
仙境之奇妙告知了猫丘林。猫丘林大为动心,要到湖的另一边去亲眼相见。这时,他
在浓雾中与海神玛南楠派来化身海浪的恶魔进行了一场激斗。在战胜恶魔顺利到达彼
岸后,猫丘林终于与梵德相会,共享仙境的快乐。这则充满浪漫主义色彩的神话以及
关于猫丘林的一系列传说,作为重要的母题元素多次出现在叶芝的各类作品中,被赋
予了多元化的象征意义,如诗歌《猫丘林与海之战》、戏剧《拜乐海滩》《艾美唯一之嫉
妒》、散文《搏浪》等。而叶芝自称此诗中猫丘林的形象是以美国人耶利米·柯廷写的
《西爱尔兰传奇》为基础构建,并补充说游吟诗人口中的猫丘林事迹与之大相径庭。

又,原诗此行 battling, bitter 构成头韵,以"奋战""愤怒"二词译之,首字同音。

⑤原诗此行 Druid 指德鲁伊教之祭司,凯尔特传统中认为他们具有先知、巫医、
灵魂转世等各种强大法力,在古凯尔特社会中地位崇高,在此译为"术士"。Druid 一
词前部源出"*druis*"(希腊文"橡木"意),后部系印欧语系后缀"*-wid*"(意为"所知")演
化而来,本义为"通晓橡林奥秘者"。古希腊、罗马传说橡木中住有精灵,可通过
"*druid*"向人类传达神谕,故此行诗中有"木精化育"之语。在古代爱尔兰,德鲁伊信
仰广泛融入凯尔特传统社会的方方面面,但在欧洲大陆、英格兰则长期被视为异端宗
教,受到基督教的残酷打压。叶芝在创作中大量运用这一符号,并将其赋予爱尔兰传
统意义的形象表征,寓意深刻。

⑥佛古司(*Fergus mac Roy*):即"罗伊之子佛古司",是厄尔斯特国的国王、"红
枝英雄"的杰出领袖。传说他身材高大如同巨人,膂力可敌七百人,是猫丘林惺惺相
惜的好对手。

凯尔特神话"乌托尼恩诸事记"记载,厄尔斯特国王大力法特纳(*Fachtna*)驾崩后,
其异母弟佛古司继承王位。但佛古司爱上了美貌的寡嫂、法特纳的遗孀奈莎(*Nessa*),
想娶其为妻。奈莎提出的条件是让自己年幼的儿子康胡巴(*Conchobar mac Nessa*)做一
年国王,以使康胡巴的子孙也能称为国王后裔。善良的佛古司为娶奈莎,便将厄尔斯
特的王位让与康胡巴,以一年为期。这一年内,佛古司每天不是与他的红枝英雄们骑

马游猎，就是同祭司探讨占梦和诗歌，纵情酒色，而康胡巴却在奈莎的指导下，用心处理每一件国务，并广植恩惠，收买人心。于是一年之后，天下大治，举国的贵族和人民都归功于康胡巴之贤，拥戴他继续执政。毫无野心的佛古司满足于声色犬马的生活，反而带着祭司与一群武士、游吟诗人等，到森林的最深处隐居修炼，放弃了收回王位的权利。但随后康胡巴的阴忍本性逐渐显露，他为霸占宫廷说书人的女儿——绝世美女黛尔德丽（*Deirdre*），利用佛古司在红枝英雄中的威望，派佛古司将这位避居国外的佳人以及乌思拿（*Usna*）的三个儿子——黛尔德丽的爱人瑙西（*Naoisi*）和他两个弟弟阿尔丹（*Ardan*）、艾因勒（*Ainle*）诱骗回厄尔斯特国。随后康胡巴违背诺言，将乌家三兄弟处死，并霸占了黛尔德丽，其间还误杀了佛古司之子伊兰（*Illan*）。佛古司得知真相后怒发冲冠，遂带领忠于自己的红枝英雄反出厄尔斯特国，投奔康纳希特国王艾勒尔（*Ailell*）与王后媚芙（*Maeve*）去了。

必须指出的是，叶芝在创作《玫瑰》这部诗集中许多涉及佛古司事迹的作品时，所依据的文本实际上是塞缪尔·费格生爵士所撰《罗伊之子佛古司之退位》。费氏将凯尔特神话和英雄史诗以英语转写成叙事诗的体裁，但其中大量情节和考证后来被证明并不可靠，很多都出于费氏的虚构，并经过加工和发挥。这就导致叶芝这些诗作涉及的部分表达与通行的凯尔特传说版本存在一定出入。比如叶芝受费著影响，在很长的时间都认为佛古司做过全爱尔兰的国王，并且是一个诗人。事实上按照传统说法，佛古司从法特纳那里继承的只是爱尔兰北境厄尔斯特国的君主之位，他也没有以诗歌著称。而佛古司被奈莎设计骗取王位的故事，则通常被认为最初记载在12世纪以盖尔语写成的《伦斯特之书》中。

⑦关于原诗此行 *bright hearts*（明慧的心），叶芝在其自传中曾说"不记得"自己要用这个短语表达何意了，但不久之后便写下"心怀明镜之灵魂"。

⑧叶芝有意将玄学与象征主义纳入其诗学体系，来重构古爱尔兰神话，为之注入新的生命力。

⑨*Eire*（爱林）是爱尔兰的昵称，源于妲奴女神部落的一位女王之名，该部落即后世之妲婧族。

8. 尘世的玫瑰①

谁曾梦过花颜凋落如梦一场？
为那双红唇，沾满悲戚的骄傲，
悲戚着不再有新的神迹显兆，
特洛伊凋逝在烛天炽焰的焚葬，②
乌思拿的孩子已死掉。③

过客如我辈以及这尘世营营：
人灵魂深处，那踯躅与让步
似溟溟之浪，循其凛凛之途，
覆以闪逝群星与天穹之浮影，
寄命以这般孤寂面目。④

8. *The Rose of the World*

Who dreamed that beauty passes like a dream?
For these red lips, with all their mournful pride,
Mournful that no new wonder may betide,
Troy passed away in one high funeral gleam,
And Usna's children died.

We and the labouring world are passing by:
Amid men's souls, that waver and give place
Like the pale waters in their wintry race,
Under the passing stars, foam of the sky,
Lives on this lonely face.

鞠躬吧，大天使们，在你们幽晦的仙宇：
在每颗心尚未跳搏，或先于你而化作——
化作疲惫而善良者徘徊我主的神座；⑤
我主曾为这尘世辟开萋萋碧草之路⑥
好放任她的双足去漂泊。

Bow down, archangels, in your dim abode:
Before you were, or any hearts to beat,
Weary and kind one lingered by His seat;
He made the world to be a grassy road
Before her wandering feet.

◎注释：

①此诗系叶芝为茉德·冈而作，最初以拉丁语"*Rosa Mundi*"为题，发表于 1892 年 1 月 2 日的《国民观察家》。最初版本仅有前 2 节，第 3 节为叶芝在某次与茉德·冈从都柏林山脉远足归来后所加。*Rosa Mundi* 是一种色泽娇艳的条纹玫瑰，据说得名于英王亨利二世的情妇罗莎蒙德·柯莉芙德(Rosamund Clifford，1150—1176 年)，而 *Mundi* 一语又和茉德之名 *Maud* 音近。在拉丁语中，*Rosa Mundi* 有"尘世玫瑰"之意，叶芝最初以此为题语带双关。

此诗现版本为 3 节，每节 5 行，韵脚形式为 ABBAB……翻译时依原诗韵律。

②叶芝在此将茉德·冈比喻为古希腊的绝世美女——特洛伊城的海伦。海伦是古希腊神话中天神宙斯跟爱托利亚国王之女丽达所生的女儿，被誉为人间最美的女子。海伦被其养父斯巴达国王廷达瑞俄斯(Tyndareus)抚养长大，嫁给了阿伽门农之弟、亚各斯之王墨涅拉奥斯，并使墨涅拉奥斯继承了斯巴达的王位。但她又爱上特洛伊的王子帕里斯，最终为爱情抛弃了丈夫和女儿，同帕里斯私奔到富饶的特洛伊城。为夺回海伦并洗雪耻辱，墨涅拉奥斯串联起希腊各大城邦，组成了以阿伽门农、阿喀琉斯为统帅的联军，与特洛伊城爆发了持续十年之久的特洛伊战争。十年之间，双方打得难分难解，阿喀琉斯、帕拉墨得斯、赫克托耳、帕里斯王子等双方多位主要将领都先后战死。最终，希腊联军的奥德修斯用木马计里应外合，攻破特洛伊城。城破后，希腊人对特洛伊展开了大规模的劫掠，并将这座富有的地中海名城烧成一片灰烬。海伦也被墨涅拉奥斯带回了希腊。

在欧洲，海伦与特洛伊之战自古以来就是各种文艺作品的母题之一。文学方面，在古希腊时期就有伟大诗人荷马的英雄史诗《伊利亚特》以及索福克勒斯、欧里庇得斯的多部悲剧围绕这一题材创作，古罗马大诗人维吉尔以此题材写过史诗《伊尼特》，奥维德也作过长诗《名媛》。在非文学形式中，非但文艺复兴三杰中的达·芬奇与拉斐尔各有名作，后世几乎绝大多数欧洲大画家均有相关画作传世。在本诗中，叶芝将茉德·冈比作引发战争最终导致特洛伊城被焚毁的绝世美女海伦，一方面秉承了欧洲文艺复兴以来的传统，另一方面也体现了他对茉德·冈一贯复杂而矛盾的情愫。

③乌思拿的孩子：见《时间十字架上的玫瑰》注释⑥。叶芝在此又将茉德·冈比喻为凯尔特传说《夺牛长征记》中造成乌思拿三子被害、佛古司出走并带来战乱的绝代美

女黛尔德丽。据叶芝自己的说法，此处主要依据塞缪尔·费格生爵士所著《西部盖尔歌行》(1864 年出版)中的一首叙事诗《黛尔德丽挽乌思拿三子之歌》的有关叙述。

又，在有些中文译本中，将乌思拿(*Usna*)与黛尔德丽(*Deirdre*)误作一人，不确。

④"孤寂面目"指代前文提到的海伦、黛尔德丽，以及与原诗题 *Rosa Mundi* 相关的罗莎蒙德，她们虽为绝世佳人，但最终都孤独而终，与全诗第一行呼应。在此象征茉德·冈。

⑤叶芝在某次与茉德·冈自都柏林山脉远足归来后，对她因跋涉于崎岖山路而万分疲惫表示担忧，于是为本诗增写了第 3 节，故有"疲惫而善良者"之语。

⑥原诗此行 *grassy road* 比喻神秘宗教中通往人类经验世界的方法，参见《时间十字架上的玫瑰》注释①。

《尘世的玫瑰》 寸缄 绘

9. 湖屿茵内思佛意①

我此刻就要起身，去到茵内思佛意，②
小筑一舍茅屋，无非织篱撮土；③
自辟九垄豆畦，做个蜂窠饮蜜，
再幽栖到这蜂虫嘶语林深之处。

在此我方觉些许宁谧，这宁谧垂垂欲滴
滴入晓雾轻纱，滴到秋蛩浅吟；
这良夜瞑色沉盈，这晌午紫烟流溢，
入暮满是振翅的朱禽。④

我此刻就要起身，只为常于昼夜⑤
我聆听到湖澜吻岸以作嘤鸣，⑥
就当伫步驰马之道或驻足尘黯之街——⑦
我聆听到心灵深衷这声音。⑧

9. *The Lake Isle of Innisfree*

I Will arise and go now, and go to Innisfree,
And a small cabin build there, of clay and wattles made;
Nine bean-rows will I have there, a hive for the honey-bee,
And live alone in the bee-loud glade.

And I shall have some peace there, for peace comes dropping slow
Dropping from the veils of the morning to where the cricket sings;
There midnight's all a glimmer, and noon a purple glow,
And evening full of the linnet's wings.

I will arise and go now, for always night and day,
I hear the lake water lapping with low sounds by the shore;
While I stand on the roadway, or on the pavements gray,
I hear it in the deep heart's core.

◎注释：

①此诗系叶芝成名作之一，写于 1888 年 12 月，初发表于 1890 年 12 月 13 日的《国民观察家》上。此时，叶芝已随家人第二次移居伦敦，在贝德福园旁的布伦海姆路上的住所写下此诗。诗题之 *Innisfree* 在盖尔语中作 *Inis Fraoigh*，意为"帚石楠之岛"，是叶芝家乡斯莱戈郡吉尔湖中一屿。在当地民间传说中，吉尔湖中的诸多小岛是仙灵出没之地，作者少年时常去这些小岛上"探险"。叶芝在诗中将之作为故乡的象征，寄托浓郁的故土情怀。值得留意的是，叶芝在将小岛的盖尔语名写成英语时用的是 *Innisfree* 这种写法，字面上暗合"自由之岛"。其中深意与陶渊明之"结庐人境"相仿佛，故音译以"茵内思佛意"，取其内心对随心适意之所思。

叶芝在回忆录中充满感情地回忆过这首诗。他说某次经过伦敦的芙丽特街时，在一家商店的橱窗中听到有个顶着小球的喷泉装置发出清脆的水声，这让年轻的诗人顿时想起了故乡泉水的激鸣，思乡之情油然而生。于是，他想到这首《湖屿茵内思佛意》，并写到："那是我第一次以自我的音乐节拍去填词。"

全诗 3 节，每节 4 行，用交韵 ABAB……翻译时依原诗韵律。

②原诗开头 *I will arise and go now*，系模仿《圣经·新约·路加福音》15 章 18 句之开头：*I will arise and go to my father ...*《圣经》思高译本译作："我要起身到我父亲那里去……"今取此译本，并依原诗形制有所增益。当然，随着年龄的增长和诗艺的提高，叶芝后来对这首诗使用如此范式开头并不满意，他说："倘若再迟个一两年，我便不会用'就要起身'这样的陈言故典了，也不会在最后一段运用倒装模式。"这首诗在某些字句的处理上确实还存在明显的模仿痕迹，表现出 23 岁的叶芝在诗艺上未臻纯熟的一面。

③叶芝在其自传中写幼年去吉尔湖附近探险的经历时曾说："当时父亲正好给我念了梭罗的《瓦尔登湖》，引发了我无限遐思。我打算有朝一日在一个名为茵内思佛意的小岛上建一栋茅屋，并在此间长住。"这应当是这首诗最初的思想来源。

④原诗此行 *linnet* 为赤胸朱顶雀，是一种长有赤羽的小型禽类，有一个亚种主要产于苏格兰和爱尔兰的部分地区。

⑤原诗此行后半部分 *for always night and day*，系化用《圣经·新约·马可福音》5 章 5 句之句式，全句为：*And always, night and day, he was in the mountains, and in the tombs, crying, and cutting himself with stones.*《圣经》和合本译作"他昼夜常在……"今以此为基础，依原诗形制略加变化译之。此段末尾两行系后置时间状语从句，即注②中叶芝所称的"倒装模式"。

⑥原诗此行 *lake*、*lapping* 等构成头韵，以"湖澜""吻岸"译之，第二字同韵。

⑦原诗此行 *roadway* 指车道、大马路，此处译为"驰马之道"。*pavement* 指人行道，与上文之 *roadway* 对应。原诗 *gray* 有灰黯阴沉之意，以"尘黯"译之。这行描绘的场景，可与注①互证。

又，叶芝后来对此行及最后一行用倒装表示过不满意(见注②)，故此段以较为欧化之语式译出，以拟其意，其他诸多译本少有如此处理者。

⑧原诗此行 *in the deep heart's core* 一语，系化用英国大诗人雪莱于 1821 年所写之悼亡长诗《阿童尼》中 *in thy heart's core* 一语。查良铮先生译雪莱之语为"深心"，极为洗练。今依叶芝原诗之构词，敷译为"心灵深衷"，"衷"亦内心也。此行中，*hear* 与 *heart* 构成头韵，以"聆听""心灵"译之，重叠其韵；"它"指上文之"湖澜"。

《湖屿茵内思佛意》 寸缄 绘

10. 当你老了^①

当你老了，白了头，睡意也浓，^②
正颔首附火，请取下这部诗作，^③
且款款读，梦涵那秋水的柔波
似你如初双眸，亦涵邃影其中。^④

多少人思慕你明媚温雅的韶辰，
并贪爱你的花容以真爱或虚情，
唯一人曾挚恋你朝圣者之魂灵。
还眷爱你垂老容颜上几许愁痕。

再俯下身倚着那炉火映照的阑，
喃喃，清愁自语，爱神何逸^⑤
亦何遁陟群山之天际
又隐尊颜于星汉之间？^⑥

10. *When You Are Old*

When you are old and grey and full of sleep,
And nodding by the fire, take down this book,
And slowly read, and dream of the soft look
Your eyes had once, and of their shadows deep;

How many loved your moments of glad grace,
And loved your beauty with love false or true,
But one man loved the pilgrim soul in you.
And loved the sorrows of your changing face;

And bending down beside the glowing bars,
Murmur, a little sadly, how Love fled
And paced upon the mountains overhead
And hid His face amid a crowd of stars.

◎注释：

①此诗作于 1891 年 10 月 21 日，是献给茉德·冈的著名诗篇，也是世界文学史上脍炙人口的抒情诗佳作。叶芝写这首诗时，茉德·冈正沉浸于丧子之痛，她和法国左翼政客吕西安·米勒瓦的私生子乔治不久前在巴黎夭折（她对叶芝声称乔治是自己收养的孩子）。叶芝为宽慰心上人，给茉德施以各种通灵秘术的仪式帮她排遣抑郁，还赠送给她一本自己亲手制作的诗集。这本羊皮纸小册子里，叶芝手抄了自己的七首情诗，其中就包括这首《当你老了》。

此诗在造境（特别是第一段）、措辞与韵式都明显效仿 16 世纪法国七星诗社诗人皮埃尔·德·龙沙（Pierre de Ronsard，1524—1585 年）于 1578 年所作之名诗《商籁诗致伊莲：侍汝垂暮时》。

全诗 3 节，每节 4 行，共 12 行，韵脚用抱韵 ABBA……格律上大体类似彼特拉克体商籁诗的前 2 节，较之龙沙旧作则更显温柔敦厚、婉转情深，翻译时兼顾原诗特征。

②原诗此行效仿龙沙诗作之开头而有所变化，用两个 and 营造一种娓娓道来的舒缓的抒情语境。

③原诗此行 this book 专指由作者亲手抄录为茉德·冈所作的几首情诗，用手工装订成一本诗集，故直译为"诗作"，参见注释①。

另，原诗第 1 节系一个完整的复合句，第 1 行至第 2 行之 fire，为时间状语从句。附火，谓向火取暖。语出唐韩愈《画记》："坐而脱足者一人，寒附火者一人。"

④原诗第 1 节的第 2 行后半与第 3、第 4 行共同构成主句部分，理解为 take down this book, and slowly read, and dream of the soft look (that) your eyes had once, and (dream) of their shadows deep，以 book 与 look 作韵脚而分行。今将 the soft look 意译为"秋水的柔波"，以代原诗之"柔光"。

⑤原诗此行 Love 用神格，特指"爱之神"，故原诗末行对应用神格 His。

⑥原诗此行 His face 中 His 用神格，即"神之面容"，故译为"尊颜"。

此行用韵较密，hid 与 His 构成倒尾韵，又与 amid 构成尾韵，故译为"隐尊颜于星汉其间"，以"隐"与"尊"互韵，"颜"与"间"互韵，以拟其音律。另，倒数三行中的 fled、paced、hid 是同一个疑问句的谓语动词，其主语都是都是 Love（爱神）。

茉德·冈

11. 白鸟[①]

吾爱，我要与你，做那沧海沫花间的白鸟！
我们厌怠了流星的焰，当它尚未黯淡与遁逃；
还有暮光中苍苍太白之火，低悬天穹之一隅，[②]
照彻了你我衷怀，吾爱，那永不逝的忧愁一缕。

倦惑萌发自那群逐梦人，浥露的百合与玫瑰；[③]
呵，吾爱，莫要梦想流星那逃闪的辉，
亦或苍苍太白之火，曳曳低悬入于露珠之坠——[④]
我要与你化身那横流漂沫上的白鸟，出双入对！

11. *The White Birds*

I would that we were, my beloved, white birds on the foam of the sea!

We tire of the flame of the meteor, before it can fade and flee;

And the flame of the blue star of twilight, hung low on the rim of the sky,

Has awakened in our hearts, my beloved, a sadness that may not die.

A weariness comes from those dreamers, dew-dabbled, the lily and rose;

Ah, dream not of them, my beloved, the flame of the meteor that goes,

Or the flame of the blue star that lingers hung low in the fall of the dew:

For I would we were changed to white birds on the wandering foam: I and you!

我曾梦萦那群礁无尽，魂牵漫漫妲婳之一垠，⑤
斯地之辰光注定遗忘我们，再无悲伤走近；
快远离那露水间的花颜，远离灼人之炎，
吾爱，我们只做一双白鸟，浮沉沧海沫花间！

I am haunted by numberless islands, and many a danaan shore,

Where time would surely forget us, and sorrow come near us no more;

Soon far from the rose and the lily, and fret of the flames would we be,

Were we only white birds, my beloved, buoyed out on the foam of the sea!

◎注释：

①本诗系叶芝的象征主义杰构之一，首次发表于 1892 年 5 月 7 日的《国民观察家》上，标题带有题注："相传仙境之鸟白如雪。姐媍列岛即仙灵之屿。"

关于姐媍，叶芝在《女伯爵凯瑟琳诸传奇及歌词》中这样阐述："姐媍海岸，写作 *Tier-nan-oge*，亦可写为'仙乡'。"在《爱尔兰乡野志怪俗讲》中他又说姐媍海岸是"青春之境"，是一处"凡人可分享仙灵青春永恒的天堂"。今按姐媍一词渊源甚古，可追溯到神话时期以姐娜女神命名的著名部落，盖尔语呼为"泰媍奥歌之地"（*Tier-nan-oge*）。早期从欧洲大陆或英格兰渡海而来的基督教传教士们常以"姐媍之民"作为对爱尔兰岛原居民的雅称，后世爱尔兰人遂以自诩，类似我国国民自称为炎黄后裔。

此诗为茉德·冈而作。1891 年 8 月 3 日，叶芝第一次向求婚，被拒。次日，他俩同游都柏林南郊的豪士崖，见有一双海鸥从他们头顶飞向大海。茉德对叶芝说若能选择变为飞禽，海鸥将是她的绝对首选。三日后，叶芝将这首温柔的诗送给了她，冀望与她化身为一双"沧海沫花上的白鸟"。

全诗 3 节，每节 4 行，用连韵 AABB……语言典雅，音节舒缓悠扬，翻译时依原诗韵律。

②原诗此行 *the blue star* 指金星。在欧洲文化中，金星以爱与美的女神维纳斯命名，而 *blue*（蓝色）又是忧郁之色。叶芝用散发出忧郁蓝光的女神之星象征当时与茉德·冈一同投身其间的爱尔兰民族独立运动。叶芝最初参加政治活动的原生动力是出于对茉德的爱慕和追随，因此他用代表爱与美的金星来隐喻他的意中人。但与此同时，大概是因为茉德以政治运动为理由拒绝了他的求婚，叶芝又对诸如此类的斗争运动心存不满，他在回忆录中称之为自己"唯一可见的情敌"，这也体现了叶芝早期政治立场的不坚定性，以及面对无法掌控的爱情时那种复杂心理。

在中国，金星号太白，属西方，主杀伐；苍色为深青之色，亦出于蓝色。在古代中国的诗文中，太白这一星象又恰好常与苍苍之色连用，如李白《古风·其五》："太白何苍苍，星辰上森列。"太白属西方，与原诗挂于天角的意境相符。今取其意象，用"苍苍太白"对译 *the blue star*，以期于中西文化内涵中，各求引申之微意。

③在叶芝的诗歌中，玫瑰和百合是具有多重象征含义的符号。在这里，玫瑰象征女性，特指茉德·冈，百合则象征男性，特指作者本人。此外，"露"（露水、露珠）也

是具有典型凯尔特传统审美特质的意象，在叶芝的诗歌中往往用来象征不同世界之间的联系。

④原诗此行 *lingers hung low in the fall of the dew*，与前文第 3 行 *hung low on the rim of the sky* 相呼应，用重复出现而又略有变化的语言，形成回环反复的咏叹效果。

⑤关于姐姤的解释见注释①，叶芝终其一生都以"姐姤之民"自居，将"姐姤之岸"视同自己的精神家园。斯地之名物无不蕴含着他对故土爱尔兰以及爱尔兰文化的热爱。

12. 谁跟佛古司同行？①

此刻谁要跟佛古司驱驰？
刺透这阴翳镶缀邃丛间，②
蹈步在平坦的水涯！
后生，扬起你那浓眉赤赤，
姑娘，舒展你纤柔的眼帘，
执念在希冀里方无惧怕。

再不能迷失了方向，也不能
——执迷爱情苦涩的秘方；
只为佛古司统领这铜车骑，③
统领这丛林的众影，④
还有溟海那皑皑的胸膛
以及一切凌乱的星斗在漂弋。

12. *Who Goes with Fergus?*

Who will go drive with Fergus now,
And pierce the deep wood's woven shade,
And dance upon the level shore?
Young man, lift up your russet brow,
And lift your tender eyelids, maid,
And brood on hopes and fear no more.

And no more turn aside and brood
Upon love's bitter mystery;
For Fergus rules the brazen cars,
And rules the shadows of the wood,
And the white breast of the dim sea,
And all dishevelled wandering stars.

◎注释：

①此诗是叶芝创作的戏剧《女伯爵凯瑟琳》第2幕的一段唱词。佛古司生平事迹参见《致时间十字架上的玫瑰》注⑤。

全诗2节，每节6行，用韵ABCABC……翻译时依原诗韵律。

②原诗此行 *wood*，*woven* 构成头韵，以同韵母的"缀""邃"二字拟其韵。

③相传佛古司带着一帮亲信乘坐铜制的轩车去丛林探幽，以逃避担任厄尔斯特国王的琐务。

④"影"是凯尔特传统中的特殊文化观念，凯尔特人认为影子代表灵魂，能够联结今生与来世，参见《印度人致他所爱》注释⑦。

13. 致未来时代的爱尔兰①

要知道，我愿被视同

某一伙人的真弟兄

他们唱着温慰爱尔兰伤痛的

民谣和传说，诗章与赞歌；②

愿我不比他们丝毫逊色，

只为那红玫缝缀之裙褶——③

她那裙褶，她那历史溯源④

早在上帝创造天使一族之先；

她那裙褶，曳过笔墨纵横的每页书。

当司辰开始狂啸又狂怒，⑤

她双足飞扬的步调

开肇爱尔兰之灵窍以搏跳；⑥

司辰谨以其所有燃耀的烛

去点亮内外毫厘之微步；

13. *To Ireland in the Coming Times*

Know, that I would accounted be

True brother of a company

That sang, to sweeten Ireland's wrong,

Ballad and story, rann and song;

Nor be I any less of them,

Because the red-rose-bordered hem

Of her, whose history began

Before God made the angelic clan,

Trails all about the written page.

When Time began to rant and rage

the measure of her flying feet

Made ireland's heart begin to beat,

And Time bade all his candles flare

To light a measure here and there;

愿爱尔兰之思，孕生
在慎微之静。

但愿我也不会被看成
弗如戴维斯、曼甘、费格生，⑦
因为——对善思者而言，
我的诗行较彼辈之诗韵所谈⑧
有更多深意可资探索，
——在唯有骸骨眠卧之所。⑨
因这原素所造之物⑩
在我案上跳来又跑去，
冲破那无律之心弦
狂啸狂潮里，狂怒狂飙间；⑪
但能依节律而蹈舞
定可换彼此之凝目。
世人永伴他们去远涉
追随这红玫缝缀之裙褶。
啊！仙女们，在月下起舞，
巫之大地，巫之乐曲！⑫

只要还能够，我要为你而写——
写这爱情我曾体验，写这梦想我所理解。
从我们出生之日，到我们死亡，
不过是一转瞬的时光；

And may the thoughts of Ireland brood
Upon a measured quietude.

Nor may I less be counted one
With Davis, Mangan, Ferguson,
Because, to him who ponders well,
My rhymes more than their rhyming tell
Of things discovered in the deep,
Where only body's laid asleep,
For the elemental creatures go
About my table to and fro,
That hurry from unmeasured mind
To rant and rage in flood and wind;
Yet he who treads in measured ways
May surely barter gaze for gaze.
Man ever journeys on with them
After the red-rose-bordered hem.
Ah, faeries, dancing under the moon,
A Druid land, a Druid tune!

While stilll may, I write for you
The love I lived, the dream I knew.
From our birthday, until we die,
Is but the winking of an eye;

而我们，我们的颂歌和爱情

——已为司辰这揆度者点亮于头顶，

还有一切蒙昧不明之物

在我案上跳来又跑去，

正前行，行往应往之地！⑬

在真理令人神往之狂喜里，

全然无一处堪付与梦和爱；⑭

因为上帝经行处，唯馀足迹皑皑。⑮

我以我心铸入我诗行，

在那晦暗的未来时代，你将——

会明白我心如何随他们跋涉

追随这红玫缝缀——之裙褶。

And we, our sing and our love,

What measurer Time has lit above,

And all benighted things that go

About my table to and fro,

Are passing on to where may be,

In truth's consuming ecstasy,

No place for love and dream at all;

For God goes by with white footfall.

I cast my heart into my rhymes,

That you, in the dim coming times,

May know how my heart went with them

After the red-rose-bordered hem.

◎注释：

①这首诗在《玫瑰》这部诗集出版时以斜体字印刷在诗集的最后，是整部诗集的跋诗，也是体现叶芝的文学和政治思想的重要作品。原题为"在未来时日致爱尔兰之辩状"，是叶芝对自己因所谓"魔力玫瑰象征主义的某种狂热"而表现出的晦涩诗风的一种辩解(叶芝晦涩的诗风曾在他的诗友中招致非议)。在诗中，他标榜了自己对爱尔兰民族主义文学的鲜明态度，认为自己作品中的爱国精神并不逊色于此前那些直抒胸臆的民族主义作家。与此同时，这也是一首写给茉德·冈以自陈心迹的情诗。

这首诗将民族情感与对挚爱之人的热忱完美融为一体，虽造语平易，但娓娓道来的字里行间却透射出一股震撼人心的力量，即便在百年之后的今日，我辈读来仿佛仍能感受到诗人对祖国和爱人的强烈感情。

全诗3节，为八音节双行体诗歌，翻译时依原诗韵律。

②原诗此行 rann 指从诗歌中截取的章节，通常为韵文，故译为"诗章"。

③原诗此行 red-rose-bordered hem，本意为红色玫瑰镶边的裙褶，但具有多重象征意义。爱尔兰的人文传统以及人民的独立斗争精神在诗中被叶芝隐晦地赋予了一位女性舞者的人格形象，而用缀于她优雅舞裙裙褶上精致的红玫瑰镶边，来隐喻一代又一代爱尔兰古代英雄所积淀的崇高的古典主义精神，以及这个国度特有的艺术气质。同时，这一比喻又兼有象征茉德·冈的意味，叶芝将对茉德的追求视同自己参与爱尔兰独立斗争的一部分，无论从情感或是创作来讲，他所挚爱的人和他所热爱的祖国都是合二为一、难以分割的。在构词上，red-rose-bordered hem 这个短语本身就颇能体现叶芝的巧思，red-rose-bordered 这个组合词中 red 和 rose 构成头韵，red 又和 bordered 词尾相同，构成类似视韵的效果，这是他非常擅长的炼字技巧。此等修辞之精巧，原为植根语言体系中内生特质而来，本不可译，今强译以"红玫缝缀"，以红、缝与玫、缀二字韵部相近，且红、缝、缀的部首相同，差拟其意。

④此行中的"她"以及后文中所有的阴性第三人称都可理解为指代爱尔兰的文化与精神，叶芝在诗中将爱尔兰的人文传统和人民独立斗争的精神拟人化为一位女性舞者的形象，参见注③。

⑤原诗此行 Time 用神格，应理解为掌管时间之神，方能与后文 rant 和 rage 呼应，故译为"司辰"。rant 与 rage 二词构成头韵，以狂啸、狂怒二词译之。

⑥原诗此行 heart, begin, beat 三词中, heart 与 beat 构成尾韵, begin 与 beat 构成倒尾韵, 今分别译以三个同韵的词——灵窍、开肇、搏跳, 以使读者略能体会其用韵之密。

⑦托马斯·奥斯本·戴维斯(Thomas Osborne Davis, 1814—1845 年): 19 世纪爱尔兰政治活动家, 也是民族主义作家和诗人。1842 年, 他参与创办青年爱尔兰党的核心阵地《民族》周刊, 支持恢复爱尔兰议会的斗争。他主张爱尔兰各教派和各阶级联合, 著有《民族独立》《丰特努瓦战役》等诗篇, 其思想和文字对与叶芝亦师亦友的芬尼亚运动领袖约翰·欧李尔瑞产生过重要影响。叶芝在《拙作总序》(A General Introduction for My Work, 收入《随笔与序文集》)一文中提及正是欧李尔瑞的推荐, 让他认识到戴维斯等人所具有的"我过去赞赏现在仍然赞赏的品质"。

詹姆士·克莱伦斯·曼甘(James Clarence Mangan, 1803—1849 年): 爱尔兰文学史上具有重要地位的浪漫主义诗人、作家, 被认为是爱尔兰文艺复兴运动的先驱者之一。他出身社会下层, 一生经历坎坷, 大多数时期以给民族主义报纸撰稿为生。他本人是集天才与恶习于一身的悲剧人物, 曾沾染毒瘾、酗酒, 并最终死于霍乱。但他天才般的诗作往往脱胎于爱尔兰语、德语以及许多东方语言的素材, 主题则讴歌爱尔兰不朽的历史文化传统, 其著名作品如《奥胡赛的马奎尔之颂》《无名者》《乌发罗莎莲》和《西伯利亚》等, 对爱尔兰文艺复兴运动中的诗歌创作产生过非常重要的影响。

塞缪尔·费格生爵士(Sir Samuel Ferguson, 1810—1886 年): 19 世纪爱尔兰诗人、作家, 同时也是律师和古玩收藏家。他出生于厄尔斯特的新教徒家庭, 是具有文化民族主义思想的北爱尔兰统一派人士。他热爱游历, 著有大量的反映爱尔兰各地凯尔特文化传统的诗歌、散文及文化研究著作, 还发掘并翻译整理了大量的凯尔特民间传说、传奇故事, 客观上为后来的爱尔兰文艺复兴运动提供了基础文本。费格生的著作是叶芝早年了解爱尔兰文化和历史传统的重要来源之一, 对此叶芝曾写有专文《塞缪尔·费格生爵士的诗》。参见《致时间十字架上的玫瑰》注⑥、《尘世的玫瑰》注③。

⑧叶芝研究者杰法尔斯(A. Norman Jeffares)认为原诗这两行应理解为: 叶芝一直尝试通过诗歌来重塑凯尔特的古代神话, 使其获得新的生命力, 而他对秘术以及象征主义的浓厚兴趣, 又为其作品平添了一份超越民族的神秘主义审美特质, 使之不仅仅如以上诗人的那些"诗韵之所谈"。他担心自己那受到神秘主义影响的晦涩诗风有损爱

国主义诗人的令名，故在诗中作此自辩。

⑨唯有骸骨眠卧之所：主要指爱尔兰，以及爱尔兰历史文化等。

⑩原诗此行 *elemental creatures* 指古希腊哲学体系中构成世界的四大物质元素，即土、水、气、火。这一思想在中世纪经欧洲炼金术士的不断阐发，被众多秘术的理论所继承，叶芝对此类神秘主义理论尤为热衷，今译为"原素"。

⑪原诗此行多处运用行中韵，*rant*、*rage* 构成头韵，*flood*、*wind* 构成尾韵。今以汉语对仗、互文之修辞译之，并以狂啸、狂潮、狂怒、狂飙等同首字词拟其用韵之密。狂飙，即暴风，陆机《南郊赋》："狂飙起而妄骇，行云蔼而芊眠。"又，毛泽东《蝶恋花·从汀州向长沙》："狂飙为我从天落。"

⑫原诗此行 *Druid* 指古代凯尔特人的主要宗教信仰——德鲁伊教，该教具有强烈的巫神传统，故此处以"巫"译之。叶芝认为德鲁伊教是凯尔特历史的传承者，故以"巫之大地"象征爱尔兰，以"巫之乐曲"象征爱尔兰之文化，参见《致时间十字架上的玫瑰》注⑤。

⑬原诗此行 *to where may be* 指爱尔兰理当获得的自由。

⑭此行及上一行合起来叶芝所希望表达的是：真理高于梦想与爱情，爱尔兰将获得自由已然是真理。

⑮叶芝用白色来形容上帝的足迹，极言其纯洁。今以"皑皑"译之，取其"雪白"之义。

苇
间
风

THE WIND AMONG THE REEDS

14. 浪游的安歌士之歌①

我走出门，去那榛树林，②
因一团火，燃于我心间，③
伐一榛枝批其鳞，
钩一榛果，穿上一丝弦；
于素蛾摇飏蛾翼之际，
有群星，亦如蛾，明灭渺渺，
我投榛饵入清溪
钓来银鳟小小。④

我已将小鱼放在地
吹火生焰，焰升腾。
竟是何物沙沙鸣在地，
又是何人唤我以我名：
小鱼变个小姑娘，晶莹闪亮，

14. *The Song of Wandering Aengus*

I went out to the hazel wood,

Because a fire was in my head,

And cut and peeled a hazel wand,

And hooked a berry to a thread;

And when white moths were on the wing,

And moth-like stars were flickering out,

I dropped the berry in a stream

And caught a little silver trout.

When I had laid it on the floor

I went to blow the fire a-flame,

But something rustled on the floor,

And some one called me by my name:

It had become a glimmering girl

苹果之花，冠其妙鬟，⑤
唤我以我名，远去
淡灭在光亮之间。

且凭我漫游而老，
穿越空谷之地，穿越群峦之所，
我要将她的去处找到，
去吻她双唇，去执她双手；
去徜徉曼曼亦斑斑之青芜，
去采摘——直至消尽无尽之时光⑥
摘那银苹果，从月所生，
摘那金苹果，因日而长。⑦

With apple blossom in her hair
Who called me by my name and ran
And faded through the brightening air.

Though I am old with wandering
Through hollow lands and hilly lands,
I will find out where she has gone,
And kiss her lips and take her hands;
And walk among long dappled grass,
And pluck till time and times are done
The silver apples of the moon,
The golden apples of the sun.

◎注释：

①此诗或创作于 1897 年 6 月，最初发表在当年 8 月 4 日的《速写》上，原题"疯歌"。叶芝写道："姐奴女神之部众能幻化各种形状，其居水者常作鱼形。"叶芝自称受某首希腊民谣的启发而作此诗，他认为希腊和爱尔兰在民间信仰上有相似之处，而且自己在写这首诗时，心中想到的是"爱尔兰以及爱尔兰之民"。安歌士：全名"奥歌之子安歌士(Aengus mac Og)"，是凯尔特神话体系中的爱与青春之神，也是大英雄狄丘林的外曾祖父，其神格形象或渊源于古希腊神话中伟大的诗人兼歌手俄耳浦斯(Orpheus)。在凯尔特神话中，相传安歌士曾爱上自己所歌唱的女子，并为之疯狂，因而这首诗也被认为寄托了作者对茉德·冈的爱慕。

全诗 3 节，每节 8 行，大致用双行交韵 ABABCDCD……，翻译时基本依原诗韵律。

②原诗此行 hazel wood 即榛树之林，在凯尔特传统中榛树是具有神力的树，带有生命之树的象征。

③"心间之火"象征着欲望。

④原诗第 1 节从第 3 行始，系化用斯坦迪士·欧格瑞狄(Standish O'Grady)撰写之《狄拉姆德与葛兰妮传奇》(见《裁相学会论集》第 3 卷)中的典故，大意为安歌士以冬青果为饵，在林中小溪钓起了一条鳟鱼，而后鳟鱼化为一位女子之形。

⑤叶芝诗歌中"苹果花"这一意象均具有象征茉德·冈的意味。他在自传中记述1889 年初遇茉德·冈的场景："她(茉德·冈)艳丽风华，仿佛阳光倾落在苹果的花。我记得初见那日，她便在如此的一团花间，伫立窗前。"他在回忆录中也写到这一刻："她走过一扇窗前，摆弄瓶花一抹。一十二年后，我将此情此景写入诗行——'她摘落，苍白的花朵。'"另，此处苹果花之喻，也为后文用到古希腊神话中"金苹果"的典故埋下伏笔。

⑥原诗此行 till time and times are done 直译为"直到一切时光皆已去"，但 till 与 time，times 构成头韵，time 与 times 本身构成重复咏叹及视韵，今译以"直至消尽无尽之时光"，差拟其韵律。

⑦最后两行之金、银苹果本指日光与月光透过树荫洒落草地之上所形成的圆形光斑，如同金色与银色的苹果一般(前文有 dappled grass 这一意象，即斑斑之草)。同时

又暗用古希腊神话中引起赫拉、雅典娜、阿芙洛狄忒三位女神之争的"金苹果"典故。古希腊神话中，女神厄里斯用一个写有"送给最美女神"字样的金苹果，引发了天后赫拉、爱与智慧女神雅典娜、狩猎与处女之神阿芙洛狄忒的争执，天神宙斯让特洛伊的王子、牧羊人帕里斯做裁判，三女神遂各许以重酬，最终帕里斯将金苹果判给了承诺将世上最美女子许配给自己的阿芙洛狄忒。作为报答，阿芙洛狄忒帮助帕里斯拐走了绝世美人——斯巴达的王后海伦，最终引发了持续十余年的特洛伊战争。值得注意的是，美艳绝伦而又带给人间战争的海伦这一形象在叶芝诗歌中一般都具有象征茉德·冈的内涵，参见《尘世的玫瑰》注②。叶芝在此诗中，以"采摘""金苹果"这一系列象征意义浓厚的意象，暗喻自己对茉德矢志不渝的追求，而珍贵的金苹果和美丽的海伦又都是给天界与人间带来灾祸的不祥之兆，也反映出此时的叶芝对茉德其人复杂而矛盾的心理。

另，叶芝研究者希拉·欧苏莉雯在《叶芝对爱尔兰口头及文学传统之利用》一文中，认为此段日、月之意象亦可能取自爱尔兰独立运动支持者、集诗人和翻译家于一身的王尔德夫人（简·王尔德，即大文豪王尔德之母）之著作《古代医方、秘术与用法》。王尔德夫人在该书中提到在爱尔兰五月节的游行仪式上，常见用两个分别以金箔纸、银箔纸包裹而代表日、月的球，悬于以花楸、金盏菊之花编织成的花环之中。今附记于此，聊备一说。

15. 彼祈求所爱归于平和①

我聆听，阴影之群骥，正长鬃抖擞，②
霜蹄纷嚣，星目流银；
北国在上，缠绵地舒卷，蹑入长夜沉沉，③
东方将她隐晦的欢愉匿藏在破晓之初，
西极涕零苍苍白露，嗟其隙光空逝，
南天正倾泻玫瑰的雨，怒红焚如：
噢！沉眠、希冀、梦想、无尽之欲，终归虚无，
这邪祟之群骥踏破沉重的肉体——④
亲爱的，你且半翕双目，将你的心
荡漾于我心上，将你的发泻落在我胸前，
将爱的寂寥之刻沉入闲暇的幽深暮光间，
且将他们飒飒的长鬃和腾腾的霜蹄遮隐。⑤

15. *He Bids His Beloved Be at Peace*

I hear the Shadowy Horses, their long manes a-shake,

Their hoofs heavy with tumult, their eyes glimmering white;

The North unfolds above them clinging, creeping night,

The East her hidden joy before the morning break,

The West weeps in pale dew and sighs passing away,

The South is pouring down roses of crimson fire:

OH! Vanity of Sleep, Hope, Dream, endless Desire,

The Horses of Disaster plunge in the heavy clay:

Beloved, let your eyes half close, and your heart beat

Over my heart, and your hair fall over my breast,

Drowning love's lonely hour in deep twilight of rest,

And hiding their tossing manes and their tumultuous feet.

◎注释：

①此诗写于 1895 年 9 月 24 日，原题作"情诗二章：阴影之群骥、麦可·罗拔兹祈求所爱归于平和"，是叶芝为欧莉薇雅·莎士比娅而作的一首情诗。

欧莉薇雅·莎士比娅（Olivia Shakespear，1867—1938 年）：爱尔兰女作家，叶芝的挚友与情人。1894 年 4 月间，苦恋茉德·冈而近乎绝望的叶芝在伦敦的一次文学聚会上，通过诗友莱奥内尔·约翰生的介绍，认识了约翰生的表妹——美丽动人的欧莉薇雅·莎士比娅。欧莉薇雅此时已嫁给了一位年长自己很多的律师，但婚姻生活并不幸福，遂与正陷入无望苦恋的叶芝产生了特别的情愫。对此，叶芝在回忆录中写到："如果我得不到所爱的女人，那么投身于另一个女人的怀抱也会是一种安慰，哪怕只是暂时的。"而后，欧莉薇雅事实上成为了叶芝的第一个情人。1896 年 3 月，他们在伦敦开始同居，其间受叶芝影响，欧莉薇雅也加入了"金色黎明"神秘组织。她聪慧而甘于倾听，又善解人意，对文学创作也颇有见地，叶芝和她相得得轻松愉快，并引以为同道。但大约一年后，当欧莉薇雅发现叶芝仍无法忘怀茉德时，最终伤心地选择了离开。但叶芝和欧莉薇雅始终是文学道路上的同行者，他们一直保持频繁地通信，在信中讨论文学、诗歌、政治以及个人生活，他们的友谊一直持续到 1938 年欧莉薇雅去世。叶芝晚年曾在给威灵顿公爵夫人多萝熙·薇尔丝丽的信中说："四十余载，伊一直是我在伦敦生活之中心，在所有那些时光中，我们从未争吵，虽偶有伤心，而歧见未曾有。"同茉德·冈一样，叶芝一生中也为欧莉薇雅写过许多情意悱恻的诗篇，此诗是其中名篇之一，主旨是和爱人某次争吵之后的劝慰。

关于此诗叶芝写有长段注文："十一月，旧时的冬季之始，或云佛魔及死亡、沮丧、冰冷、黑暗之力得胜之始，爱尔兰人将其附会为马形之普卡司——他们既是当下顽皮的精灵，又为昔日佛魔之神祇。我认为他们和海神玛南楠的群骥存在某种关联，玛南楠统领亡灵之国，而众佛魔之王泰赫拉亦如是。尽管这群骥穿越大地，易如其踏波渡海，但它们总归是和海浪密切相连的。某位我忘了名字的新柏拉图主义者（在理查德·J·芬纳阮的《叶芝诗集校本》中认为是托马斯·泰勒，因为他在《论厄琉西斯与巴库斯秘仪》一文中写到过："大海翻腾无尽，永无停歇之期"）将大海描述成漂泊无定之苦难生活的象征，而我相信，在许多关于航去魔岛的爱尔兰传说中意味着类似的象征主义手法，或者蕴含在塑造这些故事的神话学之中，或多或少。我大体遵循爱尔兰与其他神话学、秘术传统，将北方与夜晚、睡眠相联系，而东方是日出之地，系之于希望，南方为日盛之所，系之于热情与欲火，西方则是日落之处，系之衰亡与梦幻之物。"这段话中，"佛魔"是凯尔特传说中的邪灵之祖，常以各种畸形恐怖之形象出现，象征死亡、黑暗和寒冷，泰赫拉是佛魔之王。

另，在《苇间风》这部诗集中有多首诗的题目中含有第三人称代词"he"，而在另一些版本或初发表时大多有具体指称，主要有三个人：麦可·罗拔兹、赤发汉拿汗与埃夫。这首诗题目最初版本为"麦可·罗拔兹祈求所爱归于平和"，说明叶芝是用罗拔兹的主体视角来创作此诗的。

全诗 12 行，用抱韵 ABBA……翻译时基本依原诗韵律。

②原诗此行用了一些行中韵，如 hear 与 horses、shadowy 与 a-shake 等，今多用汉语之双声叠韵词译之。

③叶芝认为佛魔代表着北方与寒冬。以下三行中的东、西、南等方位的象征意义，参见注①。

④此行以代表灾殃的海神玛南楠之群骥比喻爱人欧莉薇雅心中的恼怒。

⑤此行有行中韵，故以"飐飐""腾腾"二叠声词译之，并对偶。

16. 黑猪之谷①

露珠缓慢滴沥而梦寐层砌：莫名之矛②
骤然横掠过我如梦方醒的眼前，
随后落马骑士铮铮坠击之声和那哭喊
那无名士卒垂命的哭喊敲打我的耳膜。

我们依旧劳碌在海岸环围的岩柱，③
或山陵灰暗的石冢，当白昼沉沦在露珠里，④
我们将厌弃那人间的帝国，唯伏祈于你⑤
——你这寂寥星辰及璀璨天阙之神主！

16. *The Valley of the Black Pig*

The dews drop slowly and dreams gather: unknown spears
Suddenly hurtle before my dream-awakened eyes,
And then the clash of fallen horsemen and the cries
Of unknown perishing armies beat about my ears.

We who still labour by the cromlech on the shore,
The grey cairn on the hill, when day sinks drowned in dew,
Being weary of the world's empires, bow down to you.
Master of the still stars and of the flaming door.

◎**注释：**

①此诗写于 1896 年 8 月，原题"村野智叟之诗二则、黑猪之谷"。诗题下叶芝有注："一代代爱尔兰的村夫俗子们于其所遭厄劫之中，皆以憧憬一场鏖战来安慰自我。此战就发生在被称为'黑猪之谷'的神秘山谷之中，最终粉碎了敌人的力量。几年前，在斯莱戈郡的利萨代尔伯爵府中，一位老者心神陶醉地讲述这场战斗，滔滔不绝……"又云："另一位斯莱戈的人也告诉我，那将是一场伟大的战争，战马扬起染血的霜蹄奔驰，到最后，它们的鞍带因无人手从马腹上解下而腐烂。"

全诗 2 节，每节 4 行，用抱韵 ABBA……，翻译时基本依原诗韵律。

②原诗此行以 dews，drop，dreams 以及 slowly，unknown 等两组构成行中韵的词贯穿起来，故以一系列汉语双声叠韵词译之。同时，"露珠"这　意象，在叶芝诗中往往是联结现实与梦境、时间与空间、前世与今生的象征。

③cromlech 是分布在爱尔兰岛及威尔士、苏格兰等地区的一种远古文明建筑形式，其形制通常为几块直立的巨石支撑起一块横卧的大石。在古代凯尔特史诗《芬尼亚传奇》中，爱与青春之神安歌士之子、费埃纳骑士团的著名英雄人物迪尔穆德与葛兰妮娅·柯玛克公主在私奔途中曾如此累石作床，叶芝遂将之作为爱尔兰文明的一种象征。此行开始，整个诗节都隐喻爱尔兰人数百年来对英格兰残暴统治的孜孜不倦的反抗。

④"灰暗的石冢"或指珂罗克纳热山上的媚芙女王之墓。"露珠"在此作为白昼与黑夜的联结之物，亦象征现实与虚幻的联结，后文即写爱尔兰人民憧憬的虚幻世界中，上帝终将使全体爱尔兰人民得到救赎，参见注②。

⑤"人间的帝国"，指英国。

17. 彼聆听莎草之泣诉①

我信步于——
这湖涯荒灭②
风在莎草间泣诉：③
直到这天枢坼裂
列宿之圜旋无以维系，④
直到手掷旌旗入渊壤
旗绣东国与西朝，⑤
直到光之束带已散释，⑥
你的胸膛才能停泊到——⑦
你沉睡爱人的胸膛。

17. *He hears the Cry of the Sedge*

I wander by the edge

Of this desolate lake

Where wind cries in the sedge:

Until the axle break

That keeps the stars in their round,

And hands hurl in the deep

The banners of East and West,

And the girdle of light is unbound,

Your breast will not lie by the breast

Of your beloved in sleep.

◎注释：

①此诗最初发表在 1898 年 5 月的《穹顶》杂志，为茉德·冈而作，初题为《埃夫致黛克泰娜·三支歌·我》，后又易为《埃夫聆听莎草之泣诉》，收入诗集《苇间风》后，以今题通行。

全诗 10 行，用韵 ABABCDECED，翻译时依原诗韵律。

②此处提到的湖当指位于戈尔韦郡的廓湖。1894 年，叶芝结识廓园（Coole Park）的女主人格雷戈里夫人，并在 1897 年初次造访了她位于戈尔韦郡戈特镇的这座庄园，自此以后叶芝多次在廓园度夏休假。叶芝创作此诗献给茉德·冈的时候正承受着巨大的感情压力，他在回忆录中写到自己在当时正饱受"性欲和失恋的折磨"，又云"在廓园的森林中散步时，会以大喊来释放压力"。

格雷戈里夫人（Lady Augusta Gregory，1852—1932 年），爱尔兰翻译家和戏剧家，英爱文学重要女性作家，艾贝剧院的合伙创始人之一，也是叶芝的终生挚友和赞助人。她出生于戈尔韦一个富裕的地主家庭，其夫君即大英帝国锡兰总督威廉·格雷戈里爵士。她爱好文学，热衷于各种人文活动，并逐渐成为爱尔兰文艺复兴运动的重要女性参与者。终其一生，她创作和翻译了约 40 部剧本，题材多反映爱尔兰农民生活、凯尔特传统以及民间传说，被萧伯纳誉为"当代最伟大的爱尔兰女性"。

③关于莎草这一意象，或化用英国大诗人济慈写给恋人范妮的一首诗《无情妖女》（La Belle Dame Sans Merci）中的典故，诗中最后一段为：

> And this is why I so journ here
> Alone and palely loitering,
> Though the sedge is withered from the lake,
> And no birds sing.
> 此即为何我淹留此地
> 孤独而苍白地辗转，
> 虽莎草自湖边凋敝，
> 鸟亦不啭。

④叶芝在给《玫瑰》这部诗集作注时，曾指出他将"生命之树"这一观念注入到许多诗歌中，或以其为天堂之柱(即幻想中天堂绕其旋转之极线)。又云，在《彼聆听莎草之泣诉》这首诗中，他构造了一棵"天枢之木"，赋之以重现"生命之树"的古老形式。

⑤东、西二旗象征日、月，与叶芝所信奉的金色黎明隐修社的入会秘仪有关。受叶芝影响，茉德·冈也加入这一神秘主义组织，与叶芝一同修行。因隐修会的秘仪本身过于隐晦，此诗所述及之东、西等方位又易使人联想到英国与爱尔兰之间的长期矛盾，故在此诗主旨的解读上，历来存在从爱尔兰民族主义角度诠释的观点，认为或影射当时爱尔兰争取从英国独立的斗争。事实上，美人香草易兴发家国身世之感，中西皆然。如我国古代的《毛诗》释《关雎》，以为"喻后妃之德"，及宋元间张炎、王沂孙的众多咏物词，寄意而无痕，诸如此类都给后世以无限的解读空间，这正是象征主义赋予诗歌的独特魅力。

⑥光之束带，指黄道带。

⑦自全诗第4行起至全诗末尾为一完整句子，句型为 until 加否定句(末2行为否定句)，表示"直到……才"的关联意思，寄寓了叶芝为实现爱尔兰民族自决而奋斗不息的理想。但在有些中文译本中，未注意到 until 后接否定句型的翻译，造成对诗意理解的完全反转。

18. 玄秘的玫瑰①

幽邃，玄秘无匹，又贞洁无瑕之玫瑰。
趁我那玄玄之机裏簇了我，在此地②
有人觅汝于圣陵之中③
亦或醪瓮以内。离开那骚动④
且喧嚣的惑梦而居，又深深
陷进苍白的眼幕，睡意沉沉
世人称这沉睡为美。汝之巨叶裏簇⑤
那胜朝的髯须，那金盔嵌着红玉
冠冕于东方三贤，还有那曾亲眼⑥
看见钉穿之圣手与圣十字架升天
在祭司的烟霭里，黯淡了火炬的光，
直到唤醒他徒然的癫狂并死去的王。⑦
还有那人曾邂逅梵德款步闪莹白露间
在某处风也不曾吹渡的灰暗的水涘边，

18. *The Secret Rose*

Far-off, most secret, and inviolate Rose,

Enfold me in my hour of hours; where those

Who sought thee in the Holy Sepulchre,

Or in the wine-vat, dwell beyond the stir

And tumult of defeated dreams; and deep

Men have named beauty. Thy great leaves enfold

The ancient beards, the helms of ruby and gold

Of the crowned Magi; and the king whose eyes

Saw the pierced Hands and Rood of elder rise

In Druid vapour and make the torches dim;

Till vain frenzy awoke and he died; and him

Who met Fand walking among flaming dew

By a grey shore where the wind never blew,

And lost the world and Emer for a kiss;

只为一吻迷失尘世与艾美。⑧

亦有那人驱逐众神出墟垒

直到一百个黎明已怒放绮筵般繁红

并哭泣在其烈士之封冢。⑨

又有那骄梦的君王把皇冠和愁烦抛走,

带着吟唱的诗人与伶优

混迹于深林里的浪子酒污斑斑。⑩

更有那人变卖了田屋与家产

不计年月去寻找,穿越陆地与列岛,

当他终于找到了,一边流泪一边笑,

找到那可爱佳丽,这般明艳照人

借她青丝一缕光,人们足以打谷在凌晨,

哪怕只是偷来的青丝一小绺——⑪

我亦待汝之爱憎掀起长飙之时候⑫

在这星斗吹散于天幕之期

如炉冶喷溅之花火,灭逝?

汝之时机确已至,汝之长飙在啸吹。

幽邃,玄秘无匹,又贞洁无瑕之玫瑰?

And him who drove the gods out of their liss,

And till a hundred morns had flowered red

Feasted, and wept the barrows of his dead;

And the proud dreaming king who flung the crown

And sorrow away, and calling bard and clown

Dwelt among wine-stained wanderers in deep woods;

Among pale eyelids, heavy with the sleep

And him who sold tillage, and house, and goods,

And sought through lands and islands numberless years,

Until he found, with laughter and with tears,

A woman of so shining loveliness

That men threshed corn at midnight by a tress,

A little stolen tress. I, too, await

The hour of thy great wind of love and hate.

When shall the stars be blown about the sky,

Like the sparks blown out of a smithy, and die?

Surely thine hour has come, thy great wind blows,

Far-off, most secret, and inviolate Rose?

◎注释：

①此诗最初见刊于 1896 年 9 月的《萨伏伊》杂志，初题《欧苏莉雯·茹娴致玄秘的玫瑰》，收入作品集《玄秘的玫瑰》时题作《致玄秘的玫瑰》，在诗集《苇间风》中改为现题。通常认为"玫瑰"以及诗中提到的大多数女性形象都象征茉德·冈。

此诗用典密集，辞藻华丽，是叶芝神秘主义和象征主义的代表诗作之一。用韵方式为连韵 AABBCC……，翻译时遵循原诗韵律。

②原诗 hour of hours 指最玄妙、最关键之时，用了视韵等修辞。今译以"玄玄之机"，玄玄，即"玄之又玄"之省；机，亦时也；玄机，又可指深奥微妙的义理或时刻——以保留原诗辞藻的多义性。

③"汝"指耶稣，原诗此行第二人称宾格用 thee，语言古雅，故译为"汝"。圣陵，指耶路撒冷的耶稣基督之圣墓。

④"醨瓮之内"或指古罗马神话中酒神巴克科斯的追随者。

⑤"巨叶"指玫瑰十字会的徽章——四叶玫瑰。

⑥东方三贤：又称"东方三博士""三法师"等，据基督教圣经《新约·马太福音》记载，耶稣出生时，三位博士在东方看见伯利恒方向的天空上有一颗大星，于是便跟着它来到了耶稣基督的出生地，见到了新生的耶稣，并送上黄金、乳香和没药等三样礼物。

⑦以上三行用红枝英雄传奇中厄尔斯特国王康胡巴之死的典故。叶芝在诗题下的自注中写到："我发现我在无意间改动了康胡巴之死的古老传说，他并不是在幻象中看见耶稣受难十字的，只是听人转述。他被一个从投石机里抛出的死去敌人脑干做成的球击中，此球留于其脑壳之中，其脑得以修补。《伦斯特之书》中云：'因其发如金，故缀合以金线。'伊丽莎白时代之作家基廷亦云：'彼保持此状历有七载，直至基督受难之礼拜五，当王目睹造物之日蚀、月望等非常之变，乃问于随行之伦斯特术士布克拉赫：'天地行星，奚以作此非常之变?'术士答：'为上帝子耶稣基督之故也，其正为众犹太缚于十字架上。'康胡巴王曰：'嗟乎，使孤在场，当斩此辈置基督于死地之人。'遂拔剑冲入附近之树林，斩木至倾。……泛滥之狂怒攫取王之心智，始而球迸出其脑，脑浆随之溢出，竟毙。"

⑧以上三行用狤丘林与梵德、艾美之间爱情纠葛的典故。叶芝自注："我想象了狤丘林邂逅梵德'款步闪莹的白露之间'。他们的爱情是我们古老传说中最美丽的故事

之一。以金链相缚的两只鸟儿，飞至猞丘林与乌拉达大军驻扎的湖畔婉转而鸣，教大军酣沉于魔法之梦乡，而后化身为两位美丽的女子，施法使猞丘林陷入虚弱，卧病一年。到了一年将尽，来了一位名唤安歌士之人，其人或即爱情之神主、妲奴女神最优秀的儿子之一。他坐在猞丘林床边，以歌声诉说。其辞云：大海与亡灵之岛的神主玛南楠之妻梵德爱上了猞丘林，只要他甘愿进入众神之国——那美酒与金银之乡，梵德与其妹丽班（Laban）定会为他驱魔治病。在《绝命拯救》中，猞丘林进入了众神之国，做了梵德一个月的情人，在承诺与她相见在一处名为"海角紫衫"的地方之后，回到了凡间。然而此后，猞丘林在凡间的妻子艾美重新赢得了他的眷爱。玛南楠来到"海角紫衫"之地，带回了痴心等候的梵德。当猞丘林目送梵德离去，爱情顿时复苏，他也陷入疯魔，不吃不喝游荡在群山之中，直到最后饮下德鲁伊的忘情水方才清醒。"此处用典，叶芝主要采用了斯坦迪士·欧格瑞狄在其著作《爱尔兰史：英雄的纪元》中的记载。

⑨以上三行用洛南之子考尔塔（Caoilte mac Ronan）天人大战的典故。叶芝自注："我塑造'那人驱逐这众神出墟垒'（墟垒亦可云堡垒），是在我读到加布拉战役之后的考尔塔，他在同伴几乎死尽之时，犹且将众天神逐出了神之墟垒。其地若非奥司瑞墟（今名奥索垒），便在伊思茹埃兹（今名埃塞洛），系巴丽香侬的一处瀑布，妲奴女神有一子伊尔布瑞克筑垒于其处。写作时，我的藏书并不在手头，无法核验有关章节的记载，但我确信曾在某书中读到过，或许是在富于想象的斯坦迪士·欧格瑞狄先生的著作中，因为在格雷戈里夫人的著作中找不到这则传说。"按：此处叶芝或许还参考了尤金·欧库利在《古爱尔兰风俗论》中的有关说法。

⑩以上三行用康胡巴国王的前任佛古司的典故。"骄梦的君王"指佛古司，其事迹参见《致时间十字架上的玫瑰》注⑤。叶芝自注："我塑造'骄梦的君王'是以传奇史诗《夺牛长征记》中罗伊之子佛古司为基础的，他也出现在黛尔德丽的古代传说和费格生的现代诗之中。他娶了奈莎，费格生在诗中让他诉说自己如何被奈莎仅仅以一个眼神而俘虏：

> 我只剩空虚一影，
>
> 偃卧远离生活与激情；
>
> 但要这甜蜜回忆颤震
>
> 我全部的暗影之心。"

⑪以上六行用爱尔兰民间故事"红马驹"的典故。叶芝自注："我塑造那个'变卖了田屋与家产'之人，基于拉明先生《西爱尔兰乡野传奇》中一则'红马驹'之故事。一位年轻人'在大路上看见前面有一束光，前去一看，只见路上有个开启的匣子正放射出光芒，匣中还有一绺头发。此时，他与十一位年轻人一道，为谋生而做国王的仆役。夜里十点，他们去马棚，除他以外的其他人都掌着灯，他却压根没带蜡烛。他们各自走进马厩，他也回到了自己的马棚。他打开匣子，放在墙上的一处破洞中，顿时满屋通明，比其他的马棚要亮得多。国王闻听此事，让他拿出匣子，王说：'命你带我去这头发的女主人那里。'大结局当然是这位年轻人娶了那个女子，而不是国王。"在这里，叶芝用"可爱的佳丽"来比喻茉德·冈。

⑫原诗此行 *great wind* 在叶芝的诗歌中经常作为世界末日的一种象征，这与他设想的一套爱尔兰秘仪体系有关。

[意大利]雷诺阿《花瓶里的玫瑰花》

19. 彼冀求天堂之罗绮①

倘若我有天堂的锦绣罗绮，
缀以烁金以及熠银的光，
那青苍、黑黯或是晦暗的罗绮②
属于昼光、夜光还有蒙昏的光，③
我就将这罗绮铺在你的足——
可清贫如我，唯有我的梦；
我已将我的梦铺在你的足，
轻些踩，你踩的是我的梦。

19. *He Wishes for the Cloths of Heaven*

Had I the heavens'embroidered cloths,

Enwrought with golden and silver light,

The blue and the dim and the dark cloths

Of night and light and the half-light,

I would spread the cloths under your feet:

But I, being poor, have only my dreams;

I have spread my dreams under your feet;

Tread softly because you tread on my dreams.

◎注释：

①此诗系叶芝抒情诗中的名篇之一，原题为《埃夫冀求天堂之罗绮》，收入诗集《苇间风》后以现题通行。诗题中 cloths 一词为复数形式，尤称用来做衣物的布料，诗中指"神的衣料"这一意象，极言其珍贵和华丽。今译为汉语"罗绮"一词，指上好的丝绸一类衣料，且读音与 cloths 发音略近。

全诗 8 行，用交韵 ABABCDCD，所有押韵的句子中对应韵脚的用词均相同，其中第 5、7 行及第 6、8 行韵脚为双韵，翻译时严格遵循原诗韵律。

②原诗此行 dim、dark 用头韵，故以"晦暗"与"黑黯"二词对译，"晦""黑"双声而"暗""黯"叠韵，从原诗意境上解析，前者偏重有晦明的光线，后者侧重黑暗无光。又，青苍指较深的蓝色，在汉语中常用来形容天色，如宋人王庭圭《早行》："残星烂烂或出没，初日淡淡开青苍"，与原诗 blue 之含义相符，故以此对译。

③原诗此行 night、light、half-light 既押中韵，又构成视韵的效果。其中，half-light 指半明半暗的光，可特指黄昏或黎明，又可做泛指昏暗的天光。汉语中"蒙昏"一词同样既可泛指阴暗的光线，又可兼指黎明(蒙昧)与黄昏，以此译 half-light 保留原诗用词的多义性。

七林之中

IN THE SEVEN WOODS

20. 七林之中^①

我已听见鸽在七林中

作鸣隐雷，还有园蜂

哼唱椴木花间，摒弃

空劳之喊和旧日之伤

徒此枉抛心力。我暂且忘记

泰拉已荡然，而新的纲常^②

高踞宝座并在巷陌高喊

还将纸花逐一在柱上张悬，

因万物中独有它在欢愉。^③

我且知足，因我知那静女^④

正欢笑着款步并吞噬她狂野的心，在那——

鸽与蜂之间的心，那位神之射手^⑤

正当祂伺机引弓欲射，犹且高挂

密云激矢之一箙，在派克纳利上头。^⑥

20. *In the Seven Woods*

I have heard the pigeons of the Seven Woods

Make their faint thunder, and the garden bees

Hum in the lime-tree flowers; and put away

The unavailing outcries and the old bitterness

That empty the heart. I have forgot awhile

Tara uprooted, and new commonness

Upon the throne and crying about the streets

And hanging its paper flowers from post to post,

Because it is alone of all things happy.

I am contented, for I know that Quiet

Wanders laughing and eating her wild heart

Among pigeons and bees, while that Great Archer,

Who but awaits His hour to shoot, still hangs

A cloudy quiver over Pairc-na-lee.

◎注释：

①此诗写于 1902 年 8 月英国国王爱德华七世举办加冕礼期间。*the Seven Woods* 指叶芝挚友格雷戈里夫人在戈尔韦郡的廓园中有七片小树林，叶芝在廓园小住时经常在林中散心，他在作品中取"七林"（*the Secen Woods*）作为其名称。

全诗 14 行，押韵形式为 AABCBCDDEEFGFG，翻译时遵循原诗韵律。

②原诗此行 *Tara* 指位于爱尔兰米思郡的泰拉山，相传是古爱尔兰尤尼尔王朝列王发迹之地，尤尼尔列王雄心勃勃，力图成为全爱尔兰之共主，最终建立了以泰拉为中心的文化信仰，但至今泰拉山仅余巨石阵的遗迹。叶芝在诗中用早已断绝的泰拉文明作为古爱尔兰文化精神的象征符号。

new commonness：就在叶芝创作此诗的同时，英国新一任国王爱德华七世于 1902 年 8 月 9 日在伦敦西敏寺举办了盛大的加冕典礼，故叶芝称之为 *new commonness*，意为"新的纲常"。此时，英国国内的各种社会矛盾日趋激烈，特别是爱尔兰和英国之间的民族矛盾尤为突出，爱德华七世登基时已年逾五旬，他从做王储起就因私生活不检点而声名不佳，故叶芝在诗中对其加冕极尽嘲讽。

③原诗以上 3 行用讽刺的手法描述当时都柏林在街头组织人们游行并张挂标语、彩带，庆祝爱德华七世加冕的场景，"纸花"即暗喻街头张挂的纸制彩带等。

④原诗此行 *Quiet* 即 *Maid Quiet*，是爱尔兰神话中象征和平的神女，可译为"静女"或"静姑娘"，叶芝此前曾写过一首诗歌咏这位神女，标题即为 *Maid Quiet*。

⑤原诗此行 *Great Archer*，将黄道十二宫中的射手星座拟人化，故后文用神格，译为"神之射手"。

⑥此行是全诗关键之处，叶芝用射手座之神引弓欲射这一带有神秘主义审美的意象，来兴发此行中的 *a cloudy quiver* 一语，渲染出重大事件发生之兆，以之作为全诗的结尾，意涵深远。*a cloudy quiver* 语带双关，字面意思是"浓云之箭箙"，扣原诗上一行"神之射手"这一意象，但 *quiver* 除"箭箙"而外，又有"颤抖"之义，故此语又可

释作"阴云密布之惊颤"，今译为"密云激矢之一瘕"。《易·小畜》云："密云不雨"，寓意山雨欲来，酝酿有事，而激矢飞丸亦可使人做惊心动魄之想，瘕即箭壶，以通拟原诗之境。

又，*Pairc-na-lee* 是树林之名，属廓园七林之一，叶芝将盖尔语之音转写为英语，原意为"牛犊之野"，今依原诗，以音译为"派克纳利"。

21. 箭镞①

我曾念想你的美丽，这枚箭镞，
狂野念想所铸，便刺入我髓骨。
再没有男子会对她注目，再也没有，
不似玉女初长成之时候，
颀身亦雍容，玉颜与酥胸犹带
娇媚之色彩宛如苹果花开。②
而今这美丽愈温恤，却为何故
我要涕零那旧日之迟暮？

21. *The Arrow*

I thought of your beauty, and this arrow,
Made out of a wild thought, is in my marrow.
There's no man may look upon her, no man,
As when newly grown to be a woman,
Tall and noble but with face and bosom
Delicate in colour as apple blossom.
This beauty's kinder, yet for a reason
I could weep that the old is out of season.

◎注释：

①此诗写于 1901 年，是叶芝回忆 1889 年与茉德·冈初次相识的作品。关于诗题 *The Arrow* 的含义，叶芝研究者杰法尔斯认为象征着叶芝对茉德的情欲，源于英国大诗人威廉·布莱克的名诗《弥尔顿：一部史诗》(*Milton：a Poem*) 中的几行：

> *Bring me my bow of burning gold：*
>
> *Bring me my arrows of desire：*
>
> *Bring me my spear：O Clouds unfold!*
>
> *Bring me my chariot of fire.*
>
> 快取我弓，锻用贞金：
>
> 快取我箭簇带着欲望：
>
> 快取我矛：嗬，浓云散尽!
>
> 快取我战车火一样!

这几行诗中，弓象征性爱，矛具有雄性性能力的象征，战车象征欢愉和满足，而箭簇则象征情欲。叶芝注家杰法尔斯据此推测叶芝受其启发，将箭簇这一意象和欲望关联起来。

②原诗此行 *apple blossom* 其意象源自叶芝与茉德·冈的初次相遇，参见《浪游的安歌士之歌》注释⑤。

茉德·冈

22. 受劝即愚①

有积善累德之某君言于昨日：②
"你所深爱的人鬓发已见银丝，③
且无影神生于她的双睛。
岁月堪能使其更为慧明
尽管当下似无可能，是故
你所需者唯耐心。"
　　　　心呼："不！
我所得宽慰并无一星，亦无一尘。
岁月堪能使她花颜回春：
只因她的高贵无比神圣，
当她轻闪娇身，那花火因她闪腾
燔燃更鲜明。呵！这般做派她才没有——
在这狂热夏日之一切，尽在她凝眸。"
心呵，心！只消她回首一顾，
你便可知受人劝慰何其愚。

22. *The Folly of Being Comforted*

One that is ever kind said yesterday,
"Your well-belovèd's hair has threads of grey,
And little shadows come about her eyes;
Time can but make it easier to be wise
Though now it seems impossible, and so
All that you need is patience."

        Heart cries, "No,
I have not a crump of comfort, not a grain.
Time can but make her beauty over again:
Because of that great nobleness of hers
The fire that stirs about her, when she stirs,
Burns but more clearly. O she had not these ways
When all the wild summer was in her gaze."
O heart! O heart! if she'd but turn her head,
You'd know the folly of being comforted.

◎注释：

①此诗初刊于 1902 年 1 月 11 日的《发言者》杂志，表达作者对茉德·冈的爱意虽历经挫折，但仍知其不可为而为之的心态。

全诗在形式上仿商籁诗采取 14 行的形式，但按双行体押韵，体现出对传统格律的突破。翻译时兼顾原诗形式。

②此行中"某君"通常被认为就是叶芝的挚友格雷戈里夫人，她经常在叶芝感情和事业遭受挫折时给予鼓励，还曾为叶芝专程去伦敦找茉德·冈劝和。

③此行中"深爱之人"即茉德·冈。

23. 树枝枯槁^①

我呐喊，当月儿对着鸟儿呢喃之时：
"任田凫婉啭、麻鹬喧唤在其所欲之处，
我喁望你愉悦、温柔又悲悯的言辞，
只为长路无尽，更无处安放我的心。"
白如蜜的月亮匍匐敷上那小山正睡熟，
我在孤独的众溪之艾赫狄坠入睡乡。^②
树枝枯槁无关这冽风凛凛，
树枝枯槁只因我已把梦儿对它们言讲。^③

我知道，女巫曾走过这落叶小路
珍珠宝冠戴头，羊旄纺锤在手，
带着神秘微笑，走出湖心深处。
我知道，那儿潋滟月轮在荡漾，那儿姐婳遗民^④
盘结又分解其蹈舞，在月魄清冽于芳渚的时候

23. *The Withering of the Boughs*

I cried when the moon was murmuring to the birds,
"Let peewit call and curlew cry where they will,
I long for your merry and tender and pitiful words,
For the roads are unending, and there is no place to my mind."
The honey-pale moon lay low on the sleepy hill
And I fell asleep upon lonely Echtge of streams.
No boughs have withered because of the wintry wind;
The boughs have withered because I have told them my dreams.

I know of the leafy paths that the witches take
Who come with their crowns of pearl and their spindles of wool,
And their secret smile, out of the depths of the lake;
I know where a dim moon drifts, where the Danaan kind
Wind and unwind their dances when the light grows cool

他们的舞步欢跳闪闪银沫之上。
树枝枯槁无关这冽风凛凛，
树枝枯槁只因我已把梦儿对它们言讲。

我知道，这沉睡国度，天鹅翱翔纤萦
系以金链，高飞清唳。⑤
一王一后浪迹到此，这唳鸣⑥
教他们这般欢畅又无望，盲瞀而聋喑
理智亦失，竟致走到岁月之尽逝。
我知道——而众溪之艾赫狄的麻鹬与田凫也同样！
树枝枯槁无关这冽风凛凛，
树枝枯槁只因我已把梦儿对它们言讲。

On the island lawns, their feet where the pale foam gleams.
No boughs have withered because of the wintry wind;
The boughs have withered because I have told them my dreams.

I know of the sleepy country, where swans fly round
Coupled with golden chains, and sing as they fly.
A king and a queen are wandering there, and the sound
Has made them so happy and hopeless, so deaf and so blind
With wisdom, they wander till all the years have gone by;
I know, and the curlew and peewit on Echtge of streams.
No boughs have withered because of the wintry wind;
The boughs have withered because I have told them my dreams.

◎注释：

①此诗初发表于 1900 年 8 月的《发言者》杂志，原题为《众溪之艾赫狄》。

全诗 3 节，每节 8 行，每节最后 2 行相同，具有回环反复的咏叹之效，押韵形式为 ABACBECE……，翻译时遵循原诗韵律。

②原诗此行的 *Echtge* 是从戈尔韦郡绵延至克莱尔郡的一条山脉，山间富有溪泉，其名音译为艾赫狄，以姐婶族一位女神的名字命名，戈尔韦至克莱尔一带的广大区域相传是这位艾赫狄女神的嫁妆。

③此诗每节的最后两行相同，以反复咏叹来抒情。其中提到的典故出自爱尔兰传说，叶芝在回忆录中曾写道："相传果蔬树木腐烂于地，尚可在仙境中复熟。当腐汁被树木吸收，梦可使众木丧其智。"是以诗中叶芝说到"树枝枯槁无关这冽风凛凛"——而是它们得知了自己的梦。*withered*、*wintry*、*wind* 用头韵，故以"冽风""凛凛"等译之，"凛""冽"同声部，亦同部首，"凛凛"叠词，用以增添译文韵字的密度。

④原诗此行 *the Danaan kind* 指姐婶之种，参见《白鸟》注释①。

⑤关于系以金链之天鹅这一意象，相传爱神安歌士为了让伦斯特国王拜乐（*Baile*）和他深爱的王后埃琳（*Aillinn*）能去自己统治的死亡净土生活，分别告知二人对方已经死去的假消息，二人听罢竟都心碎而亡，死后化为以金链相锁的两只天鹅，飞翔在沉睡之国，再无分离。关于此题材，叶芝写有抒情叙事长诗《拜乐与埃琳》。

⑥王与后的形象即注⑤中的拜乐与埃琳。

《树枝枯槁》 寸缄 绘

24. 亚当之谶^①

有一年夏末我们坐在一起，
那美丽温柔的女子你闺密，
还有我和你，来把诗歌谈论。^②
我说："一行诗得花好些时辰，
倘若显不出一瞬间的灵性，
我们织织拆拆都作了泡影。

反倒不如弯下你的脊梁骨
刷厨房地板，或把石头劈割
像老穷蛋，风里雨里都一样。
因为串掇起这些美妙声响
比啥活儿都难，保不齐还要
认作懒汉——被那聒噪三件套：
银行的、教书的还有布道的，

24. *Adam's Curse*

We sat together at one summer's end,
That beautiful mild woman, your close friend,
And you and I, and talked of poetry.
I said, "A line will take us hours maybe;
Yet if it does not seem a moment's thought,
Our stitching and unstitching has been naught.

Better go down upon your marrow-bones
And scrub a kitchen pavement, or break stones
Like an old pauper, in all kinds of weather;
For to articulate sweet sounds together
Is to work harder than all these, and yet
Be thought an idler by the noisy set
Of bankers, schoolmasters, and clergymen

殉道士们所称之人世。"③

　　　这时
那美丽温柔的女子，为她的缘故
有好多人的心神都会尝到酸楚——
只要一听她甜美低婉的音色。
她答话道："生为女人就该明白
尽管学校没人这么教——
我们须为美丽去操劳。"④

我说："打从亚当堕落，的确找不到
什么别的好儿，而不需要勤操劳。
有些恋人认为爱情理应
般配上这么高贵且彬彬
他们就只好叹着气摆出博学模样
从精美的古书把那些老礼儿考详；
如今看来是场真够无聊的买卖。"

你我相坐渐无言，以其名为爱；
你我坐看昼日临终，余曛泯灭，
入于青苍之昊天瑟瑟⑤
有缺月一钩，磨洗都如一贝⑥
淘尽于时光川逝之水，
随那星升斗沉，撞破日日年年。

The martyrs call the world."

And thereupon
That beautiful mild woman for whose sake
There's many a one shall find out all heartache
On finding that her voice is sweet and low
Replied, "To be born woman is to know—
Although they do not talk of it at school—
That we must labour to be beautiful."

I said, "It's certain there is no fine thing
Since Adam's fall but needs much labouring.
There have been lovers who thought love should be
So much compounded of high courtesy
That they would sigh and quote with learned looks
Precedents out of beautiful old books;
Yet now it seems an idle trade enough."

We sat grown quiet at the name of love;
We saw the last embers of daylight die,
And in the trembling blue-green of the sky
A moon, worn as if it had been a shell
Washed by time's waters as they rose and fell
About the stars and broke in days and years.

我有一相思无人可语，唯轻诉你耳边：
你曾经的美，我亦不遗余力
去爱你以爱的古老高贵之仪；
似曾皆大欢喜，而今你我已渐生
那如空虚缺月般消残的心。

I had a thought for no one's but your ears:
That you were beautiful, and that I strove
To love you in the old high way of love;
That it had all seemed happy, and yet we'd grown
As weary-hearted as that hollow moon.

◎注释：

①此诗或创作于 1901 年 5 月间，初发表在 1902 年 12 月的《月旦评》杂志上，表达了作者执着于对茉德·冈的单相思却又深陷疲惫的矛盾心情。1901 年某个夏日，叶芝与茉德·冈及其同父异母的妹妹凯瑟琳·皮尔彻夫人一同吃饭，他们一起聊到了诗歌的灵感等话题，诗中大体上对当时的真实场景进行了纪实性的描述。翌日，茉德·冈再一次拒绝了叶芝的求婚。不久后，叶芝写了这首诗。诗论家吉坦加里·慕克吉（Geetanjali Mukherjee）认为这是"叶芝最受人喜爱的诗作之一"。

诗题 Adam's Curse，出自《圣经·旧约》3 章 17 至 19 句，大意为亚当和夏娃偷食禁果，上帝为示惩罚，施诅咒于亚当："你必终生劳苦，才能从地里得吃的。……你必汗流满面才得糊口，直到你归于土，因为你是从土而出的。"并将亚当和夏娃双双逐出伊甸园。今译诗题为"亚当之谴"。

全诗 5 节，全用英雄双行体，体裁雅正，音节铿锵，但在局部又对传统形式有所突破，用韵上部分采取了近似韵，追求明快的节奏。前 3 节通过作者、作者恋人（茉德·冈）以及恋人闺蜜（凯瑟琳）三人的口语对话体铺展开来，语言浅显，生动自然，将这种戏剧对话形式置之古典诗体形式之中，如信手拈来，了无痕迹。后 2 节抒情，用语考究而感情真挚，充分展示了叶芝此时古典主义与现代主义相融合的创作风格。翻译时兼顾原诗形式特征。

②以上 3 行，体现出叶芝对小资产阶级等不符合爱尔兰传统审美的社会群体所一贯持有的反感。

③"美丽温柔的女子"是茉德·冈的同父异母妹妹凯瑟琳·皮尔彻夫人，"你"指茉德·冈。

④茉德·冈晚年在其自传《女王之奴》中描述那日他们三人相聚的真实情形，称自己当时的衣着随意，而凯瑟琳却精心装扮了一番："我见威利·叶芝（威廉·叶芝的昵称）用审视的眼光看着我，然后他告诉凯瑟琳喜欢她的裙子，说这裙子让她变年轻了。这时，凯瑟琳说了句要打扮漂亮是件挺不容易的事。叶芝便把这句话写入《亚当之谴》这首诗里。"叶芝通过凯瑟琳的这句话，在诗中敷衍出对女性之美的态度。

⑤原诗此行 *trembling blue-green of the sky* 形象地描述了青蓝变幻如在震颤的天光，影射作者此时不安的心理，今译为"青苍之昊天瑟瑟"。青苍，指青蓝相间之色，参见《彼冀求天堂之罗绮》注②。瑟瑟，颤抖之状，又可形容碧绿之光，如唐白居易《暮江吟》："半江瑟瑟半江红。"

⑥这里"月"象征着对茉德·冈的爱情。

25. 赤发汉拿汗之爱尔兰颂①

那褐色的棘天古木断折两截，俯临库门海滩，②
在一阵自左手边吹动的苦涩黑风下面；③
我辈之勇气似一株古木在黑风中摧折死去，④
但我辈已隐匿心底的焰，流出自那双目——⑤
胡里痕之女，凯瑟琳的双目！⑥

那风卷裹了重云，俯临神山珂罗克纳热，⑦
且掷雷霆于千岩之上虽其媚芙莫能谁何；⑧
怒如狂噪之重云已作我辈赤心在搏突，
但我辈已俯躬低首并亲吻那娴静的双足——
胡里痕之女，凯瑟琳的双足！

25. *Red Hanrahan's Song about Ireland*

The old brown thorn-trees break in two high over Cummen
Strand,
Under a bitter black wind that blows from the left hand;
Our courage breaks like an old tree in a black wind and dies,
But we have hidden in our hearts the flame out of the eyes
Of Cathleen, the daughter of Houlihan.

The wind has bundled up the clouds high over Knocknarea,
And thrown the thunder on the stones for all that Maeve can say.
Angers that are like noisy clouds have set our hearts abeat;
But we have all bent low and low and kissed the quiet feet
Of Cathleen, the daughter of Houlihan.

那浑黄的水泊已泛滥，俯临柯露施娜芭尔，⑨
因那湿潮的狂飚正吹透浓稠的云气；⑩
似汹涌横溢之洪水其唯我身及我血，
但有人比圣十字架前那根高烛还要纯洁——
是胡里痕之女，凯瑟琳！⑪

The yellow pool has overflowed high up on Clooth-na-Bare,

For the wet winds are blowing out of the clinging air;

Like heavy flooded waters our bodies and our blood;

But purer than a tall candle before the Holy Rood

Is Cathleen, the daughter of Houlihan.

◎注释：

①此诗出自叶芝发表在 1894 年 8 月 4 日《国民观察家》上的一篇小说《凯瑟琳·妮·胡里痕》，收入作品集《玄秘的玫瑰》时以《胡里痕之女凯瑟琳与赤发汉拿汗》为题，收入诗集《七林之中》后题为《赤发汉拿汗之歌》，在 1906 年出版的《诗著》第 I 卷中，改定为现题，内容也经过较大幅度的修订。

赤发汉拿汗是叶芝虚构的人物，其原型是 18 世纪爱尔兰传奇人物欧文·罗伊·欧沙利文(Owen Roe O'Sullivan，1748—1782 年)，他既是浪迹天涯的吟游诗人，又是在民间传道解惑的"篱笆导师"，还做过士兵、水手和劳工，坎坷的社会底层经历以及漂泊不定的生活状态，为他的吟唱提供了丰富的素材，最后死于一场决斗。作为吟游诗人传统的继承者和"启蒙者"，他的传奇事迹是爱尔兰民间文学的源头之一。叶芝以欧文为原型，虚构了赤发汉拿汗这一人物形象，以其为核心人物创作了 6 篇短篇小说，结集为《赤发汉拿汗传奇》在 1904 年出版。在这些作品中，年轻的赤发汉拿汗高大强壮，拥有神奇的力量，是一个神通广大的人物，尤其是他有一头赤发，并以此得名。他的形象也散见于《玄秘的玫瑰》这部作品集中，甚至在《苇间风》等诗集中，有多首诗歌都是以赤发汉拿汗为主体视角和口吻来写作的，参见《彼祈求所爱归于平和》注①。胡里痕之女凯瑟琳是叶芝在诗剧《女伯爵凯瑟琳》中虚构的女主人翁，是叶芝笔下爱尔兰拟人化的象征。这首诗正是用赤发汉拿汗的视角，借汉拿汗之口歌颂神圣又圣洁的凯瑟琳，以及她所象征的祖国爱尔兰。

全诗 3 节，每节 5 行，其中前 4 行押连韵 AABB，末行不押韵。此诗以赤发汉拿汗为叙述主体，借舞台吟唱的口吻，词句典雅，气势雄浑，音节上极富节奏感，且用韵繁密，几乎每一行都有行中韵，今依原诗这些特征拟译。

②库门海滩：自斯莱戈郡西北的嘉拉沃吉河口向西延伸出一片狭长海滩，也是斯莱戈湾南岸的一小段。原诗此行 *brown*、*break* 构成头韵，分别译为"褐色""断折"，第二字同韵。

③原诗此行 *black*，*blows* 作行中韵，分别译为"黑风""吹动"，对应韵母相近。

④原诗此行 *breaks*，*black* 作句中韵，译文中以"一株""古木""死去"等增益其韵律。

⑤原诗此行 *have*，*hidden*、*hearts* 作行中韵，译文中以"隐匿""心底"和"出""目"

等增益其韵律。

⑥每节末行之"*Cathleen, the daughter of Houlihan*",可视为称呼凯瑟琳之全名。爱尔兰传统上采取父系称名法,男名以 *Mac* 接其父之名,而女名则以 *Ni* 接其父之名,如凯瑟琳之全名 *Cathleen Ni Houlihan*,汉语可意译为"胡里痕之女凯瑟琳",音译则为"凯瑟琳·妮·胡里痕",二者完全等同。此处叶芝取凯瑟琳之全名意译为英文而未采取音译,故译为汉语亦采意译。此行为跨行句,译文之"双目",及下一节末行译文之"双足",为译者依诗意而补足。

⑦珂罗克纳热山在斯莱戈郡以西约 6 公里处,是一座低平的滨海小山丘,山腰有石冢,相传有媚芙女王长眠其中。媚芙是爱尔兰古代传说中康诺特王国的伟大女王,其名在盖尔语中有"迷人"之意,她美貌而又骄傲,厄尔斯特的国王佛古司、康胡巴都曾是她的情人,上古传说中很多重大事件都有过她的身影,是"乌托尼恩诸事记"系列传说中的主要人物之一。她的形象多次出现在叶芝的诗歌之中,如长诗《女王媚芙之暮年》等,在叶芝的志怪散文集《凯尔特薄暮》中也记录过媚芙女王显灵的故事。

⑧原诗此行 *thrown*,*thunder* 及 *stones* 均为行中韵,译文中采用"雷霆""千岩"等同部首或双声词汇拟其意。

⑨柯露施娜芭尔在盖尔语中意为"芭尔的老妪",是一位女仙的名字,可译为"芭尔的柯露施",系地标称名法。叶芝在其志怪散文集《凯尔特薄暮》中记载过这位柯露施娜芭尔女仙的传说:"她走遍全世界,就为了找到一个足够深的湖泊来淹死自己,好终结她已厌倦的仙人寿命;从山岗跃至湖泊、从湖泊跃至山岗,在她双足所到之地堆放石冢做标记;直到最后,她在小小的伊雅湖发现了世界上最深的水,就在斯莱戈的群鸟之山的山顶上。"(《凯尔特薄暮》第 23 章"无倦者",许健译)

又,此行 *yellow*,*overflowed* 构成行中韵,以双声词"浑黄"与叠韵词"泛滥"译之。

⑩原诗此行 *wet*,*winds* 构成行中韵,以"湿潮""狂飙"译之,第二字同韵。

⑪此节末行较前两节末行形式出现变化,作为全诗结尾,简洁明快地点明主题。

26. 顾水自赏之众叟^①

余曾闻于老且又老之众叟：
"世事无常，
而我辈一个一个终凋朽。"
彼等双手如枯爪，彼等双膝
盘结有似老树荆棘
水一方。
余曾闻于老且又老之众叟：
"美丽之一切终漂走^②
水一样。"^③

26. *The Old Men Admiring Themselves in the Water*

I heard the old, old men say,

"Everything alters,

And one by one we drop away."

They had hands like claws, and their knees

Were twisted like the old thorn-trees

By the waters.

I heard the old, old men say,

"All that's beautiful drifts away

Like the waters."

◎注释：

①此诗创作时间约在 1902 年 11 月 20 日左右，初刊于 1903 年 1 月的《蓓尔美尔杂志》（Pall Mall Magazine）。

全诗 9 行，押韵 ABACCBAAB，有重复韵脚及双韵脚，译文依汉语诗歌习惯略有调整，见行注。

②原诗此行 drifts away 与第 3 行的 drop away 是双韵脚，且后一个韵脚相同，今译以"终漂走"，与第 3 行之"终凋朽"双押韵。

③原诗此行 Like the waters 与第 6 行 By the waters 形成多重韵脚，且后二词皆相同，结构也完全一样，均为跨行句上一行的状语，今分别译为"水一样""水一方"。

自
『绿盔及其他』

FROM "THE GREEN HELMET AND OTHER POEMS"

27. 有女荷马曾歌①

若有什么男人一凑近——
在我年少时节,
我便思忖:"他对她有情。"
哆嗦着又是怕来又是恨。
可是呀!最为苦楚的错讹
莫如那人从她身旁走开
眼神却不将她睬。

于是乎,我作作又创创
到头来,虚白鬓发,②
我梦见我已将我的思想
带到如此一般高度之上
以至未来之日定会评说——
"他已向镜中投影出

27. *A Woman Homer Sung*

If any man drew near

When I was young,

I thought, "He holds her dear."

And shook with hate and fear.

But O! 'twas bitter wrong

If he could pass her by

With an indifferent eye.

Whereon I wrote and wrought,

And now, being grey,

I dream that I have brought

To such a pitch my thought

That coming time can say,

"He shadowed in a glass

她那玉体究如何物。"③

自从她抱有热血灼如——
在我年少时节,
她纤步曼妙矜严如许
恍似凌其一云之高处
她是那女子荷马曾歌,
今其身世文章到眼中
不过英雄一梦。④

What thing her body was. "

For she had fiery blood
When I was young,
And trod so sweetly proud
As' twere upon a cloud,
A woman Homer sung,
That life and letters seem
But an heroic dream.

◎注释：

①此诗写于 1910 年 8 月。荷马所歌咏过的女人指古希腊神话中的美女——特洛伊的海伦，荷马在其不朽史诗《伊利亚特》与《奥德赛》中都不惜笔墨地颂扬其美丽，但她最终却给特洛伊城带来了毁灭，参见《尘世的玫瑰》注②。叶芝在这首诗中以海伦来象征茉德·冈。

全诗 3 节，每节 7 行，押韵形式为 ABAABCC。翻译时遵循原诗韵律。

②叶芝写这首诗时已年满 45 岁，故自称"到头来虚白鬓发"。

③叶芝在自传中曾提到他有一块水晶，通过水晶中的镜像可以看到各种幻象和启示，他常邀同道一起进行神秘主义试验。(《叶芝自传》第 2 卷第 21 章)叶芝借此表达对茉德·冈的爱意是自己写作的主要原因之一，通过为茉德而写大量作品，在将来可还原出她完整而真切的形象。

④此节除末 2 行为一般现在时，其余均为过去时态，一方面表达作者一直以来对茉德爱意的坚持，另一方面也烘托出结尾的强烈转折之意。

[意大利]圭多·雷尼《诱拐海伦》

28. 再无特洛伊①

我何必责怪她充塞我所有时日
以悲惨，亦或是她在最近正要②
教导那些下愚用最狂暴的方式？③
或要掷抛下里穷巷去抗衡官道，④
凭他们仅有的唯逞其欲之勇敢？⑤
究竟如何方能教她的心念平静——
那心念高贵造化，单纯似火一团，
那心念美如一弓已控弦，这天性⑥
已非应运而生在如此时机，⑦
还高雅而孤独又刚毅无双！
嘿！她还能搞什么名堂？生来如此！
可有另一座特洛伊给她焚葬？⑧

28. *No Second Troy*

Why should I blame her that she filled my days

With misery, or that she would of late

Have taught to ignorant men most violent ways,

Or hurled the little streets against the great,

Had they but courage equal to desire?

What could have made her peaceful with a mind

That nobleness made simple as a fire,

With beauty like a tightened bow, a kind

That is not natural in an age like this,

Being high and solitary and most stern?

Why, what could she have done, being what she is?

Was there another Troy for her to burn?

◎注释：

①此诗作于 1908 年 12 月。全诗 12 行，用交韵 ABABCDCDEFEF，形式上非常接近莎士比亚体商籁诗，唯少末尾 2 行双韵句。实际上《莎士比亚商籁诗》的第 126 首就只有 12 行，较其他商籁诗少末尾 2 行，但依然归入商籁诗，故可将叶芝这首诗看作非常规格律的商籁诗。翻译时大体按商籁诗安排格律。

②1903 年 2 月 21 日，茉德·冈在巴黎与相识不久的革命战友爱尔兰少校约翰·麦克布莱德结婚，给叶芝带来了巨大的打击，叶芝曾在手稿中称那是他"一生中最悲惨的时间"。

③茉德·冈是坚定的民族主义者，一贯坚持在爱尔兰开展反对英国统治的暴力革命，坚信为争取爱尔兰民族独立可以不择手段。布尔战争期间，她曾和布尔人特工共同计划在前往南非的英国军舰上安放炸弹，还为爱尔兰共和军兄弟会与法国军方牵线搭桥，也参与了 1897 年都柏林的街头骚乱。叶芝对这些做法都不以为然，他更希望采取政治手段来改变爱尔兰的现状，或是通过文学运动实现爱尔兰文化的重建。1898 年，叶芝就曾劝阻茉德放弃鼓动梅奥郡的佃农暴动。在这首诗中，集中体现了叶芝对茉德从事的街头暴力行为的不满。同时，受爱尔兰传统社会形态的影响，加上出身于文化地主家庭，叶芝崇尚贵族和精英，信奉缙绅传统，对民间社会的贤良治理抱有希望，故称受煽动进行暴力革命的底层群众为 ignorant men，即"下愚之民"。

④原诗此行形容"街道"的词用 little 与 great 形成鲜明对比，以表明斗争双方的力量悬殊，译为"下里穷巷"与"官道"。

⑤对此行的理解可参考爱尔兰政论作家康纳·奥布莱恩（Conor Cruise O'Brien，1917—2008 年）的著名论文《激情与犾许：论叶芝的政治观》（1965）。奥布莱恩敏锐地关注到叶芝曾将 19 世纪 90 年代的爱尔兰各类政治运动积极分子描述为"一群脱离农村传统，不习稼穑，甚至不思自省的人，因其贫穷、愚昧、迷信般虔诚，任何一种恐惧都足以影响他们"。

⑥威廉·布莱克在长诗《弥尔顿：一部史诗》中为"弓"这一意象赋予了性欲的内涵，叶芝受其影响，将茉德·冈比喻为"控弦之弓"，暗含有性欲的象征，参见《箭镞》注①。

⑦叶芝曾认为茉德·冈最吸引自己的地方是她身上散发的古典主义优雅气质，他

曾形容茉德"仿佛活在古代的文明"，认为古罗马诗人维吉尔的名句"微步若女神"就似专门为她而作。因此，在这首诗中，叶芝认为茉德并不适合生在当下这个古典主义沦丧的时机。

⑧叶芝在诗中再一次将茉德·冈比作古希腊神话中给特洛伊城带来毁灭的美女海伦。同时，此处或许还借鉴了 17 世纪英国诗人约翰·德莱顿《亚历山大之宴》（*Alexander's Feast*）中的诗句："*And, like another Helen, fir'd another Troy.*"（就如另一个海伦，焚葬另一座特洛伊。）

29. 和解①

有人会怪你，怪你那日②

夺走了能打动他们的诗。

那日，狂电震聩两耳，又灼瞽——

双目，那日你离我而去，我竟想不出

一物堪以成咏，无非是些帝王、

缨盔、刀剑和那旧事泰半遗忘③

如心海中的你——可从今又

你我已解脱，只为人间依旧。④

当你我终归欢笑或嚎啕一阵又一阵，

把缨盔、冠冕和刀剑都抛入渊深。

可亲爱的啊，拥紧我。自你离去，

我空芜的心念已寒彻髓骨。

29. *Reconciliation*

Some may have blamed you that you took away
The verses that could move them on the day.
When, the ears being deafened, the sight of the eyes blind
With lightning, you went from me, and I could find
Nothing to make a song about but kings,
Helmets, and swords, and half-forgotten things
That were like memories of you—but now
We'll out, for the world lives as long ago;
And while we're in our laughing, weeping fit,
Hurl helmets, crowns, and swords into the pit.
But, dear, cling close to me; since you were gone,
My barren thoughts have chilled me to the bone.

◎注释：

①此诗最初被叶芝记入 1909 年 2 月 7 日—26 日的日记中，其主题仍是关于茉德·冈的。但美国西北大学文学教授德·艾尔曼（Richard David Ellmann，1918—1987 年）在《叶芝的个性》（1954）一书中考证，叶芝"大约在（1909 年 2 月的）6 个月之前就写好了这些诗句，再把它们记在日记里备忘"。按此说法，这首诗的创作日期应在 1908 年 9 月间。

全诗共 12 行，押连韵 AABB……翻译遵循原诗韵律。同时，在叶芝 1910 年 8 月及 1911 年 11 月的日记中，这首诗的通行版本之后还写了另外 4 行，备录如下：

> But every powerful life goes on its way
> Too blinded by the sight of the mind's eye
> Too deafened by the cries of the heart
> Not to have staggering feet and hands
> 然而，每个强大生命循蹈其途
> 唯心灵之眼见过如此盲目
> 唯心灵之哭有过如此震撼
> 方教手足不至蹒跚

②"那日"是 1903 年 2 月 21 日，叶芝得知了茉德·冈和麦克布莱恩结婚的消息。当时，他在都柏林参加一场公众集会，正准备发表演讲，闻此噩耗顿觉天崩地裂，虽然勉强完成演讲，但事后一点也回忆不起来说了什么。以下几行即描写他当时的感受。

③帝王、缨盔、刀剑等或指叶芝的英雄剧本《王宫门槛》《拜乐河滩》中的一些元素。

④茉德·冈的丈夫麦克布莱德长期酗酒，还骚扰茉德的妹妹凯瑟琳和茉德的私生女，因此婚后不久二人反目。但因茉德系天主教徒，不能离婚，经过一番周折才在 1906 年与麦克布莱德正式分居。然后茉德又找到叶芝寻求慰藉。叶芝很高兴，认为自己与茉德终于走出了过往的不幸，迎来了"和解"。

30. 万事艰难亦痴魔^①

万事艰难亦痴魔

涸竭我血脉之精气，还撕掳

那自发之欢愉和天性的满足

出我心外。是何事将我们的小驹来折磨^②

世事注定，就好像他不曾流淌天族的血

也不曾在奥林匹斯山上的朵朵白云欢跃，

而注定要在鞭挞下战栗又扭曲、淋漓而颠簸

仿佛拖拽铺路的石砾。我诅咒那些戏^③

那些戏排演起来得要五十种的方式，

诅咒这成天价干仗同每个泼皮和蠢货，

诅咒戏院生意，还有人事治理。

我誓要在黎明复苏的前夕

找到神厩，脱落缰锁。

30. *The Fascination of What's Difficult*

The fascination of what's difficult

Has dried the sap out of my veins, and rent

Spontaneous joy and natural content

Out of my heart. There's something ails our colt

That must, as if it had not holy blood

Nor on Olympus leaped from cloud to cloud,

Shiver under the lash, strain, sweat and jolt

As though it dragged road metal. My curse on plays

That have to be set up in fifty ways,

On the day's war with every knave and dolt,

Theatre business, management of men.

I swear before the dawn comes round again

I'll find the stable and pull out the bolt.

◎注释：

①此诗作于 1909 年 9 月至 1910 年 3 月间。叶芝自 1897 年夏起，就有创办一个剧院来宣扬凯尔特民族文化的想法。直到 1899 年 1 月，在格雷戈里夫人等的资助下，叶芝与爱德华·马丁、乔治·拉塞尔、乔治·穆尔、约翰·沁孤一帮人在都柏林创办了爱尔兰文学剧院，其首演剧目正是叶芝创作的诗剧《女伯爵凯瑟琳》。爱尔兰文学剧院的成立是爱尔兰文学复兴运动的一个标志性事件，也被后世认为是爱尔兰戏剧运动的开端。1902 年，爱尔兰文学剧院改名为"爱尔兰民族戏剧社"，叶芝出任社长，副社长有茉德·冈、拉塞尔以及道格拉斯·海德等人，威廉·费担任戏剧导演。这个团队的成员大部分是戏剧文学的业余爱好者，只能谋生之余利用夜晚时间排练。虽名为"剧社"但他们并没有固定的舞台，演出都是租用各种公共戏台，甚至在露天演出，经费也捉襟见肘，演员们基本没有报酬，全凭热情支撑。演出的剧目和选角都由社员民主讨论，因此常常陷入漫长的争论。可想而知，叶芝作为社长需要付出多大的精力去协调这些事务。1904 年 12 月，在英国人安妮·霍尼曼小姐的资助下，艾贝剧院成立，隶属于民族戏剧社，这是爱尔兰人第一家民族剧院，拥有自己的固定场地，叶芝任总经理兼舞台总监。1905 年，民族戏剧社改组为公司，叶芝是大股东、董事，全面掌管了该社的事务，直到 1910 年辞去艾贝剧院的总经理一职。十多年间，他将主要精力都投入戏剧创作和剧院经营事务中，在此期间创作并排演了《迪尔穆德与葛兰妮娅》《凯瑟琳·妮·胡里痕》《王宫门槛》《拜乐河滩》《绿盔》等多部戏剧，获得了一定的社会反响，他还撰写了大量的剧评，不遗余力地宣扬爱尔兰文化传统，启迪民众的民族主义精神，以至于这十年间，他都少有精力去写诗。这首诗正是叶芝对从事戏剧活动坎坷历程的自我抒怀，表达他明知艰难但依然痴魔其中的心态。

原诗标题 fascination 既指痴迷的状态，也可指魅力、魔力等，略同汉语"痴魔"一语，既可侧重"痴"，指入迷着魔之情，又可侧重"魔"，指魔力、魅力。兹以此语译之。全诗 13 行，押韵形式为 ABBACCADDAEEA，翻译时遵循原诗韵律。

②诗中"小驹"是指古希腊神话中的珀珈索司（Pegasus）。他血统高贵，是美杜莎与海神波塞冬所生之子，形象为一匹生有双翼的银白骏马，身姿优雅而俊美，常常舒展银翼，翱翔于奥林匹斯山顶的天穹，是文艺女神缪斯的守护者。在古罗马诗人奥维德笔下，珀珈索司曾在赫利孔山上踩踏出希波克拉底灵感之泉，诗人饮之可获灵感，

故被视为象征诗人灵感的神祇。叶芝在诗中用珀珈索司遭受的折磨来比喻剧院的俗务对自己诗人灵感的消耗。

③以上 2 行关于珀珈索司遭受折磨的描写，或借鉴了托马斯·穆尔在《艺术与生活》(1910) 一书中戏称斯威夫特的写作是让代表诗人灵感的飞马珀珈索司去拉大车的说法。翻译时兼顾原诗部分行中韵的处理。

31. 祝酒歌①

美酒来了入之唇，
爱情来了见之眼。
你我皆知此话真，
莫等垂垂老死前。
我举金樽向我唇，
眼望你，我一叹。

31. *A Drinking Song*

Wine comes in at the mouth

And love comes in at the eye；

That's all we shall know for truth

Before we grow old and die.

I lift the glass to my mouth，

I look at you，and I sigh.

◎注释：

①此诗写于 1910 年 2 月 17 日，是为格雷戈里夫人的剧本《米兰朵丽娜》中的女主人翁打造的一段唱词，模仿的是剧中女店主米兰朵丽娜戏弄一位自称厌恶女人的男子的口吻。该剧由格雷戈里夫人改编自威尼斯喜剧大师哥尔多尼的名剧《女店主》。

全诗 6 行，用交韵 ABABAB，第 1、7 行韵脚重复。翻译时遵循原诗韵律。

32. 智慧只随岁华来①

叶纵然繁密，根却唯一
穿透青春全部虚妄时光
我也曾摇曳我的叶与花，在这日光里。②
如今要凋落进——真相。

32. *The Coming of Wisdom with Time*

Though leaves are many, the root is one
Through all the lying days of my youth
I swayed my leaves and flowers in the sun;
Now I may wither into the truth.

◎注释:

①此诗写于 1909 年 3 月 21 日、22 日,初次发表于 1910 年 12 月的《麦克卢尔杂志》,原题为《青春与年华》。全诗 4 行,用交韵 ABAB,翻译时遵循原诗韵律。诗题 *The Coming of Wisdom with Time* 多处涉及不同形式的押韵,故译作"智慧只随岁华来"。

②"我的叶与花"喻茉德·冈,叶芝在此行回忆起初次与茉德见面的情境。参见《浪游的安歌士之歌》注⑤。

33. 闻悉我们新大学的学生参与了
海伯利安古代秩序兄弟会
以及反不道德文学骚乱①

哪里？哪里？只有这里，才有"真理和尊严"，②
就在这里他们急着出卖自己，
摇晃他们邪恶的侧脸对着：青年——
不过是要限制中年人妄为肆意。③

33. *On Hearing That the Students of Our New University Have Joined the Ancient Order of Hibernians and the Agitation Against Immoral Literature*

Where, where but here have Pride and Truth,
That long to give themselves for wage,
To shake their wicked sides at youth
Restraining reckless middle-age.

◎注释：

①此诗写于 1912 年 4 月 3 日。诗题中的"新大学"指柏林大学学院。其前身是 1851 年成立于都柏林的爱尔兰天主教大学，后改名为皇家爱尔兰大学。1908 年，皇家爱尔兰大学联合其他几所院校共同组建了爱尔兰国立大学系统，成为爱尔兰国立大学的都柏林大学学院。为区别于历史更为悠久的都柏林三一学院，通常称前者为"新大学"。"海伯利安古代秩序兄弟会"是在美国的爱尔兰裔天主教组织，1836 年由纽约的爱尔兰裔族群创立，历史上曾多次涉足爱尔兰国内的政治事件。海伯利安，爱尔兰古称之一。

全诗仅由一个完整的句子构成，跨为 4 行，押韵形式为 ABAB。翻译时遵循原诗韵律。

②原诗以 Where, where but here 这种非常押韵的方式开头，使读者感受到一种滑稽的意味，加之此行最后 Pride and Truth 实词首字母大写，意为直接引用某人之语，从第一行就给全诗营造出浓厚的讽喻色彩。翻译时兼顾原诗这些特色。

③原诗第 3 行末尾的 youth 既是 at 的宾语，又是第 4 行 Restraining 的主语，是西语诗歌中常见的跨行处理。今在译文中尝试保留其西语特征，仅在译文的"青年"前后以不同的表示连接的标点符号模拟其语法结构。

34. 致一位诗人，他要我赞扬某些剽窃他和我的蹩脚诗人①

您说，就如我常常赠奉唇舌
去赞扬旁人之所论说及颂歌，
如此对待此类仿品颇有见地，②
但可会有狗去赞扬身上的蚤虱？

34. *To a Poet, Who Would Have Me Praise Certain Bad Poets, Imitators of His and Mine*

You say, as I have often given tongue
In praise of what another's said or sung,
'Twere politic to do the like by these;
But was there ever dog that praised his fleas?

◎注释：

①此诗写于 1909 年 4 月 23 日至 26 日。题中所致之诗人是叶芝的好友乔治·拉塞尔（George William Russell，1867—1935 年）。拉塞尔和叶芝一样，也是爱尔兰文学复兴运动中颇有影响力的诗人，在当时都柏林文艺界很有名气，被一众追随者奉为艺术兼精神导师。此时的叶芝已经开始尝试改变自己 20 世纪末形成的浪漫唯美的诗风，因此对拉塞尔的信徒们不以为然，认为他们还停留在对爱尔兰传统元素肤浅摹拟的早期阶段，写出的不过是诸如《凯尔特薄暮》这种风格的作品。于是便写了这首诗作为回应。收到这首诗后，拉塞尔专门致信叶芝，对他的刻薄言论提出质疑。而叶芝则认为拉塞尔在滥施恩惠，这也导致二人的关系一度恶化。

全诗 4 行，押连韵 AABB，翻译时遵循原诗韵律。

②原诗行 *politic* 在此为"得体、明智"之意，意在反讽，译为"颇有见地"。

35. 在艾贝剧院[1]

（仿自龙沙）

亲爱的柯蕤文·宜文，看下我们的情况。[2]
一旦我们高悬半空，上百号人会说
我们再坚持这么放飞，他们就退场，[3]
换个日子还是同样上百人又会讥诮
只因为我们构筑艺术用了家常之物，
何其酸楚！你还梦想着他们会渴望
从某些飘飞翅膀把整个人生去参悟。
您曾撮捧他们还用书上的法儿去哺养
打骨子里对他们知之甚详，还请赐教[4]
某种新式的诀窍，我辈定严守这秘方。
有没有给这位普罗忒斯配的笼套[5]
这神仙同他敞透的海洋一样变幻无常。
请教你这时兴人士，或许只有当他们
讥笑我们时，我们才能回报以嘲讽？

35. *At the Abbey Theatre*

(Imitated from Ronsard)

Dear Craoibhin Aoibhin, look into our case.

When we are high and airy hundreds say

That if we hold that flight they'll leave the place,

While those same hundreds mock another day

Because we have made our art of common things,

So bitterly, you'd dream they longed to look

All their lives through into some drift of wings.

You've dandled them and fed them from the book

And know them to the bone; impart to us—

We'll keep the secret—a new trick to please.

Is there a bridle for this Proteus

That turns and changes like his draughty seas?

Or is there none, most popular of men,

But when they mock us that we mock again?

◎注释：

①此诗写于 1911 年 5 月。诗题中的艾贝剧院，是叶芝和他的朋友们在 1904 年创办的一个戏剧组织，参见《万事艰难亦痴魔》注①。这首诗共 14 行，用韵 ABABCDC-DEFEFGG，是一首莎士比亚体商籁诗，语言风格诙谐又带讥诮，体现了叶芝诗风中后期向现代主义转变后，以文为诗的特点。有副标题"仿自龙沙"，内容与 16 世纪法国七星诗社诗人龙沙（Pierre de Ronsard，1524—1585 年）之《情诗二集：玛丽之爱》中第一首商籁诗近似。翻译时兼顾以上特点。

②柯蕤文·宜文（Craoibhin Aoibhin），或译"克瑞伊温·伊温"，是道格拉斯·海德（Douglas Hyde，1860—1949 年）的笔名，盖尔语中意为"宜人的枝丫"。海德是爱尔兰诗人、作家、学者、社会活动家，早年参加爱尔兰民族解放运动，致力于推动爱尔兰的盖尔语取得与英语同等的法律地位，是"盖尔语联盟"的创始人，1938 年当选为爱尔兰共和国第一任总统。他一生致力于通过复兴爱尔兰的民族传统来振兴文艺，有诗集《康诺特的情诗》《在炉火旁》《拉夫特里的诗》，以及学术巨著《爱尔兰文学史》等。

③当时艾贝剧院上演的一系列英雄诗剧对观众的吸引力并不算太大，普通观众更多倾向于观看现实题材的戏剧，特别是"乡村喜剧"。在叶芝的自传中也曾提到过爱尔兰本地人"只读报纸、祷告书和通俗小说"。

④在叶芝创作这首诗的时候，"盖尔语联盟"的社会影响很大，在爱尔兰民众中具有号召力，而海德是这一组织的主席。

⑤普罗忒斯（Proteus）是希腊神话早期海神之一，后期将其归为海神波塞冬之子，他善于变化外形，使人无法抓住他。此处借以比喻观众的喜好无常。

36. 在戈尔韦赛马场①

其惟马场所在之地，
欢欣造就众心所同。
那飞驰骏马的缇骑，
这紧随簇拥之人众——
吾辈！亦曾有此嘉宾，②
倾听、勉励吾其所著。
对！骑士为朋，
先于这般职员与商贾③
以其怯懦之呼吸，呼吸于世上。
颂唱：于某地某时、月之初肇，
吾辈知悉长眠非同于死亡，
聆听整个大地改变了音调，
其肉躯正狂野，而如再闻
山呼阵阵似临于赛马之场，
吾辈今从人海找寻勉我之人④
他们正骑马上。

36. *At Galway Races*

There where the course is,
Delight makes all of the one mind,
The riders upon the galloping horses,
The crowd that closes in behind:
We, too, had good attendance once,
Hearers and hearteners of the work;
Aye, horsemen for companions,
Before the merchant and the clerk
Breathed on the world with timid breath.
Sing on: somewhere at some new moon,
We'll learn that sleeping is not death,
Hearing the whole earth change its tune,
Its flesh being wild, and it again
Crying aloud as the racecourse is,
And we find hearteners among men
That ride upon horses.

◎注释：

①此诗创作时间有 2 种说法，1908 年某个夏日或 10 月 21 日，最初发表于 1909 年 2 月的《英语评论》，原题为《戈尔韦赛马场》。戈尔韦郡或译高威郡，在叶芝家乡斯莱戈以南约 130 公里，西临大西洋，是爱尔兰西部的港口，以每年夏季举行的赛马会著称。叶芝一生在戈尔韦留下了广泛的生活足迹，他早年曾在这里生活过，他在《爱尔兰乡野志怪俗讲》《凯尔特薄暮》等书中搜集的民间奇谭，大多来自家乡斯莱戈以及戈尔韦。他的挚友格雷戈里夫人的廊园也坐落于此，叶芝成名后常来此避暑，晚年甚至营居在戈尔韦的索尔·瀚立里塔楼。

全诗 16 行，押韵形式为交韵 ABABCDCD……风格上始于平易而终见激情，富于节奏感和感染力。翻译时遵循这些特征。

②叶芝曾在日记中将诗人比喻为贵族。

③表达叶芝对商业社会的一贯厌恶。

④"勉我之人"指欣赏和赞助诗人的那些贵族们。

责任

RESPONSIBILITIES

37. 灰岩①

陪我切磋手艺的诗人们、
柴郡干酪饭馆的小伙伴，②
有个古老传说经我翻新，
料想更能在你们的耳间
讨喜——较之时下流行的故事。
尽管，你们会觉得我瞎费劲，
装成其中的生机较之
于死意会有更多激情。
为了把美酒灌满你们的瓶子，
利爽的老戈班忙活顾不上开说。③
言外之意：有我的就有你们的。

当觥觞交错在白日之将没——
精彩传奇不都是这般开场？

37. *The Grey Rock*

Poets with whom I learned my trade.

Companions of the Cheshire Cheese,

Here's an old story I've remade,

Imagining 'twould better please

Your ears than stories now in fashion,

Though you may think I waste my breath

Pretending that there can be passion

That has more life in it than death,

And though at bottling of your wine

Old wholesome Goban had no say;

The moral's yours because it's mine.

When cups went round at close of day—

Is not that how good stories run? —

那众神正围坐于筵席
在仙山丝丽芙娜芒他们的圣堂。④
歌着昏沉的歌曲，或还带着鼾鼻，
只为醉饱了美酒与肴珍。
那缭烟之燃犀耀瞑奔电
照彻戈班锻淬之金银，
照彻古银台沉沉滚翻，
更照彻何人之金樽犹未倾——
兀那金刚！狂怒着翻鼓他的筋力
千锤百炼锻于神山之顶，
好盛放他自酿的仙液，
其唯众神始可与之沽饮。

此刻在这般益人睿智的琼浆之中
那众神全都升腾起幽冥
之幻像在他们的双瞳。
中有一位以女相生成⑤
在他们倦怠的眼帘之前狂奔
还激动得颤颤地作声：
"出去，挖出那个已死之人，⑥
他正葬身在地底某处，
当面将他折辱，然后
用骏马猎犬将他驱逐
因为一切亡人中属他浑蛋无俦。"

The gods were sitting at the board

In their great house at Slievenamon.

They sang a drowsy song, Or snored,

For all were full of wine and meat.

The smoky torches made a glare

On metal Goban 'd hammered at,

On old deep silver rolling there

Or on some still unemptied cup

That he, when frenzy stirred his thews,

Had hammered out on mountain top

To hold the sacred stuff he brews

That only gods may buy of him.

Now from that juice that made them wise

All those had lifted up the dim

Imaginations of their eyes,

For one that was like woman made

Before their sleepy eyelids ran

And trembling with her passion said,

"Come out and dig for a dead man,

Who's burrowing somewhere in the ground,

And mock him to his face and then

Hollo him on with horse and hound,

For he is the worst of all dead men."

我们定会迷茫而又恐惊，
若看见梦中还有那殿上
他们迷醉之眼并咒我等
在未来一无所有的不祥。
我认得一女子无从悦取，⑦
因她孩提之时就曾憧憬
如此造就的男男和女女。
而后若她热血恣意奔腾，
终究会了结自己的传奇，
并说着："再要过个两三年
我就只好去嫁个穷傻子。"⑧
说着说着，热泪潸然。

自从，酒馆诸同仁，自从尔等死亡，
或许尔等之形象伫立依然，
只剩那骨剔肌剜掷于一旁，
在满满几乎一大屋人面前。
尔等年少时须直面自己的结局
是醇酒或女人，亦或某种谶言。⑨
然则再勿作更为难听的歌曲，
除非尔等有个钱袋更为沉甸；
毋庸将某种事业去高谈鼓吹，
否则尔等会有一大票的相与；⑩
尔等谨遵缪斯女神清规庄严

We should be dazed and terror-struck,
If we but saw in dreams that room,
Those wine-drenched eyes, and curse our luck
That emptied all our days to come.
I knew a woman none could please,
Because she dreamed when but a child
Of men and women made like these;
And after, when her blood ran wild,
Had ravelled her own story out,
And said, "In two or in three years
I needs must marry some poor lout."
And having said it, burst in tears.

Since, tavern comrades, you have died,
Maybe your images have stood,
Mere bone and muscle thrown aside,
Before that roomful or as good.
You had to face your ends when young—
'Twas wine or women, or some curse—
But never made a poorer song
That you might have a heavier purse,
Nor gave loud service to a cause
That you might have a troop of friends,
You kept the Muses' sterner laws,

且无悔地面对了自己的结局，

便因此赢得那权利——言及此节

道生和约翰生犹将为吾所赏——⑪

让尔等能与那尘世遗忘之人同列，

且陶铸而成彼辈傲然坚毅之目光。

"丹麦之师悉已荡夷，⑫

自黎明迄于黄昏"，她讲述：

"尽管这史事历来存疑，

尽管爱尔兰之至尊确已崩殂⑬

且及半数之邦王，日落之前

分晓终见。

　　　　　便是那日

穆拉夫，爱尔兰至尊之子

蹎蹀而披靡，

他和他的劲卒负背接武

将殁于此处。丹麦人忽而奔逃，

挫锐于受袭之惶惧

及某一隐身之人的怒嗥。⑭

穆拉夫满怀感念去找寻

循迹于一只浴血的鞋掌

那鞋掌在大地拓出了迹印，

直到一棵荆棘老树那人曾倚立于一旁；

And unrepenting faced your ends,

And therefore earned the right—and yet

Dowson and Johnson most I praise—

To troop with those the world's forgot,

And copy their proud steady gaze.

"The Danish troop was driven out

Between the dawn and dusk," she said;

"Although the event was long in doubt.

Although the King of Ireland's dead

And half the kings, before sundown

All was accomplished.

When this day

Murrough, the King of Ireland's son,

Foot after foot was giving way,

He and his best troops back to back

Had perished there, but the Danes ran,

Stricken with panic from the attack,

The shouting of an unseen man;

And being thankful Murrough found,

Led by a footsole dipped in blood

That had made prints upon the ground,

Where by old thorn-trees that man stood;

饶是王子左右盼顾，

无非都是盯着荆棘树来瞧，念以：

'吾友何人，看似不过空空无物

却能予此精准之一击?'

此时一青年男子现身王子的眼睛，

这人说：'因为有人将我深深

来爱恋，她不愿意让我送命，

她是灵岩滋育的埃珐，予我一珮纫

并把它戴在我的衣裳，

许诺只要有此珮纫在，

再无人能把我看到并毁伤。

但它现在不见了，我不愿再

把这幸物来拥有，使我蒙羞

看到至尊之子伤成这般模样!'

此语冠冕又堂皇，但当夜色来临后

他已然辜负了我，进了冢圹，

他和那至尊之子俱已丧命。

我许诺过他两百年的寿算，

即便他不顾我一切所言与所行，

即便我这双不瞑之目珠泪潸然，

他仍声言祖国之需要至高无上——

我也会拯救他的性命! 但为

一位新相知，他终魂化魍魉，

但他可在意我是否心碎?

And though when he gazed here and there,

He had but gazed on thorn-trees, spoke,

'Who is the friend that seems but air

And yet could give so fine a stroke?'

Thereon a young man met his eye,

Who said, 'Because she held me in

Her love, and would not have me die,

Rock-nurtured Aoife took a pin,

And pushing it into my shirt,

Promised that for a pin's sake

No man should see to do me hurt;

But there it's gone; I will not take

The fortune that had been my shame

Seeing, King's son, what wounds you have.'

'Twas roundly spoke, but when night came

He had betrayed me to his grave,

For he and the King's son were dead.

I'd promised him two hundred years,

And when for all I'd done or said—

And these immortal eyes shed tears—

He claimed his country's need was most,

I'd saved his life, yet for the sake

Of a new friend he has turned a ghost.

What does he cate if my heart break?

给我铁锹、骏马和猎犬，

我们可将他驱撵。"于是

她伏身于地面，

扯破衣裳诉其意：

"为何他们言而无信，明明他们的力量

来自那神圣的幽影游离在

这灰岩以及飘飘的光？

为何最真挚之心，却最钟爱

那虚无面颜上的甘苦？

为何长生者定要爱上行者于途？⑮

为何神灵竟会被凡人来辜负？"

然而每位神灵站起来，

从容微笑又不发一语，

伸展手臂，端起酒杯，

走到她伏地悲戚之处，

忽地将她浇个透心凉。

她湿透了戈班的仙醪，

不再记得发生的过往，

眼睁睁看着众神开口大笑。

我坚持了信仰，尽管信仰经过考验，

验于那灵岩化育又游荡在灵岩的足。⑯

自尔等死后沧海已桑田，

I call for spade and horse and hound
That we may harry him."Thereon
She cast herself upon the ground
And rent her clothes and made her moan:
"Why are they faithless when their might
Is from the holy shades that rove
The grey rock and the windy light?
Why should the faithfullest heart most love
The bitter sweetness of false faces?
Why must the lasting love what passes,
Why are the gods by men betrayed?"

But thereon every god stood up
With a slow smile and without sound,
And Stretching forth his arm and cup
To where she moaned upon the ground,
Suddenly drenched her to the skin;
And she with Goban's wine adrip,
No more remembering what had been.
Stared at the gods with laughing lip.

I have kept my faith, though faith was tried,
To that rock-born, rock-wandering foot,
And thc world's altered since you died,

我亦早无令名，对于
大海前的喧嚣之主，[17]
他们认为刀剑之鸣击更有意义——
较之恋人的乐音。且随他们去，
如此，那漂泊的足方才称心满意。[18]

And I am in no good repute

With the loud host before the sea,

That think sword-strokes were better meant

Than lover's music—let that be,

So that the wandering foot's content.

◎注释：

①此诗初次发表于 1913 年 8 月的芝加哥《诗》杂志，创作时间当不早于此时。灰岩是爱尔兰西部克莱尔郡基拉卢附近的一座山，相传是仙女埃珐的居所。在 1014 年爱尔兰人反抗挪威人外来势力的战争中，埃珐预见自己的情人杜弗林·奥哈塔根将捐躯沙场，为挽救情人生命，她许诺要和杜弗林过两百年的神仙日子，以换取杜弗林不去参加战斗。但杜弗林为了自己的好友、爱尔兰一代名王布里安·博卢高王（"高王"或译为"至尊国王"，是古爱尔兰岛盖尔人的王国、部落所公认的共主之称，象征爱尔兰的最高统治权）之子穆拉夫大王子，仍毅然参战，最终在 4 月 23 日"耶稣受难日"这一天的科隆塔夫之战击败了挪威人，宣告一个世纪以来斯堪的纳维亚势力对爱尔兰侵略和统治的失败。但杜弗林和高王、王子也一同在战斗中壮烈殉国，用生命换来了爱尔兰民族的复兴。叶芝将这个传说隐括在了诗中。

全诗 131 行，以叙事为主，夹叙夹议，押韵形式为交韵 ABAB……翻译时遵循原诗韵律。

②柴郡干酪饭馆是伦敦芙丽特街的一家小饭馆，19 世纪 90 年代初叶芝常与"诗人俱乐部"的同仁在此聚会。

③戈班（Goban）是凯尔特神话人物，是一位锻工和石匠，又擅长酿酒，凡人饮之可得长生。

④丝丽芙娜芒（Slievenamon）在盖尔语中意为"女人之山"，在蒂珀雷里郡，相传山上有姐娴之王波布·德戈的宫殿。

⑤以上数行指众神饮了戈班酿造的仙酒，在幻视中见到了女神埃珐。以下则以埃珐之口讲述杜弗林为国家而战，不惜抛弃心爱之人的故事，褒贬不言而喻。

⑥"已死之人"指杜弗林。

⑦此处这个"无从悦取"的女子指茉德·冈。以下直到此节结束，都以茉德的角度叙述。

⑧"穷傻子"指约翰·麦克布莱德，茉德·冈的丈夫。叶芝在诗中常以类似的贬义词语挖苦他。

⑨此处叶芝或以"醇酒或女人"暗指莱昂内尔·约翰生与欧内斯特·道生。莱昂内尔·约翰生（Lionel Johnson，1867—1902 年），英国诗人、作家、文艺评论家，是一位酗酒的神秘主义者，也是叶芝的挚友与情人欧莉薇雅·莎士比娅的表哥。欧内斯特·

道生(Ernest Dowson，1867—1900 年)，英国唯美主义的代表性诗人，他因失恋而导致放浪形骸，最终死于酗酒，年仅 33 岁。这两位诗人都是伦敦"诗人俱乐部"的活跃分子，叶芝在伦敦期间曾和他们过从甚密，他曾在回忆录中称二人"一位是个酒鬼，另一位是个为女人疯狂的酒鬼"。

⑩或影射乔治·拉塞尔。参见《致一位诗人，他要我赞扬某些剽窃他和我的蹩脚诗人》注①。

⑪关于道生和约翰生参见注⑨。

⑫古代爱尔兰盖尔语习惯上称挪威人为"丹麦人"。以下以埃珐之口吻叙述杜弗林在科隆塔夫之战中的传说。

⑬"爱尔兰之至尊"指高王布里安·博卢。据爱尔兰古籍《盖尔人与高卢人之战》《厄尔斯特编年史》《四师编年史》以及近代艾德蒙·柯蒂斯所著《爱尔兰史》(1936) 等史料记载，布里安自芒斯特起家，打败了统治爱尔兰大部分地区的挪威人，又分化瓦解了古代高王后裔尤尼尔家族的残余势力，最终获得爱尔兰高王的称号。1014 年，他在古稀之龄仍御驾亲征，讨伐勾结挪威人入寇的都柏林王国。在都柏林附近与敌人决战时，他英勇的军队将挪威援军击溃。败北的挪威人仓皇逃至科隆塔夫河登船欲走，正遇河水涨潮，颠覆其战船，全都葬身鱼腹。但布里安因年迈不能上阵厮杀，决战时他和幼子泰吉留在营帐为士祈祷，身边的将领倾巢而出追逐挪威的败军，遂为溃逃至此的挪威强盗头子布罗迪尔趁机刺杀。

⑭"隐身之人"是杜弗林·奥哈塔根。

⑮"行者"指凡人，相对"长生者"的神仙而言，凡人生命短暂，如过客行者。

⑯原诗此行 wandering foot 以及类似的表述是叶芝诗中常用来形容茉德·冈的符号，参见《尘世的玫瑰》。叶芝在此处用"游荡在灵岩的足"巧妙地将茉德与"灵岩化育"之仙女埃珐的形象，以及诗题"灰岩"关联起来。

⑰"喧嚣之主"应是对民族主义分子的比喻。1907 年，在沁孤的戏剧《西部浪子》引发的争议中，叶芝积极为沁孤辩护，被认为站在了爱尔兰民族主义分子的对立面。到了 1910 年，在格雷戈里夫人等人的推动下，英国王室每年给叶芝颁发 150 英镑的王室津贴。于是，民族主义分子遂蔑称他为"领俸禄的叶芝"。1912 年的休·兰赠画风波中，叶芝和民族主义分子也发生过争吵。

⑱"漂泊的足"依然暗喻茉德·冈。叶芝在最后一节中表达自己为使茉德·冈欢喜，宁愿放弃坚持，不再与那些民族主义者争论。

38. 一九一三年九月[①]

即便幡然醒悟，尔辈又能如何？[②]
不过是在油腻的钱柜里头摸捞，
把攒积的一个铜板再添上半个，
还要颤悠着祷告再祷告，直到
敲骨榨髓已然枯干，
因人生在世不过是祷告和攒积。
浪漫的爱尔兰一逝不返，
其随欧李尔瑞葬于坟里。[③]

然而他们，是决然不同的一种，
那鼎鼎大名曾消停尔辈的儿戏。
他们闯荡人间好似疾风，
却并无太多工夫给他们祷祈，
侩子手的绞索已为他们套了圈。

38. *September* 1913

What need you, being come to sense,
But fumble in a greasy till
And add the halfpence to the pence
And prayer to shivering prayer, until
You have dried the marrow from the bone;
For men were born to pray and save;
Romantic Ireland's dead and gone,
It's with O'Leary in the grave.

Yet they were of a different kind,
The names that stilled your childish play,
They have gone about the world like wind,
But little time had they to pray
For whom the hangman's rope was spun,

愿天可怜见！他们拿什么攒积？
浪漫的爱尔兰一逝不返，
其随欧李尔瑞葬于坟里。

是否就为此，教那野雁舒展④
苍白的翼，翩凌潮落又潮起。
是否为此教那热血全部迸溅，
是否为此爱德华·菲兹杰拉德赴义，⑤
继之罗伯特·埃米特和沃尔夫·透讷，此辈勇敢⑥
之人的一切痴癫之意？⑦
浪漫的爱尔兰一逝不返，
其随欧李尔瑞葬于坟里。

然而我们若能倒转时光，
唤回那群放逐的人，他们
正历经孤独和痛伤。
尔辈哭喊"某女发如黄金⑧
痴狂了普天下之人子"，
他们负重千钧却以鸿毛视之。⑨
且任他们适意而行，他们一逝不返，
他们随欧李尔瑞葬于坟里。

And what, God help us, could they save?

Romantic Ireland's dead and gone,

It's with O'Leary in the grave.

Was it for this the wild geese spread

The grey wing upon every tide;

For this that all that blood was shed,

For this Edward Fitzgerald died,

And Robert Emmet and Wolfe Tone,

All that delirium of the brave?

Romantic Ireland's dead and gone,

It's with O'Leary in the grave.

Yet could we turn the years again,

And call those exiles as they were

In all their loneliness and pain,

You'd cry "Some woman's yellow hair

Has maddened every mother's son".

They weighed so lightly what they gave.

But let them be, they're dead and gone,

They're with O'Leary in the grave.

◎注释：

①此诗写于 1913 年 9 月 7 日，发表在翌日的《爱尔兰时报》，题为《爱尔兰罗曼史》，还有个副标题"读反对艺术馆的信函后有感"。1914 年收入诗集《九章》时，题目改为《浪漫的爱尔兰》，副标题为"一九一三年九月"。编入诗集《责任》后，改作现题。

全诗 4 节，每节 8 行，用交韵 ABABCDCD……前 3 节末 2 行完全重复，第 4 节末 2 行形式有变化。翻译时遵循原诗以上特征。

②"尔辈"指当时已日益庸俗化的爱尔兰中产阶级。当时，在爱尔兰中产社会普遍流行实用主义，他们缺乏理想，对叶芝认为高尚的事务麻木漠视，他对此深恶痛绝，认为这是"当下启智运动的失败"，此节以下几行都是以他的视角对这一现象的具体描述。因此，这首诗中对爱尔兰中产阶级所用的第二人称是带有一定贬义色彩的。

③约翰·欧李尔瑞(John O'Leary，1830—1907 年)，爱尔兰民族主义领袖、革命家，同时也是诗人、作家、学者，爱尔兰文学复兴运动的精神旗帜之一。他早年受"青年爱尔兰运动"的影响，成为著名的芬尼亚分子，致力于开展反英斗争。1865 年被当局逮捕并判处 20 年监禁，但 5 年后获释，条件是 15 年内不得回到爱尔兰，遂旅居巴黎，直到 1885 年才回到都柏林。他是叶芝从事文学创作的启蒙者和领路人。1886 年，青年叶芝在都柏林和回国不久的欧李尔瑞结识，从欧李尔瑞那里借阅了大量的爱尔兰作家的文学作品，以及改写自盖尔语的书籍，并频繁交往和通信。正是在欧李尔瑞的影响下，叶芝对爱尔兰文学传统以及民族主义产生了终身的兴趣。一直以来，叶芝都视欧李尔瑞为心目中古代爱尔兰民族主义传统的代表人物，认为他对自己的影响，就如古希腊诗人荷马、古罗马诗人维吉尔之于亨利·葛拉坦，意大利理想主义爱国者朱塞佩·马志尼之于托马斯·戴维斯。他将欧李尔瑞的去世看作一个时代的终结，并悲叹古典式爱尔兰浪漫主义文化传统的一去不返。

④"野雁"象征 17 世纪末以来因英国的统治而背井离乡，在欧洲各国颠沛流离的爱尔兰人，尤其是天主教徒。在 17 世纪末席卷欧洲的奥格斯堡同盟战争中，爱尔兰的天主教徒组织武装力量，联合支持詹姆斯二世复辟的法国军队在爱尔兰反对信奉新教的英王威廉三世。但在 1691 年的奥格里姆、利默里克两场战役中，联军均遭惨败。最终，拥护天主教的军队在司令帕特里克·萨斯菲尔德的率领下，于利默里克向威廉的大军投降，詹姆斯二世与威廉三世签订《利默里克条约》，宣告前者彻底退出英国的政治舞台，爱尔兰的天主教势力从此遭受沉重打击。萨斯菲尔德本人和他的数千名部下被允许流亡，背井离乡远渡欧陆，加入法国路易十四以及西班牙的军队，他们被爱尔兰人称为"野雁"。随后的 1695 年至 1727 年，威廉三世在爱尔兰实行了更为严酷的刑

法。

⑤爱德华·菲兹杰拉德勋爵(1763—1798年)，爱尔兰革命者。出身基尔代尔的贵族家庭，是莱斯特公爵詹姆士·菲兹杰拉德之子。曾参加英国陆军，在美国独立战争中与北美大陆军作战。1783年当选爱尔兰议会议员，后因拥护法国大革命被开除军籍。1796年参加"爱尔兰人联合俱乐部"，主持军事委员会，策划反英统治的起义，并积极争取法国支援。1798年5月在发动大起义前夕被捕，数周后死于狱中。叶芝将他视为可同欧李尔瑞并列的"浪漫的爱尔兰"时代标志性人物之一。

⑥罗伯特·埃米特(1778—1803年)，爱尔兰爱国志士、年轻的民族主义领袖。早年参加"爱尔兰人联合俱乐部"，1800年至1802年间流亡欧洲大陆，谋求法国拿破仑政府支持反英武装起义。1802年10月潜回爱尔兰，开始收集、贮存武器，准备在都柏林发动起义。1803年，因秘密武器库意外爆炸，起义被迫提前。7月23日，他带领一队起义者朝战略要地都柏林城堡进军，但因双方力量悬殊最终失败，他本人潜逃到威克洛山中。8月25日，在探望未婚妻萨拉·柯伦时被捕。他在英国人把控的法庭之上满怀悲愤，慷慨陈词，发表了著名的即席抗辩，但仍以叛国罪被判绞刑，9月20日吊死在都柏林的街头。

沃尔夫·透讷(Theobald Wolfe Tone, 1763—1798年)，爱尔兰爱国志士、"爱尔兰人联合俱乐部"的领导人。1796年，他在法国的支持下，作为法国远征军的副帅，发动爱尔兰人参与法国对英属爱尔兰发动的战争。在他的号召下，1798年5月，爱尔兰人民在韦克斯福德、威克洛、安特里姆等地发起反英大起义，但遭英军镇压，7万余人被处死，他本人也被俘于斯威利湖。在被都柏林军事法庭判处死刑后，他在监狱突发疯癫而自杀。此后，爱尔兰归属英国，爱尔兰人的反抗斗争转为以议会为舞台的政治斗争为主。

埃米特和透讷也都被叶芝视为"浪漫的爱尔兰"时代的代表。

⑦原始此行 delirium 做"痴癫"解，字面上呼应上一行提到的沃尔夫·透讷因"痴癫"而自杀，实际是用这些已逝之英雄的"痴癫"，来对比当下爱尔兰庸俗中产阶级的麻木，深化全诗的批判性。此外，英国诗人史文朋(Algernon Charles Swinburne, 1837—1909年)在《威廉·布莱克》(1906)一书中曾用 delirium 一词影射叶芝，叶芝或有以此回应之意。

⑧此处提到的金发女子是叶芝诗剧《女伯爵凯瑟琳》中凯瑟琳·妮·胡里痕的形象，她是叶芝虚构的爱尔兰的拟人化象征。

⑨原诗此行直译意为"他们没有获得与其奉献相匹配的分量"。

39. 白丁①

愤懑，对那蹩脚的心智，和莫名的恶意
之于我们的老白丁坐守自家小店；我盲目蹒跚
在群岩和丛棘里，仰接晨曦。
直到一只麻鹬啼啭，还在曦微的风儿中间②
有了另一只的和鸣。我有所思于后来一刹那：
在此神鉴洞察的郁然清高之处，
舍却我辈喧声之嘈杂，绝无哪怕——
一个灵魂缺乏那甜蜜又晶莹的欢呼。

39. *Paudeen*

Indignant at the fumbling wits, the obscure spite
Of our old Paudeen in his shop, I stumbled blind
Among the stones and thorn-trees, under morning light;
Until a curlew cried and in the luminous wind
A curlew answered; and suddenly thereupon I thought
That on the lonely height where all are in God's eye,
There cannot be, confusion of our sound forgot,
A single soul that lacks a sweet crystalline cry.

◎注释：

①此诗写于 1913 年 9 月 16 日，收入同年结集出版的《沮丧中的诗》。*Paudeen* 原意是指当地的一种山鹑鸟，后被用作爱尔兰最常用天主教男子名"帕特里克"的谑称，常用来泛指爱尔兰普罗大众，带有贬义。在 1903 年的休·兰爵士捐画风波中，《先驱导报》《独立爱尔兰人报》主编威廉·马丁·墨菲曾以"白丁之便士"嘲讽为新建艺术馆收藏休·兰爵士所捐名画而捐款的人，以及叶芝本人。叶芝借此称呼，语带讥讽地表达对当时麻木不仁的爱尔兰中产阶级的厌恶。对此题，傅浩先生音译作"白丁"，极为贴切，今沿用其译。

原诗 8 行，用交韵 ABABCDCD，翻译时遵循原诗韵律。

②原诗此行 *the luminous wind*，指泛着晨光的风，今译为"曦微的风儿"。曦微，形容清晨的微光。

③原诗末行意为"所有的灵魂都可以有甜蜜而晶莹的欢呼"，在句式上采取全句否定，更用 *single* 一词形成强势否定的效果，今以汉语双重否定句译之，差拟其语气。

40. 海伦在世时①

绝望里我们曾哭过：
男人们竟抛下——
为些凡尘细琐，
或为些乐子粗鲁又嘈杂，
——竟抛下我们赢得的倾城，②
哪怕得之艰难万千。
然而我们，倘若闲行
到那丛楼绝顶之间，③
海伦携子闲步之地，
我们——不过是一如
特洛伊其他男子女子，
讪笑一声招呼。④

40. *When Helen Lived*

We have cried in our despair

That men desert,

For some trivial affair

Or noisy, insolent sport,

Beauty that we have won

From bitterest hours;

Yet we, had we walked within

Those topless towers

Where Helen walked with her boy,

Had given but as the rest

Of the men and women of Troy,

A word and a jest.

◎注释：

①此诗写于 1913 年 9 月 20 日—29 日，发表在 1914 年 5 月的芝加哥《诗》月刊杂志。题中"海伦"隐喻茉德·冈，参见《尘世的玫瑰》注②。

全诗 12 行，用交韵 ABABCDCDEFEF，翻译时遵循原诗韵律。

②指海伦，亦即茉德·冈。

③原诗此行 *topless towers*（绝顶丛楼），代指因海伦而最终在战争中被焚烧的特洛伊城。语出英国戏剧家克里斯朵夫·马洛（Christopher Marlowe，1564—1593 年）的名剧《浮士德博士之悲剧》第 13 场中浮士德关于海伦的一句唱词：*Was this the face that launch'd a thousand ships，and burnt the topless towers of Ilium?*（便是这花容惹动舳舻千艘，焚燃了伊利昂绝顶的丛楼？）

④叶芝在 1909 年 7 月 8 日的日记中曾写到："我在两夜前梦见了这些思想：如果人们虐待我们的缪斯，我们为什么要抱怨，既然他们在海伦仍活着时给予她的一切只是一支歌和一个玩笑。"（《叶芝日记：1908—1930》，陈东飚译）

[法国]雅克-路易·大卫《帕里斯和海伦之爱》

41. 三乞丐①

"尽管我的羽毛泡在水里，
站在这儿自打天刚破晓，
我也没有找到一点吃的，
因为只有破烂来了。
难道得靠小杂鱼为生？"
戈特的老鹭咕哝哝，②
"痛苦地靠小杂鱼为生！"

瑰尔王信步宫庭中③
那禁苑和御河岸上，
在那厢对三个老丐言：
尔等浪迹远且广
定能解吾脑中之谜团。
究竟世人欲求愈少才所得愈多，

41. *The Three Beggars*

"Though to my feathers in the wet,
I have stood here from break of day.
I have not found a thing to eat,
For only rubbish comes my way.
Am I to live on lebeen-lone?"
Muttered the old crane of Gort,
"For all my pains on lebeen-lone?"

King Guaire walked amid his court
The palaceyard and riverside
And there to three old beggars said,
You that have wandered far and wide
Can ravel out what's in my head.
Do men who least desire get most,

还是所得愈多而欲求愈大？
一丐答，人之所获愈多
虽凡人与恶魔无改其不怠，
又有何物能使其鼓紧肌肉？
欲望而外，实无可堪。
然而瑰尔抱幽思而笑
倘若真如看来这般
尔三人中当有一富翁，
因为吾将悬赏千镑
赐予那首先酣睡者，只要他能
酣眠早于后日正午钟声响。
于是乎，快活得像只小鸟
的瑰尔王怀着他的老谋深思——
从御河之岸和禁苑离开了
撇下那三丐兀自争议。
"如果我赢"，甲丐讲，
饶是我老了也得诱说
一个漂亮的小妞伴我同床；
乙丐：我要学门手艺活；
丙丐：我得赶忙跑去赛马场
挤进别的先生们中间，
押上一匹骏马赌光光；
乙丐：我重新又盘算：
当个地主更风光。

Or get the most who most desire?

A beggar said, They get the most

Whom man or devil cannot tire,

And what could make their muscles taut

Unless desire had made them so?

But Guaire laughed with secret thought,

If that be true as it seems true,

One of you three is a rich man,

For he shall have a thousand pounds

Who is first asleep, if but he can

Sleep before the third noon sounds.

And thereon, merry as a bird

With his old thoughts, King Guaire went

From riverside and palace-yard

And left them to their argument.

And if I win, one beggar said,

Though I am old I shall persuade

A pretty girl to share my bed;

The second: I shall learn a trade;

The third: I'll hurry to the course

Among the other gentlemen,

And lay it all upon a horse;

The second: I have thought again:

A farmer has more dignity.

你来我往，高呼低叹：
这些痴人所说的狂妄梦想，
孪生于游手好闲以沾沾自满，
他们唇齿间泄露的重唱一晌又一晌
直到翌日的暮色送去
——月亮，这月亮是群氓之癫狂
谁都不曾合上充血的双目
只求不让他的同伴入睡
全在吵闹直到彼此怒火冲霄
搅腾着乱成一堆。

他们捶打和撕咬，竟夜终宵；
他们捶打和撕咬，到白日朗朗；
他们捶打和撕咬，耗了整日
直到又一个夜晚已作驰光，
设或他们曾消停片时
也是踞坐着互相诟嫚；
而当老瑰尔前来，站立
在这哥仨面前，来了结这段公案，
他们浑身是血还掺和着虱子。
"时间到!"瑰尔喝道，那三丐齐刷刷
凝视着他，睁着充血的双目。
"时间到!"瑰尔喝道，那三丐齐刷刷
跌落尘埃，打起呼噜。

One to another sighed and cried:
The exorbitant dreams of beggary,
That idleness had borne to pride,
Sang through their teeth from noon to noon;
And when the second twilight brought
The frenzy of the beggars' moon
None closed his bloodshot eyes
But sought to keep his fellows from their sleep;
All shouted till their anger grew
And they were whirling in a heap.

They mauled and bit the whole night through;
They mauled and bit till the day shone;
They mauled and bit through all that day
And till another night had gone,
Or if they made a moment's stay
They sat upon their heels to rail;
And when old Guaire came and stood
Before the three to end this tale,
They were commingling lice and blood.
Time's up, he cried, and all the three
With bloodshot eyes upon him stared.
Time's up, he cried, and all the three
Fell down upon the dust and snored.

"也许我还算好运气，
他们现在安静了，"鹭念。
"尽管我羽毛泡水里
还像个石头一样站，
还看到破烂到处跑。
但是这儿肯定有鳟鱼
我兴许还能捞一条，
只要我装作不在乎。"

"Maybe I shall be lucky yet,

Now they are silent," said the crane,

"Though to my feathers in the wet

I've stood as I were made of stone

And seen the rubbish run about,

Its certain there are trout somewhere

And maybe I shall take a trout

If but I do not seem to care."

◎注释：

①此诗初发表于 1913 年 11 月 15 日的《哈珀氏周刊》，是一首寓言诗。共 4 节，首尾节以老鹭的视角兴发全篇并总结，押韵形式为交韵 ABAB……。翻译时遵循原诗韵律。

②戈特的老鹭：戈特是戈尔韦的一个小镇，离廓园不远。叶芝在其短篇小说《暮色中的老人》中塑造过一个德鲁伊教的抄书人，他被圣帕特里克变成了水中的鹭鸶。

③瑰尔王(*King Guaire*, ？—663 年)，爱尔兰古国康诺特的国王，以慷慨好客闻名。

42. 山墓^①

男儿意气趁凌云，快来酌酒起舞，
玫瑰花儿犹怒放，不妨手染花香。
那飞泉的水雾蒸腾在山之一隅，
我们罗希克洛斯神父在他墓中安葬。^②

且放重帘，取来清琴与黑管，
屋内足音，无处不在纷纷响，
无唇不交吻，有酒尽倾盏。
我们罗希克洛斯神父在他墓中安葬。^③

徒劳复徒劳，飞泉湍鸣依旧，
长明的烛将那幽暗照亮，
将无垠智慧锁入他玛瑙般的灵眸。
我们罗希克洛斯神父在他墓中沉睡安详。^④

42. *The Mountain Tomb*

Pour wine and dance if manhood still have pride,
Bring roses if the rose be yet in bloom;
The cataract smokes upon the mountain side,
Our Father Rosicross is in his tomb.

Pull down the blinds, bring fiddle and clarionet
That there be no foot silent in the room
Nor mouth from kissing, nor from wine unwet;
Our Father Rosicross is in his tomb.

In vain, in vain; the cataract still cries;
The everlasting taper lights the gloom;
All wisdom shut into his onyx eyes,
Our Father Rosicross sleeps in his tomb.

43. 致一位在风中舞蹈的小孩①

在海滩上舞蹈，
你何须在意
海风海水的咆哮？②
亦或凌乱了你的青丝
已被那海的露珠润浸？
年少的你既然不明白
愚者其赢，也不明白爱情——③
离开之快恰似它忽如其来，④
更不明白无双的作手已丧，
所有的麦穗待谁捆束？⑤
那你又何须惊惶
海风这神嚎鬼哭？

43. *To a Child Dancing in the Wind*

Dance there upon the shore;

What need have you to care

For wind or water's roar?

And tumble out your hair

That the salt drops have wet;

Being young you have not known

The fool's triumph, nor yet

Love lost as soon as won,

Nor the best labourer dead

And all the sheaves to bind.

What need have you to dread

The monstrous crying of wind?

◎注释：

①此诗发表在 1912 年的 12 月的芝加哥《诗》月刊，原题"致一位在海滩舞蹈的小孩"。题中这位小孩是茉德·冈的女儿伊瑟勒特·冈（Iseult Gonne, 1895—1954 年），她是茉德和法国左翼政客吕西安·米勒瓦的私生女，出生在法国。她热爱舞蹈，在叶芝很多关于她的诗篇中，都以舞蹈者这一形象出现。叶芝写这首诗送给她的时候，她才十六七岁年纪，正是青春年少。对叶芝，她从小就比较崇拜，自称 15 岁时曾向叶芝"求婚"，但未被接受。

全诗 12 行，用交韵 ABABCDCDEFEF，以致函晚辈之语气写成，颇为语重心长，翻译时遵循原诗特点。

②原诗此行 wind 和 water 构成头韵，译文在此行以"海风"与"海水"对应。

③"愚者其赢"：讽刺在休·兰爵士捐画风波中，以威廉·马丁·墨菲为代表的反对修建艺术馆的人。参见《白丁》注①。

④叶芝在此行关于爱情的叙述，意指自己和茉德·冈（伊瑟勒特·冈的母亲）之间纠缠不清而又无望的爱情。

⑤这两行 the best labourer dead and all the sheaves to bind 中，the best labourer（无双的作手）喻约翰·米灵顿·沁孤（John Millington Synge, 1871—1909 年），他是爱尔兰剧作家、爱尔兰文学复兴运动的干将、艾贝剧院的创始人之一，也是叶芝的好友，其代表作《骑马下海的人》（1904 年）、《西部浪子》（1907 年）、《补锅匠的婚礼》（1908年）等剧本都是脍炙人口的名篇。这些剧本往往以高超的现实主义和象征主义交错的手法，生动描绘出爱尔兰农民与小手艺人的形象，以展现当时爱尔兰社会的方方面面，并激发观众的爱国情怀。但是部分作品如《西部浪子》，因为对爱尔兰社会底层人物形象存在嘲讽性描写，也经常招致非议，在爱尔兰、美国等地的演出甚至引发过骚乱，叶芝曾多次撰文为他辩解。在这首诗中，叶芝又对他流露出了不遗余力的赞扬，并以他为榜样勉励伊瑟勒特·冈。1909 年，沁孤因患淋巴肉芽肿病英年早逝，这首诗中"所有的麦穗待谁捆束"意为正当收获之时，斯人却已逝，表达了叶芝对沁孤英年早逝的无比惋惜。

［法国］埃德加·德加《明星》

44. 两年以后①

难道无人说起？如此大胆、
善良的眼，更要知博识广？
亦无人告诫你飞蛾赴焰
那一瞬该是多么的绝望？
我早该实言奉告，但你还青春年少，
是以南腔北调，你我各操。②

噢！一切给予，你通盘接收
还梦想普天下人皆知己，
你将遭受令堂所曾遭受，③
到头来一般地创痍遍体。
虽我已老而你风华正茂，
奉此南蛮舌，其我所操。④

44. *Two Years Later*

Has no one said those daring
Kind eyes should be more learn'd?
Or warned you how despairing
The moths are when they are burned?
I could have warned you; but you are young,
So we speak a different tongue.

O you will take whatever's offered
And dream that all the world's a friend,
Suffer as your mother suffered,
Be as broken in the end.
But I am old and you are young,
And I speak a barbarous tongue.

◎注释：

①此诗发表在 1914 年的 5 月的芝加哥《诗》月刊，原题"致一位在风中舞蹈的小孩"，依然是赠给伊瑟勒特·冈的，写于前一首的两年之后。参见《致一位在风中舞蹈的小孩》注①。

全诗 2 节，每节 6 行，每节用韵形式为 ABABCC……以致函晚辈之语气写成，翻译时遵循原诗特点。

②伊瑟勒特·冈从小在法国长大，讲法语，而叶芝讲英语，故诗中叶芝说 *but you are young, so we speak a different tongue*。这一句利用 *tongue* 一词的多义性，语带双关，表面上指自己和伊瑟勒特所用的母语不一样，又暗指因年龄和阅历的差别，讲话的方式不同。翻译时以汉语"南腔北调"一词对译，既可实指二人一为"南腔"，一为"北调"，语言各异；又可比喻二人在"共同语言"方面的欠缺。

③"令堂"指伊瑟勒特的母亲茉德·冈，"所曾遭受"的即指茉德·冈与约翰·麦克布莱德之间的不幸婚姻，叶芝对此一直耿耿于怀。

④*a barbarous tongue* 是成语，直译为"巴巴罗萨的腔调"。巴巴罗萨·海雷丁（Barbarossa Hayreddin Pasha，？—1546 年），是 15 世纪横行地中海的大海盗头子，他出生在奥斯曼帝国，长着红胡子，野蛮而又勇猛，专门在地中海一带打劫往来船只，让当时欧洲各国的商船甚至海军都闻风丧胆。在欧洲各类文学作品和民间故事中，巴巴罗萨通常被塑造为一个满嘴蛮话的草莽英雄或者坏蛋，也作为野蛮人的代称。伊瑟勒特生于法国，讲法语，而叶芝讲英语，当时在欧洲仍秉持古典传统，以法语为高雅，叶芝在诗中用"巴巴罗萨的腔调"一词自嘲，一则恭维伊瑟勒特讲话优雅得体，另外也有对诗中所暗含规箴之言的自谦之意，使对方易于接受。同时，在此处巧妙地以 *tongue* 一词，与上一节的结尾形成大体重复而又有变化的形式。今译"巴巴罗萨的腔调"为"南蛮鴃舌"，此古语讥人方言难懂之语，又暗喻蛮夷之意，与原诗用语差近。

45. 韶华片影^①

韶华空过如戏一场。
我有与爱相长的智慧，^②
我有与生独具的禀赋。
而我再怎么尽力去讲
虽也曾得到她的赞许，^③
仍有片云自那肃杀的北地啸吹
霎时将爱神的月魄掩藏。

自信曾说过的一语一言，
我曾赞许她心灵与肉身
直到——骄傲成全了她眄流灿星，
得意映上了她桃花人面，
还自负于纤步轻盈。
即便赞许万千，而我们

45. *A Memory of Youth*

The moments passed as at a play;

I had the wisdom love brings forth;

I had my share of mother-wit,

And yet for all that I could say,

And though I had her praise for it,

A cloud blown from the cut-throat north

Suddenly hid Love's moon away.

Believing every word I said,

I praised her body and her mind

Till pride had made her eyes grow bright,

And pleasure made her cheeks grow red,

And vanity her footfall light,

Yet we, for all that praise,

一无所见唯有暗夜高悬。

我们默坐如磐，
她虽无一言，彼此都懂：
即使至爱无匹终会陨逝，
亦会遭粗野的摧残，
除非爱神在一只无比
荒诞之小鸟的鸣唱中，
从云间揽露他那倾世的婵娟。

Could find nothing but darkness overhead.

We sat as silent as a stone,
We knew, though she'd not said a word,
That even the best of love must die,
And had been savagely undone
Were it not that Love upon the cry
Of a most ridiculous little bird
Tore from the clouds his marvellous moon.

◎注释：

①此诗可能写于 1912 年 8 月 13 日，发表在 1912 年 12 月的芝加哥《诗》月刊，原题作《爱神与小鸟》。其主题依然是回忆与茉德·冈的爱情。全诗 3 节，共 21 行，每节押韵形式为 ABCACBA……翻译时遵循原诗韵律。

②指与茉德·冈的坎坷爱情增益了作者的经验和教训，叶芝曾以此为主题写过一首短诗《智慧只随岁华来》(*The Coming of Wisdom with Time*)。

③诗中的"她"均指茉德·冈。

46. 落拓陛下^①

尽管她的花颜偶一微露，定会簇拥起人潮
甚或长者目光亦渐朦胧，却尚有单手孤擎，^②
恰如吉普赛人营地中的某位胜朝遗老
喋喋于陛下落拓了，记下那逝尘过影。

那时形容，心之乐事炼蜜浓，^③
那形容、形容犹存，独我记下逝尘过影。人潮——
仍会簇拥，有谁知晓便是这巷陌他们徜徉其中
有一尤物曾行，伊灿如一朵火云正燃烧。^④

46. *Fallen Majesty*

Although crowds gathered once if she but showed her face,

And even old men's eyes grew dim, this hand alone,

Like some last courtier at a gypsy camping-place

Babbling of fallen majesty, records what is gone.

The lineaments, a heart that laughter has made sweet,

These, these remain, but I record what's gone. A crowd

Will gather, and not know it walks the very street

Whereon a thing once walked that seemed a burning cloud.

◎注释：

①此诗发表在 1912 年 12 月的芝加哥《诗》月刊。诗题以"落拓陛下"来比喻茉德·冈，在叶芝的心目中，茉德就如一个女王或者王后，他曾在自传中这样描述："自从我的情人(指茉德)离开我之后……我经常反复念诵兰斯洛特骑士的临终忏悔：'我曾爱过一个王后，爱意之深，持续时间之长，实在是无以言表'"；又云："男人女人服从她并非仅仅因为她的美貌，更因为这美貌意味着快乐与自由。"但这首诗既暗含了叶芝对茉德美貌的歌颂，又表达了对她政治观点的不认同。*Majesty*，可指"王权"，也可作为对帝王或女王的敬称，即汉语之"陛下"。但此诗主旨并非实指当时的英国-爱尔兰君主体制的"王权"之衰，而是借以影射茉德，故译为"陛下"为宜，带有对茉德的戏称及讽刺之深意。

全诗 2 节，共 8 行，押交韵 ABABCDCD。翻译时遵循原诗韵律。

②此处"长者的目光渐朦胧"所流露之意，表面上类比《海伦在世时》一诗中特洛伊城老人们对海伦的艳羡，实为隐喻爱尔兰民族主义阵营中一些年长者对茉德的看法。叶芝想以此表达 19 世纪 90 年代以来，尽管许多年长的爱尔兰民族主义者对茉德推崇暴力斗争持反对态度，但他们都无法忽视茉德的美貌，当然也包括他本人在内。

③原诗此行 *lineaments* 一词系借鉴威·布莱克诗句中的象征元素，意指"反映形状的轮廓、线条"等，今以"形容"译之，兼具名词和动词的意思。

④叶芝在末尾 3 行对比今夕，怀念当年茉德尚未过多卷入政治事务时和自己共度的美好时光，极言那时的灿美。

[德国]温特哈尔特《维多利亚女王》

47. 朋友①

如今我须将这三位赞美——
这三位女子，已然造化
吾生之欢者何为：
一个是无念无邪，②
更没那些牢愁难遣，
断无！在这十五度③
忧患实多的华年，
断无一物堪来介入
心灵与心灵被愉悦。
另一个系为伊人之春葱④
足有气力可以开解——
开解某物世人莫之能懂、
某物世人莫能得之光裕其后，
开解青春迷梦般负重，直到

47. *Friends*

Now must I these three praise—
Three women that have wrought
What joy is in my days:
One because no thought,
Nor those unpassing cares,
No, not in these fifteen
Many-times-troubled years,
Could ever come between
Mind and delighted mind;
And one because her hand
Had strength that could unbind
What none can understand,
What none can have and thrive,
Youth's dreamy load, till she

伊人点化以致我生受
喜悦中的辛劳。⑤

而那个她竟又何如？夺去⑥
我的一切直到我空逝青春
都不肯报以怜悯之一顾，
我怎么会赞扬那人？
当日光开始破曙，
我把利弊权衡，
为她的缘故而醒悟，⑦
追怀着她的痕影，
重温尚炽的鹰睨，
此时溯我方寸之灵柩而上
流过一道如此浓烈的甜蜜，
我从头到脚地振颤。

So changed me that I live
Labouring in ecstasy.

And what of her that took
All till my youth was gone
With scarce a pitying look?
How could I praise that one?
When day begins to break
I count my good and bad,
Being wakeful for her sake,
Remembering what she had,
What eagle look still shows,
While up from my heart's root
So great a sweetness flows
I shake from head to foot.

◎注释：

①此诗写于 1911 年 1 月，最初收入诗集《绿盔及其他》。诗中写到了影响作者较深的三个女性朋友：欧莉薇雅·莎士比娅、格雷戈里夫人和茉德·冈。全诗 2 节，第 1 节 16 行，第 2 节 12 行，押韵形式为交韵 ABABCDCDEFEF……。翻译时遵循原诗韵律。

②此行及以下 6 行均写欧莉薇雅·莎士比娅，其生平参见《彼祈求所爱归于平和》注①。

③1896 年，叶芝和欧莉薇雅·莎士比娅在伦敦的沃本公寓开始同居，对叶芝而言随后的一年多时光愉悦而美好。写此诗时距二人同居已过了将近 15 年。

④此行及以下 7 行均写格雷戈里夫人，其生平参见《彼聆听莎草之泣诉》注②。无论是在创作、事业还是生活上，格雷戈里夫人都给予了叶芝巨大的帮助和无微不至的关怀。

⑤"喜悦中的辛劳"一语或为忆及 1907 年与格雷戈里夫人及其子罗伯特的意大利之旅，那是叶芝初次踏上意大利的国土，这段经历让他对意大利文艺复兴时期的艺术和建筑成就印象深刻。也有国内学者如傅浩先生则认为此语与叶芝、沁孤、格雷戈里夫人等共同创办艾贝剧院期间遇到的艰辛与快乐有关。

⑥此节写茉德·冈。

⑦原诗此行有行中韵，以"缘故""醒悟"同韵词译之。

48. 凛凛天穹^①

蓦然我见凛凛又群鸦欣欣之天穹
似冰焚燃，焚燃以更无尽之冰。
随即想象和心都已驱逐得癫疯
以致一切左思右想的点滴念心
尽归泯息，唯余回忆也将不合时宜——
随青春热血，这回忆是爱的惘然。
我无法抽逃半分自责，弥漫所感与所知，^②
直到嚎啕而震颤，还悸动着抽搐辗转，
洞彻寒光。呵！在这亡魂开始苏生的时候，
灵床之混乱已止，是否打发
其裸行于途，如灵书所启，是否又
受天道不公所摧折——以作痤罚？

48. *The Cold Heaven*

Suddenly I saw the cold and rook-delighting heaven

That seemed as though ice burned and was but the more ice,

And thereupon imagination and heart were driven

So wild that every casual thought of that and this

Vanished, and left but memories, that should be out of season

With the hot blood of youth, of love crossed long ago;

And I took all the blame out of all sense and reason,

Until I cried and trembled and rocked to and fro,

Riddled with light. Ah! When the ghost begins to quicken,

Confusion of the death-bed over, is it sent

Out naked on the roads, as the books say, and stricken

By the injustice of the skies for punishment?

◎注释：

①此诗最初收入诗集《绿盔及其他》，描述了叶芝在 1903 年 2 月间听闻茉德·冈与约翰·麦克布莱德结婚时的痛苦心情。按照叶芝在自传中的说法，这首诗收入《绿盔及其他》出版后，茉德曾问诗中的含义，叶芝回答只是试图描述因寒冷而引起的情绪，让他觉得被凛冬的天穹所割裂，这时他感觉到了孤独中的责任，而心中的安宁被以往的种种错误所搅动和折磨。

全诗 12 行，押交韵 ABABCDCDEFEF。翻译时遵循原诗韵律。

②因下一行接 *until* 引导的分句，故此行按汉语习惯当以否定句式译之，同时又糅杂否定转移的复杂表达，意为直到自己嗥啕而震颤还悸动着抽搐辗转，并洞彻寒光，才从这一切感知中逃离出一点自责，表现叶芝深深自责悔恨之情。此外，爱尔兰人用 *all sense and reason* 这一短语，习惯上表达的是超出一切感官与理智所认知的范围，带有夸张的语气，因此以"弥漫所感与所知"译之，或差近其意。

49. 外袍①

自为歌行织外袍②
——把黼黻遍缀，③
系出邃初的传说
遍缀了从头到脚。
而愚夫将它夺走，④
穿上满世上现眼
俨然造就于亲手。⑤
我的歌行呵，任他们拿走！
怀有更大的冀盼
才会信步裸裎。

49. *A Coat*

I made my song a coat

Covered with embroideries

Out of old mythologies

From heel to throat;

But the fools caught it,

Wore it in the world's eyes

As though they'd wrought it.

Song, let them take it,

For there's more enterprise

In walking naked.

◎注释：

①此诗写于 1912 年，最初发表在 1914 年 5 月的芝加哥《诗》月刊。收入诗集《责任》时，被放在除了跋诗以外的压卷位置。后世通常以这首诗作为叶芝从早期浪漫主义转入现代主义的标志，认为叶芝在这首诗中表达了自己在诗观认识上的转变。如余光中先生就说过："在诗中，叶芝责备时人争相效颦他早年的风格，并毅然宣称，他将扬弃那一套古色古香的华丽神话，在前无古人的新境域中重新出发。"(《天真的歌》，余光中译)

全诗 10 行，用韵形式为 ABBACDCCDE。翻译时遵循原诗韵律。

②原诗此行 *song* 一词本义为"歌"，而在此用其比喻义指"诗"。因叶芝在此并未使用更为常见的 *poem* 一词称代"诗"，故不宜直接将 *song* 译为"诗"。按，汉语"诗""歌"本同源，明徐师曾《文体明辨序说·乐府》有云："放情长言，杂而无方者曰歌；步骤驰骋，疏而不滞者曰行；兼之曰歌行。"故译为"歌行"，亦同"诗"之谓。

③原诗此行 *embroideries* 指衣服上华丽的刺绣图案，用复数言其众多，叶芝以此象征他以往创作的诗歌中所用到的大量的凯尔特传统的古典元素。汉语"黼黻"可泛指华服以及服饰上的美丽花纹，又引申为文章中的华美辞藻，如《红楼梦》第三回《托内兄如海荐西宾，接外孙贾母惜孤女》有"座上珠玑昭日月，堂前黼黻焕烟霞"之联，又唐杨炯《崇文馆宴集诗序》亦云："黼黻其辞，云蒸而电激"，故以此译。

④"愚夫"一语讽刺那些模仿叶芝早期古典唯美风格，一味以古为尚的诗人圈子。

⑤原诗以上二行 *wore*、*world* 以及 *though*、*wrought* 均为行中韵，增强韵律感，这般手法亦为此二行措意之基，译文兼顾处理。

廓园的野天鹅

THE WILD SWAN AT COOLE

50. 廓园的野天鹅^①

众木披上了秋的绚丽，
几蹊干爽幽林，
湖水倾覆在十月暮光，
鉴影云天澄静。
浮游潭石间盈盈横波——
五十单九只天鹅。^②

一十九度秋光今我来矣，^③
自我初次屈指，
那时我来不及点数，但见
刹那尽攀天际
盘旋散入巨大又残缺之环形，
带着振翅喧声。

50. *The Wild Swan at Coole*

The trees are in their autumn beauty,
The woodland paths are dry,
Under the October twilight the water
Mirrors a still sky;
Upon the brimming water among the stones
Are nine-and-fifty Swans.

The nineteenth autumn has come upon me
Since I first made my count;
I saw, before I had well finished,
All suddenly mount
And scatter wheeling in great broken rings
Upon their clamorous wings.

我也曾瞻望这焕彩的生灵
此时心泛愁思：
沧桑变易，自我暮光中聆听——
初识在那水涘。④
他们振铎般鼓翼飞临我头顶
鸿爪无迹轻盈。

不渝无倦，交颈比翼，
这生灵于泠然之处——
在友爱的逝波中泆行亦或冲霄而起
他们意志从未老去，
激烈或征服，漂泊且适意，
依然壮心不已。⑤

而今他们浮游澄静的湖水，
玄玄，楚楚。⑥
他们将筑巢草泽之何地？
在玉沼灵池之何隅
——在何方悦人双目？待我梦醒之日
才发现他们已然高飞远逸？

I have looked upon those brilliant creatures,
And now my heart is sore.
All's changed since I, hearing at twilight,
The first time on this shore,
The bell-beat of their wings above my head,
Trod with a lighter tread.

Unwearied still, lover by lover,
They paddle in the cold
Companionable streams or climb the air;
Their hearts have not grown old;
Passion or conquest, wander where they will,
Attend upon them still.

But now they drift on the still water,
Mysterious, beautiful;
Among what rushes will they build,
By what lake's edge or pool
Delight men's eyes when I awake some day
To find they have flown away?

◎注释：

①此诗写于 1916 年 10 月，是叶芝中后期的杰作之一。最初发表在 1917 年 6 月的《短评》，现版本的最后一个诗节在初版时被放在 2、3 诗节之间。廓园是格雷戈里夫人在戈尔韦郡戈特镇附近的一处庄园，叶芝自 1897 年始频繁在此园盘桓、度假，园名 Coole 是盖尔语"角落"一词转写为英语的形式。

全诗 5 节，每节 6 行，共 30 行，以抑扬格写成，每节韵脚均为 ABCBDD。这首诗无论从韵律节奏还是造境抒情，乃至遣词造句，都极具张力，营造出一种庄严而静谧的气息。特别是结尾，诗人感叹时光已逝，我身已老，而又哀而不伤，最终提出永恒与死亡这一哲学母题，引人思索。翻译时遵循原诗特征。

②原诗此处将天鹅数量写为 nine-and-fifty，并未采用通常写法 fifty-nine，一为满足格的需要，另一方面也为了呼应后文的点数天鹅数目这一描写。天鹅通常雌雄终，总是成双入对地出现在世人面前，此处写其数量为 nine-and-fifty，突出"九"这个单数，隐喻终究会有一只落单，寄寓了诗人此刻无限孤独的情绪。今依汉语习惯，译为"五十单九"。

③从他 1897 年夏秋间初次来廓园度假开始算起，到 1916 年写下这首诗，正好 19 个年头。

④叶芝 1896 年在廓园与格雷戈里夫人结识，初见廓园湖中的野天鹅应在这一年。

⑤茉德·冈的丈夫约翰·麦克布莱德在 1916 年 4 月的复活节起义中就义，她成了寡妇。随后 51 岁的叶芝满怀希望地到法国向她求婚，然而却又一次遭到无情的拒绝，这导致叶芝在创作这首诗时内心充斥着烦恼颓丧的情绪。此前，他在给茉德的女儿伊瑟勒特·冈的诗中，就表达过对自己步入老年的感叹，参见《两年以后》。因此，在此节诗中他借落单野天鹅的壮心不老，来抒发内心的不甘与抗争。

⑥原诗此行 mysterious 和 beautiful 本为"神秘""美丽"之意，此前各中译本之译法多类此，今特译以玄玄、楚楚二语，以合原诗简练传神而带音节顿挫之感。

《廓园的野天鹅》 寸缄 绘

51. 爱尔兰飞行员预见身殒①

我自知终将遭此劫数,②
在那上凌云霄的某处。
这交手者我素无怨仇,
这保卫者非我所爱慕。③
吉泰坦路口是我乡郡,④
乡间的穷人我之父兄,⑤
结局似乎将于彼无损,
亦未使其乐更添融融。⑥
在法在责毋须我战斗,
非权贵亦非欢呼众人。⑦
兴发之悸动一何孤独,
驱我直入这云天嚣纷。
我权衡一切尽付心弦,
未来年华似虚耗生命,
虚耗生命已逝水流年,
或存或亡在此刻平衡。

51. *An Irish Airman Forsees His Death*

I know that I shall meet my fate
Somewhere among the clouds above;
Those that I fight I do not hate,
Those that I guard I do not love;
My county is Kiltartan Cross,
My countrymen Kiltartan's poor,
No likely end could bring them loss
Or leave them happier than before.
Nor law, nor duty bade me fight,
Nor public men, nor cheering crowds,
A lonely impulse of delight
Drove to this tumult in the clouds;
I balanced all, brought all to mind,
The years to come seemed waste of breath,
A waste of breath the years behind
In balance with this life, this death.

◎注释：

①此诗写于 1918 年 6 月 14 日，为悼念牺牲在第一次世界大战中的格雷戈里夫人独生子罗伯特·格雷戈里空军少校而作。罗伯特·格雷戈里（Robert Gregory，1881—1918 年），格雷戈里夫人的独子。第一次世界大战爆发后，爱尔兰议会党团领袖约翰·雷蒙德发动爱尔兰人加入英国军队，以换取英国当局继续支持爱尔兰的地方自治。在这一背景下，大量爱尔兰人充实到英国皇家军队中，罗伯特就是其中之一。他效力于英国皇家空军，担任少校飞行员，于 1918 年 1 月 23 日在意大利前线与德国空军英勇战斗后牺牲。

全诗 16 行，韵脚为 ABABCDCDEFEFGHGH。翻译时遵循原诗韵律。

②"我"指代罗伯特·格雷戈里，全诗以第一人称视角写成，借牺牲的战士罗伯特之口表达作者对这场让无数爱尔兰人流血流泪的战争的深刻反思，以及对生命与死亡的哲学认知。

③3、4 行"交手者"指德国人，"保卫者"指英国人。"一战"期间，爱尔兰人参加英国军队与德意志帝国等同盟国军队作战，只是为了换取民族自治权。包括罗伯特在内的大多数爱尔兰人对交战的双方，无论是以英国为代表的协约国，还是德国为代表的同盟国，都没有太多的爱憎感情。原诗这两行中运用了排比、对偶以及行中韵等手法，翻译时兼顾处理。

④吉泰坦路口是戈尔韦郡的一个地名，格雷戈里夫人的廓园就在附近。作为她的儿子，罗伯特从小就生活在这里，对这片故土以及故土上的人民感情深挚。格雷戈里夫人曾将吉泰坦作为自己翻译盖尔语著作的丛书之名（《吉泰坦丛书》），甚至有评论家将她的翻译风格称为"吉泰坦体"。

⑤原诗 5、6 行 county、country 谐音近形，均以本义引申故乡，今在二行中各以"乡郡""乡间"对译，前者合其本义及引申义，后者与"穷人"呼应。

⑥第 7 行之"彼"指上文提到的吉泰坦的穷苦百姓。7、8 行仍是借罗伯特之口，表述这场使许多爱尔兰人付出宝贵生命的战争实质上和爱尔兰并没有多大关联，败亦无损，胜则无益。

⑦第9、10行借罗伯特之口，表达爱尔兰人民无论在法律或是责任上，都不需要卷入这场世界大战。第10行则影射为了达到政治目的而动员爱尔兰人参加战争的议会领袖约翰·雷蒙德等人。

52. 所罗门对示巴^①

所罗门对示巴歌唱，
还亲吻她的黑脸庞：^②
"自打响午起整一天
我们畅谈在原地方。
自打无阴之午整一天
我们走了一遭又一遭
围着爱情小小的话题
好似一匹老马转在槽。"

示巴对所罗门歌唱，
盘坐在他的双膝上：
"若你已打开一个话题
管教文化人也觉欢畅，
你便会先于日头投掷

52. *Solomon to Sheba*

Sang Solomon to Sheba,
And kissed her dusky face,
"All day long from mid-day
We have talked in the one place,
All day long from shadowless noon
We have gone round and round
In the narrow theme of love
Like a old horse in a pound."

To Solomon sang Sheba,
Plated on his knees,
"If you had broached a matter
That might the learned please,
You had before the sun had thrown

我们影子在大地之表
发现其实我的思想而非话题
才是一方狭小的马槽。"

所罗门对示巴言讲，
亲吻她妙目天方样：③
"没有一个男人或女子
只要在诸天之下生养——
敢同我俩把学问较量，
一整天我们已然明了
除了爱再无一物能将
这世界化作小小一槽。"

Our shadows on the ground
Discovered that my thoughts, not it,
Are but a narrow pound."

Said Solomon to Sheba,
And kissed her Arab eyes,
"There's not a man or woman
Born under the skies
Dare match in learning with us two,
And all day long we have found
There's not a thing but love can make
The world a narrow pound."

◎注释：

①此诗写于 1918 年 3 月。当时叶芝新婚燕尔，在英格兰度完蜜月后，携妻乔吉娜回到爱尔兰威克洛郡的格兰达洛小住，在那里创作了这首诗，首次发表在当年 10 月的《短评》上。在诗中，叶芝用所罗门和示巴女王这两个历史人物形象暗喻自己和妻子，是他新婚期某段生活场景的生动再现。1911 年，叶芝在欧莉薇雅·莎士比娅的介绍下，认识了她嫂子与前夫所生之女伯莎·乔吉娜·海德—莉丝（Bertha Gorgina Hyde-Lees，1892—1968 年）。1917 年，叶芝在向茉德·冈和伊瑟勒特·冈求婚均遭拒绝之后，转而向乔吉娜求婚。乔吉娜欣然应允，于是二人于 10 月 20 日在伦敦成婚。此时叶芝已年满 52 岁，乔吉娜 25 岁。由于在文学上有共同语言，并且都热衷于各种秘术，二人婚后的生活"充满宁静和秩序"。在婚后愉快生活的感召下，叶芝又开始对诗歌创作燃耀起激情。在这首诗中，他将自己比喻成公元前十世纪古以色列王国聪明睿智而又具有文学天赋的国王所罗门，将妻子乔吉娜喻为圣经《旧约·列王记上》中出现的所罗门王美丽而聪慧的恋人——阿拉伯半岛的示巴女王，以历史上著名的爱情伴侣，来象征二人的爱情和生活。

全诗 3 节，每节 8 行，采取隔行押韵的形式，以所罗门国王与示巴女王对唱的形式展开，节奏明快，语言生动、简练又带有生活化的诙谐，表达了诗人内心的欢畅。翻译时参考了以上特点。

②相传示巴女王是阿拉伯世界的异族女王，其王国在阿拉伯半岛或靠近非洲，因此基督教世界常将她塑造为黑人女子的形象。

③示巴女王的王国据说在阿拉伯半岛附近，故原诗在此处以 *Arab eyes* 形容她的眼睛，即"阿拉伯的双眼"。中文旧以"天方"译阿拉伯的麦加一地，后又可泛称阿拉伯。

法国斯特拉斯堡大教堂彩窗图案《所罗门和示巴》

53. 歌行①

原曾想无需更多，
韶华若长驻，
哑铃和剑器足葆②
青春之身骨。
呵，谁又能预告
此心在变老？

虽我有万语千言
好教那女子称心，③
我再也不会犯晕
在她的侧近。
呵，谁又能预告
此心在变老？

53. *A Song*

I thought no more was needed
Youth to polong
Than dumb-bell and foil
To keep the body young.
O who could have foretold
That the heart grows old?

Though I have many words,
What woman's satisfied,
I am no longer faint
Because at her side?
O who could have foretold
That the heart grows old?

我并不是无欲无求，
只少了曾经的心藏。
原曾想我身终归焚灭，
我身卧此死床之上。
因为又有谁能预告
此心在变老？

I have not lost desire

But the heart that I had;

I thought 'twould burn my body

Laid on the death-bed,

For who could have foretold

That the heart grows old?

◎注释：

①此诗或写于 1915 年 3 月，首次发表在 1918 年 10 月的《短评》上。

全诗 3 节，每节 6 行，第 1、2 节末两行相同，第 3 节末两行略有变化，每节韵脚形式均为 ABCBDD，翻译时遵循原诗韵律。

②1913 年 8 月，美国诗人埃兹拉·庞德作为叶芝的秘书和助手，陪叶芝同住在英国苏塞克斯郡阿什顿森林的石舍农庄，在此期间他教会了叶芝击剑，并与叶芝共同参加当时流行的健身运动。叶芝在诗中以"哑铃和剑器"作为寄情于体育运动聊以自遣的象征。埃兹拉·庞德(Ezra Pound，1885—1972 年)，美国诗人和文学评论家，意象派诗歌运动的重要代表，后期象征主义诗歌的领军人物。1918 年，经欧莉薇雅·莎士比娅之女桃乐茜的介绍，他在伦敦与叶芝结识，二人随后惺惺相惜，过从甚密。庞德敬佩叶芝，以叶芝为师，而叶芝的诗风也在一定程度上受到庞德的影响。

③这个女子指茉德·冈。

埃兹拉·庞德

54. 麦可·罗拔兹的双重灵视①

一、
在卡舍尔灰岩上的心之慧眼②
招徕了冰冷的众灵，他们降生在这——
衰残的月已然消逝于天
而那弯新生还藏匿着她角尖——之时节。

在空漠的双眼和永动无倦手指的下面
锻砺着其中一二，直到它们化作人形。
我何时有过自我的意愿？
噢，自肇生而未曾。

束缠，责难，惑乱，屈与不屈③
——就被这提线缠绕的木头下颌与肢干。
彼身驯服，
莫知恶与善。

54. *The Double Vision of Michael Robartes*

I

On the grey rock of Cashel the mind's eye
Has called up the cold spirits that are born
When the old moon is vanished from the sky
And the new still hides her horn.

Under blank eyes and fingers never still
The particular is pounded till it is man.
When had I my own will?
O not since life began.

Constrained, arraigned, baffled, bent and unbent
By these wire-jointed jaws and limbs of wood,
Themselves obedient,
Knowing not evil and good;

驯服于某种隐晦的魔气，
他们从无知觉，他们如此抽象。
是以超越我辈之死寂而死
猖狂于我辈之驯良。

二、
在卡舍尔灰岩上我忽然看到
一头斯芬克斯长着女胸和狮爪。④
一尊佛陀，一手静穆⑤
一手将那礼颂高举。

二像正中有个少女演剧⑥
或许，她的生命已蹈舞而去
此刻虽行将死亡——
仿佛还在舞蹈她的梦想。

尽管在这心之慧眼我洞观一切
除死亦无物堪比其更为真确
我借月之光华而看见
月就在初十五的夜晚。

一像搅扰其尾；她那灿目焕灼于月光⑦
凝视着万象已知，还有莫知的万象，
炫耀着灵悟
岿然之头颇轩举。

Obedient to some hidden magical breath.

They do not even feel, so abstract are they.

So dead beyond our death,

Triumph that we obey.

II

On the grey rock of Cashel I suddenly saw

A Sphinx with woman breast and lion paw.

A Buddha, hand at rest,

Hand lifted up that blest;

And right between these two a girl at play

That, it may be, had danced her life away,

For now being dead it seemed

That she of dancing dreamed.

Although I saw it all in the mind's eye

There can be nothing solider till I die;

I saw by the moon's light

Now at its fifteenth night.

One lashed her tail; her eyes lit by the moon

Gazed upon all things known, all things unknown,

In triumph of intellect

With motionless head erect.

那另一尊，燿月之法眼终始不渝，⑧
盯眝于万物可爱，还有失爱的万物，
便少了些许安宁为其所有，
都为那爱意即愁。

二像漠不关心是谁在中间舞蹈，⑨
少女也不在意她舞蹈有谁看到。
于是乎她方能跳赢了思维
肉身修来完美。

却为何故，唯耳与目堪使心意静默
但凭凡人那琐碎之微末？
心意变幻观如辍
真似圜转一陀。⑩

凝视中那三者抖擞似这般
——在某个时刻，又如此舒展，
是以时间支离之际
骨与肉其犹已死。

三、
我知晓我已然看见，终于——
看见我遗忘的夜里拥紧的少女，
或者我的梦就会飞散，
——只要一揉我眼。

That other's moonlit eyeballs never moved,

Being fixed on all things loved, all things unloved.

Yet little peace he had,

For those that love are sad.

Little did they care who danced between,

And little she by whom her dance was seen.

So she had outdanced thought.

Body perfection brought.

For what but eye and ear silence the mind

With the minute particulars of mankind?

Mind moved yet seemed to stop

As'twere a spinning-top.

In contemplation had those three so wrought

Upon a moment, and so stretched it out

That they, time overthrown,

Were dead yet flesh and bone.

Ⅲ

I knew that I had seen, had seen at last

That girl my unremembering nights hold fast

Or else my dreams that fly

If I should rub an eye,

飞散的梦却拊翼奋迹，入我饭菜，⑪
荒怪的浆液偾张血脉，
浑如我已沉陷
于荷马之懿范——⑫

这懿范不曾为焚燃之城着想。⑬
我竟落得如此愚蠢的境况，
沦丧在这力量间的掣曳
掣曳在月的阴晴或圆缺。⑭

掣曳在平庸之想或那些映像
那映像有我西极汪洋般恣狂。
我即报以沉吟，
再为片石一吻。

再将它谱入一曲赞歌
看见——亘古顽愚如我者
为此而获赏，
于柯玛克的废殿之上。⑮

And yet in flying fling into my meat

A crazy juice that makes the pulses beat

As though I had been undone

By Homer's Paragon

Who never gave the burning town a thought;

To such a pitch of folly I am brought,

Being caught between the pull

Of the dark moon and the full.

The commonness of thought and images

That have the frenzy of our western seas.

Thereon I made my moan,

And after kissed a stone.

And after that arranged it in a song

Seeing that I, ignorant for So long,

Had been rewarded thus

In Cormac's ruined house.

◎注释：

①此诗完成于 1918 年 7 月。麦可·罗拔兹是叶芝一个短篇小说中的主人翁名字，以他的宗教导师柯奎葛·玛瑟士为原型，被塑造为一位浪迹欧洲的浪荡子，最终从美索不达米亚回来并感悟到人生哲学。叶芝在一些诗中都尝试用虚拟的第三人视角去写作，如麦可·罗拔兹、埃夫、茹阿等，这些作品本身能够体现他对创作本体与客体的一些思索，他曾说这些诗作在某种意义上被自己当作"一种诠释文本"。而《麦可·罗拔兹的双重灵视》这首诗中大量营造的神秘而雄奇的意象，被认为是叶芝在和他的妻子乔吉娜·海德—莉丝共同参与扶乩、通灵等神秘仪式所得幻视的一种诗学诠释。

全诗有 3 个诗章，第 1 诗章的韵脚形式为 ABAB……，第 2、3 诗章的韵脚形式为 AABB……，语言上富有节奏感，意象奇幻瑰丽，运用了大量修辞，前后观照，回环反复，又多警语可玩，翻译时遵循以上特点。

②卡舍尔灰岩是位于蒂珀雷里郡小城卡舍尔的一座巨大的岩石山，又称圣帕特里克岩。卡舍尔是古芒斯特国的故都，在盖尔语中是"城堡、堡垒"之意，因古爱尔兰名王布里安·博卢在此筑垒而得名。圣帕特里克将基督教带入爱尔兰后曾在此设立教区，此后一直是基督教在全爱尔兰传播的重要据点。这里至今尚存多处气势宏伟的基督教古迹，最著名的是建于 12 世纪的柯马克·麦卡锡教堂。此行以下直至本节结束，均为"心之慧眼"所看到的幻视。

③*constrained*, *arraigned*, *baffled* 构成行中韵，译为束缠、责难、惑乱三个同韵词。这些词语均从叶芝所信奉的金色黎明组织的神秘概念"圜转"（*gyre*）派生而出。又，以下 8 行叶芝曾在论文中引用，以阐释如何区分"艺术、可见之历史、科学之发现和政治之辩论"。

④斯芬克斯是起源于古埃及神话的一个神祇，狮身而人面，背生双翼，这一形象后来传入亚述、波斯及古希腊。从这首诗对斯芬克斯生有"女胸和狮爪"的描述看，叶芝应当是借鉴了古希腊的斯芬克斯形象。斯芬克斯传入古希腊后，被塑造为雌性邪神的形象，代表惩罚，常会扼人致死，又是众神的使者。叶芝在诗中用古希腊的斯芬克斯隐晦地象征智慧与理性，同时这一形象也可视作对上一章使人"束缠、责难、惑乱"的木偶的呼应。

⑤佛陀指佛祖释迦牟尼，在此象征情感与感性。叶芝或又借此以阐释古希腊文明

与东方神秘主义对艺术的交融影响。

⑥少女象征着艺术，在斯芬克斯与佛陀的"正中"舞蹈演剧，隐喻艺术应当追求智慧和情感的平衡。这个舞蹈的少女形象应当源自茉德·冈的女儿伊瑟勒特·冈，她自幼接受舞蹈教育(参见《致一位在风中舞蹈的小孩》注①)。

⑦此节描写之"像"为斯芬克斯，表达由智慧带来灵悟。

⑧此节描写之"像"为佛陀释迦牟尼，意寓由情感生出了忧愁。

⑨此节表达艺术当在智慧与情感之间达到自发的平衡，才是完美。

⑩叶芝受复杂的神秘主义宗教思想影响，认为宇宙本质是一个"圜转"之体，遵循所谓的"旋锥体"的特定轨线进行循环运动。诸如此类的宗教世界观在他的很多作品中都有体现。

⑪此行意指艺术早已经由前贤传统的熏陶，融入诗人自己的血脉之中。原诗用 flying、fling 押行中韵，音形皆近似，今以"拊翼""奋迹"二词译之，首字双声而末字叠韵。

⑫"荷马之懿范"指古希腊美女海伦，荷马史诗中曾极言其美，象征茉德·冈，参见《尘世的玫瑰》注②。

⑬海伦的美貌虽然被荷马所赞美，但却给特洛伊城带来了毁灭。

⑭叶芝夫妇受神秘主义宗教影响，相信月相具有神秘的力量，能兆示或者改变人的行为。

⑮柯马克·麦卡锡(？—1138)，古爱尔兰南芒斯特国的国王，爱尔兰教会改革运动的同情者。他于 1127—1134 年在卡舍尔灰岩之上修建了宏伟的教堂，被称为柯马克教堂或柯马克宫殿，是爱尔兰第一座罗马式建筑。历史上，该教堂曾数次被毁坏。1647 年在爱尔兰与英国的战争中卡舍尔被英国议会军攻破，卡舍尔岩上的天主教建筑遭到洗劫和破坏。1749 年，圣公会主教亚瑟·普莱斯又下令拆掉了教堂中残留的著名的宝石穹顶。叶芝在诗中借"柯马克的废殿"以象征早已荒灭的爱尔兰文学传统，自矜于已在传统的废墟之上重构了现代的爱尔兰诗学。

麦可·罗拔兹与舞者

MICHAEL ROBARTES AND THE DANCER

55. 孤星当头①

不要因为在这天我变得孤心怅怅②
就联想——如影随形我思绪的遗失之爱③
因为韶华不再有，可以让我颓唐；
因为我怎能忘怀那智慧你所带来、④
那安逸你所造就？尽管我的心神
继续骧腾着轩车宝驾，鞭策我良骥
是孩提的记忆：关于老杂毛波莱克斯芬⑤
还有个米德尔顿，你从未听闻他的名字，⑥
以及一位红头发的叶芝，尽管他去世在⑦
我降生之前，却看似记忆鲜活。
你可听到那个效力我族人的长工，他在
斯莱戈码头旁边的大路上，说——
不、不是，不是说，而是大喊
——"您回来了，过了二十年也该是回来的时候。"
我在想有个小孩空许的旦旦誓言——
绝不离开他父祖称为家园的那山沟。

55. *Under Saturn*

Do not because this day I have grown saturnine
Imagine that lost love, inseparable from my thought
Because I have no other youth, can make me pine;
For how should I forget the wisdom that you brought,
The comfort that you made? Although my wits have gone
On a fantastic ride, my horse's flanks are spurred
By childish memories of an old cross Pollexfen,
And of a Middleton, whose name you never heard,
And of a red-haired Yeats whose looks, although he died
Before my time, seem like a vivid memory.
You heard that labouring man who had served my people. He said
Upon the open road, near to the Sligo quay—
No, no, not said, but cried it out—"You have come again,
And surely after twenty years it was time to come."
I am thinking of a child's vow sworn in vain
Never to leave that valley his fathers called their home.

◎注释：

①此诗写于 1919 年 11 月，为妻子乔吉娜而作，最初发表在 1920 年 11 月的《日晷》杂志。叶芝在诗中讲述了自己家族的源流，抒发了对家乡的眷恋。诗题中的 *Saturn* 一词在题中实际语带双关，字面上是土星的意思，源出古罗马神话中农神萨图尔努斯（*Saturnus*）之名。相传世界起源之时，大地女神盖亚与天空之神乌拉诺斯诞育一子名萨图尔努斯，掌管农耕与时间。他长大后用巨镰阉割弑杀其父，成为凌驾诸神的王者。但他父亲临终有言"你也会被自己的孩子所杀"，于是他吃掉了自己的五个儿子，最终被第六子朱庇特所杀。萨图尔努斯是一位带有暗黑色彩的神祇，在欧洲占星术中，土星的星相也往往作为阴郁、黑暗的象征，英语中形容孤郁、乖戾的词汇 *saturnine* 正是由其派生而来。对这个诗题，此前一些中译本多直接作"土星之下"，但叶芝在此并非实指在土星之下的某个方位，而是借双关意，以土星象征孤郁、阴沉的情绪，故译诗题为"孤星当头"。

全诗 16 行，韵脚为交韵 ABABCDCDEFEFGHGH，翻译时遵循原诗韵律。

②原诗此行 *saturnine* 扣合题中 *Saturn* 一词，译为"孤心怅怅"，以"孤心"谐音诗题中的"孤星"。

③"遗失之爱"指茉德·冈，此处意在开解妻子乔吉娜，告诉她自己心情不畅并非是因为怀念茉德·冈。

④此处的"你"指乔吉娜，她接纳了陷入感情绝境的叶芝并嫁给了他。婚后，他们居住在牛津的宽街，度过了一段安逸的时光。乔吉娜常陪叶芝参与扶乩、灵视等宗教形式，以抚慰叶芝的情绪，在她的帮助下，叶芝在生活和创作上同时获得了新的激情。叶芝曾专门收集她扶乩写下的内容，编入《幻象》一书。

⑤威廉·波莱克斯芬（1811—1892 年），叶芝的外祖父，是一支商船船队的主人，在当地受人敬重，叶芝在诗集《责任》的序诗中曾评论他是一位"沉默又暴烈的老头"。"老杂毛"是他的绰号。

⑥威廉·米德尔顿（1820—1882 年），叶芝的外舅公，是斯莱戈的造船主和磨坊主，也是叶芝外祖父生意上的合伙人，叶芝在自传中提到过他的事迹。

⑦红头发的叶芝，即叶芝的祖父威廉·巴特勒·叶芝牧师(1806—1862年)，他是爱尔兰北部唐郡塔里利什教区的牧师，叶芝出生时他已经去世，他的全名被叶芝所继承。

56. 一九一六年复活节①

我遇见他们，在日尽时刻②

走来，一些鲜活的脸，

从柜台从书桌，从这些灰黯的

十八世纪房子中间。③

我擦身而过，点一点头，

或报以礼貌的话无关宏旨，

或许会有片刻勾留

再说些礼貌的话无关宏旨，

话音未落我便想起来

一个揶揄段子或戏说，

好去逗乐某位同侪

拥着俱乐部的炉火。④

毫无疑问我和他们

不过是在小丑华服已然盛装之地，生存：

56. *Easter* **1916**

I have met them at close of day

Coming with vivid faces

From counter or desk among grey

Eighteenth-century houses.

I have passed with a nod of the head

Or polite meaningless words,

Or have lingered awhile and said

Polite meaningless words,

And thought before I had done

Of a mocking tale or a gibe

To please a companion

Around the fire at the club,

Being certain that they and I

But lived where motley is worn:

尽已改变，改变殆尽，
一种可怕之美诞生！⑤

那女子的白天，虚耗⑥
在懵懂的良愿。
她的夜晚陷入争吵
直到声嘶音颤。
昔日再无别的声音可比伊人甘洌
那时，她青春俊俏
扬鞭试猎！⑦
这汉子曾办过学校⑧
也曾驾驭我辈的飞马生着诗翼，⑨
旁有一位是他良弼与知音⑩
为他殚精竭力。
也许他终会千秋扬名，
他天性看似那么颖敏，
他思想大胆而又甜美。
我已然思量另外一人——
一个酒鬼，虚荣愚昧，⑪
他犯了最苦涩的错误
对我的那位贴心人儿，⑫
但我仍把他算进诗句。
他，也摆脱自我的角色
在这出即兴剧本，⑬

All changed, changed utterly:
A terrible beauty is born.

That woman's days were spent
In ignorant good-will,
Her nights in argument
Until her voice grew shrill.
What voice more sweet than hers
When, young and beautiful,
She rode to harriers?
This man had kept a school
And rode our winged horse;
This other his helper and friend
Was coming into his force;
He might have won fame in the end,
So sensitive his nature seemed,
So daring and sweet his thought.
This other man I had dreamed
A drunken, vainglorious lout.
He had done most bitter wrong
To some who are near my heart,
Yet I number him in the song;
He, too, has resigned his part
In the casual comedy;

连他，临场也已革面洗心，⑭
颠覆殆尽——
一种可怕之美诞生！

众心之所欲别无二致
历经夏炎与冬寒，俨然
封魇了一石，⑮
去阻扰这欢动的潺湲。
有骏马驰来自那道中，⑯
骑手，还有那群鸟回旋
凌云直上翻腾的九重，
在每瞬间之顷刻，变幻。
潺湲之上的一片云影
变幻，在每个顷刻之瞬间。
一蹄滑落，落在清流盈盈，
而后一马溅水溪间。
长腿沼鸡水中跃，
群雌呼鸣向雄鸡。
每个瞬间与顷刻，他们活着，
万物之中皆此石。

一场牺牲太长久
能将此心凝成石。⑰
噢，究竟何日方才够？

He, too, has been changed in his turn,

Transformed utterly:

A terrible beauty is born.

Hearts with one purpose alone

Through summer and winter seem

Enchanted to a stone

To trouble the living stream.

The horse that comes from the road.

The rider, the birds that range

From cloud to tumbling cloud,

Minute by minute they change;

A shadow of cloud on the stream

Changes minute by minute;

A horse-hoof slides on the brim,

And a horse plashes within it;

The long-legged moor-hens dive,

And hens to moor-cocks call;

Minute by minute they live:

The stone's in the midst of all.

Too long a sacrifice

Can make a stone of the heart.

O when may it suffice?

尽付天意，而我们的事

是喃喃轻唤姓复名

宛如母亲呼唤孩子。

当沉眠终于降临

降临在旷野狂奔的四肢，

除却长夜沉沉还能怎样？

不、不，不是长夜，是死去。

这是否全然无谓的死亡？

因为英格兰可能守信誉，[18]

因为这一切所言与所行。

我辈知悉他们的梦，足以——[19]

知悉他们梦过而为之殒命。

哪怕过度的爱意

蛊惑他们终至摧折？

我将之写入一首诗

麦克唐纳和麦克布莱德

还有康纳利以及皮尔斯。[20]

现在或是将来之辰，

无论何方，但有绿衣穿在身，[21]

都在改变，改变殆尽，

一种可怕之美诞生。

That is Heaven's part, our part

To murmur name upon name,

As a mother names her child

When sleep at last has come

On limbs that had run wild.

What is it but nightfall?

No, no, not night but death;

Was it needless death after all?

For England may keep faith

For all that is done and said.

We know their dream; enough

To know they dreamed and are dead;

And what if excess of love

Bewildered them till they died?

I write it out in a verse—

MacDonagh and MacBride

And Connolly and Pearse

Now and in time to be,

Wherever green is worn,

Are changed, changed utterly:

A terrible beauty is born.

◎注释：

①此诗定稿于 1919 年 9 月 25 日，最初通过克莱门特·肖特私人印刷的小册子流传，后刊载于 1920 年 10 月 23 日的《新政治家》杂志。叶芝在这首诗中表达了对 1919 年复活节起义的复杂态度。

1916 年，第一次世界大战进行得如火如荼，英国一方面以大战为借口，迟迟不实施 1913 年英国议院通过的爱尔兰自治法案，同时在欧陆战场又与德国军队陷入苦战。在爱尔兰有句老话，"英格兰的危机，就是爱尔兰的机会"。趁英国分身乏术之时，在这年的复活节周(4 月 24 日至 4 月 30 日)，主张暴力争取爱尔兰自治权利的"爱尔兰志愿军"成员在教师兼律师帕特里克·皮尔斯的领导下，合并了由詹姆斯·康诺利领导的"爱尔兰国民军"等团体组织，在都柏林发动起义，宣布成立"爱尔兰共和国"并从英国独立。700 多人的起义军一度占领了都柏林邮政总局、柏兰德面粉厂等重要场所，但在六天后遭到镇压，多名起义领袖被交送军事法庭并陆续被处死刑。

客观上说，此次起义准备并不充分，起义者憧憬的由德国提供的军火物资并没有按约送到，事先也没有向一些核心成员沟通好起义的计划。他们对群众也没有进行充分发动，起义发生之时很多都柏林市民并不知道发生了什么，很多人反而认为起义者的行为造成了社会秩序的严重混乱，甚至担心英国会因此拒绝爱尔兰自治。大部分爱尔兰民众是在英国政府陆续对起义领导者实施了最严酷的刑罚，判处了 77 人死刑(实际执行死刑者 15 人)，并任意扩大惩罚范围后，才转而同情起义的。起义者自身也缺乏统一的意志和组织，许多人是临时参加行动，无法抵抗训练有素的正规军队。当然，尽管最终失败，起义仍然被后世看作爱尔兰民族独立道路上的重要里程碑。

叶芝此时正在法国巴黎探访茉德·冈以及伊瑟勒特·冈，对发生在爱尔兰的事件毫无所知。但起义者中有许多是他的朋友和旧交，其中包括茉德·冈已分居的丈夫约翰·麦克布莱德。麦克布莱德并非起义的直接领导者，却在 5 月 5 日被执行死刑，这在当时被认为是英国政府对他 17 年前在南非参加布尔战争反对英国的报复。因此，消息传到法国时，叶芝百感交集，他既愤慨英国政府施行的恐怖统治，同情就义者的杀身成仁，怀念参加起义而献身的老友故交，但又不完全认同起义者的暴力主张。但他终于无法沉默。5 月 11 日，他在写给格雷戈里夫人的信中说："都柏林的悲剧令人极为忧虑和悲愤。……有许多判决毫无疑问是不公正的。"他表示希望写一首关于就义者的诗，并称已感觉到"一种可怕之美诞生！"随后便创作了这首作品，后被克莱门特·肖特以私人名义印刷出版。

全诗 80 行，韵脚为交韵 ABAB……每行大体上包含 3 个重读音节，使得整体节奏急促而紧张。同时，行文平易，情感真挚自然，多用短行，简洁有力。这首诗也是叶芝诗风转变的重要标志，诗中一洗叶芝早期华丽纤秾之态，以特有的语调讴歌民族英雄，抒情部分则贯穿了出人意表的想象力，在平实的诗句中倾注了极大的力量。诗中并没有渲染起义的悲壮场面，而是将笔力集中于几个主要人物的内心发展，使这些出身不同又殊途同归的英雄形象跃然立于纸上，虽百载而下诵之，犹然可以动人心魄。翻译时遵循原诗特点。

②"他们"指起义者，叶芝在想象中见到了他们鲜活的模样。这一行也为后文塑造起义者中典型人物而张本。

③都柏林街巷之间有许多 18 世纪建成的石头房子，多以周边盛产的灰白岩石材料建筑而成。叶芝一改自己往日推崇的精英传统文化，借此表明起义的英雄们大多来自都柏林的平民阶层，他们曾生活在每个都柏林人的身边，同时也在诗中渲染了一种灰暗的色调。

④俱乐部指创立于 1907 年的都柏林艺术俱乐部，叶芝与一些起义者在这里相识。

⑤叶芝总体上不认同这样的暴力革命方式，但同时又认为起义者争取民族独立的牺牲精神是崇高的，是他理想中的犹丘式的悲剧英雄，因而这次起义具有一种暴力而悲壮的美学，于是他写出了"一种可怕之美诞生"。

⑥"那女子"指康斯坦丝·戈尔—布斯·马凯维奇（Countess Constance Gore-Booth Markievicz，1868—1927），即马凯维奇伯爵夫人，爱尔兰民族主义革命者、政治家，女诗人伊娃·戈尔—布斯的姐姐。她出身信奉新教的斯莱戈上层家庭，1900 年与波兰的马凯维奇伯爵结婚后拥有伯爵夫人的头衔。叶芝早在 1894 年就和戈尔—布斯两姊妹相识在利萨代尔，并曾产生过朦胧的情愫。复活节起义时，妹妹康斯坦丝作为"爱尔兰志愿军"的参谋参与占领都柏林的圣斯蒂芬公共绿地，失败被捕，先被判处死刑，后改判无期徒刑，关押在伦敦的霍洛威女子监狱。她在 1917 年大赦中获释，随后投身政坛，两年后出任爱尔兰议会的影子部长，1927 年当选为爱尔兰共和国众议员。写这首诗时，康斯坦丝正身陷囹圄并已被判死刑。叶芝十分牵挂她的命运，将她作为

诗中第一个具体出现的起义者形象，但又并不赞成她投身暴力革命的行为，认为她的政治观点不够成熟(因此后文称之为"懵懂的良愿")，以至于身陷大祸。

⑦少女时代的康斯坦丝，因出身名门而又天生丽质，在家乡斯莱戈郡素有骄纵之名，青年叶芝曾亲眼目睹青春靓丽的康斯坦丝骑着骏马狩猎在班磅礴山下。这一幕在他在心头留下了难以磨灭的印记，后来多次在诗文中提起。

⑧"这汉子"指帕特里克·皮尔斯(Patrick Pearse, 1879—1916年)，"爱尔兰志愿军"的领袖，爱尔兰革命家、诗人、演说家。他是复活节起义的主要发起人和指挥者，坚信爱尔兰的独立必须经过流血牺牲。起义时，他带领同仁占领战略要地都柏林邮政总局，一度成功，终因被政府军围困而投降，后同其弟威利·皮尔斯一道被处死刑。他曾创办了都柏林的圣恩达学校。

⑨原诗此行 our winged horse 指古希腊神话中飞马形象的诗神珀珈索司，参见《万事艰难亦痴魔》注②。皮尔斯也是一位诗人，叶芝钦佩其献身精神，在这里将他引为同道，故称他驾驭着"我辈"的诗神飞马。

⑩"旁有一位"指托马斯·麦克唐纳(1878—1916年)，爱尔兰诗人、剧作家、评论家，都柏林大学学院教授。他是帕特里克·皮尔斯的好友，也是起义的重要指挥者，同时也是叶芝的诗友。在起义失败后他与帕特里克·皮尔斯一起成为第一批被当局处死的三个人之一。

⑪"这个酒鬼"指茉德·冈的前夫约翰·麦克布莱德少校。由于他长期从事反英斗争，在复活节起义失败后，当局将他逮捕并处以死刑。在叶芝的诗中，麦克布莱德经常是一个被挖苦的对象，但在这里叶芝在一如既往的讥讽之外，对他表示出少有的赞许。

⑫以上2行中"对贴心人儿犯下的最苦涩的错误"，指麦克布莱德和茉德·冈结婚后，长期酗酒并暴力对待茉德·冈。在诗中叶芝称茉德·冈为 some who are near my heart，即"某位贴近我心的人"。

⑬"即兴戏本"一语暗含褒贬。叶芝认为复活节起义只是爱尔兰市民阶层中的一部分人偶尔策动的事件，在他看来市民阶层大部分时候都是麻木不仁的。

⑭原诗此行 in his turn，承接上行"戏本"之比喻而来，指麦克布莱德在自己登场的"场次"中担当的角色形象发生了转变。

⑮这里石头的一个重要象征是历经种种磨难仍然甘为崇高事业而抛弃生命和爱情的铁石之心，既指上文提到的英雄的起义者，也影射坚持暴力斗争的茉德·冈。这一整个诗节表达的象征意义是：历经种种历史事件后爱尔兰民众又将重回暴力争取独立的路线，即又一次"封魔"了代表甘愿牺牲以换取民族独立的"一石"，而起义者永远活在民众心中，从此"万物之中皆此石"。

⑯以下10行或系叶芝回忆青年时见到康斯坦丝在班磅礴山下狩猎的场景，象征时光流逝而使一切改变。其间营造的自然万物鲜活而欢畅的场景，与起义者的牺牲形成强烈的对比，语句也极富感染力。

⑰"能将此心凝成石"意指这场起义带来的牺牲重新唤醒了爱尔兰民众进行暴力斗争的意志。在起义爆发以及失败后的一段时间内，爱尔兰社会各界担心英国政府会借此中止1914年9月就已经启动的爱尔兰民族自治进程，使以前的努力付之东流，因而对起义者普遍持有否定态度。但英国政府将大批起义者判处死刑，甚至有清算扩大化的倾向，又重新唤醒了爱尔兰民众的民族意识，他们逐渐认同因起义而被处死者是烈士，长期以来被淡忘的对英国的仇恨又开始复苏，并在此后掀起了独立运动新的浪潮。

⑱以上3行，叶芝表达了英国遵守政治承诺，在战后继续依照爱尔兰自治法案推动爱尔兰逐步实现自治的可行性，间接表达了对起义本身所持的保留态度。

⑲"他们的梦"指起义者争取爱尔兰独立的梦想。

⑳詹姆斯·康纳利（James Connolly，1870—1916年），性格急躁的爱尔兰工会领袖，"爱尔兰国民军"的创建者和总司令，起义失败后被判处死刑，是15名被执行死刑的起义领导人中最后一个被处决的。

㉑爱尔兰民族崇尚绿色，源于圣帕特里克曾以三叶草为例，向爱尔兰人讲授基督教"三位一体"的概念，爱尔兰人遂以三叶草之绿色为神圣的颜色，此后在历次斗争中，绿色逐渐演变为争取民族独立的代表性色彩。叶芝以此表达"现在或是将来之辰"，在爱尔兰争取自治的道路上，将会充满"可怕之美"，历史也证实如此。

57. 逝者十六①

嗬，唯有我辈还侃侃大言②
直到这十六人遭枪毙。
但何人言及：彼辈所予与所取，
何所当为又何所不为？
当那些逝者闯荡其间
播攘鼎沸！

尔等声言要我辈默然守土
以待德意志受诛伐。③
惟此地何人堪能辩解
皮尔斯现下是否聋又哑？④
那些人的道理又是否盖过
巉然的拇指之于麦克唐纳？⑤

57. *Sixteen Dead Men*

O but we talked at large before

The sixteen men were shot,

But who can talk of give and take,

What should be and what not

While those dead men are loitering there

To stir the boiling pot?

You say that we should still the land

Till Germany's overcome;

But who is there to argue that

Now Pearse is deaf and dumb?

And is their logic to outweigh

MacDonagh's bony thumb?

如何：方能教你梦见，梦见彼辈正聆听
以孤独之一耳
朝那新相知彼辈觅求泉下——
爱德华爵爷还有沃尔夫·透讷；⑥
或教你触动我辈之所予与所取
那对白，骸与骸？⑦

How could you dream they'd listen

That have an ear alone

For those new comrades they have found,

Lord Edward and Wolfe Tone,

Or meddle with our give and take

That converse bone to bone?

◎注释：

①此诗定稿于1916年或1917年的12月17日，后刊载在1920年11月的《日晷》杂志上，主题依然是纪念复活节起义中被英国当局处死的领导者。关于复活节起义的相关背景参见《一九一六年复活节》注①。起义失败后，英国陆续判处了77名相关人员死刑，并实际处死了其中15名。被执行死刑的人除起义的实际领导者外，也有一些并没有参与太深的人，如威利·皮尔斯仅因为是起义策划者帕特里克·皮尔斯的弟弟就被判死刑，又如茉德·冈已分居的丈夫约翰·麦克布莱德少校，他并非起义的实际领导者，但因为以前曾参与过反英斗争，也被逮捕并最终处死。除了这15人以外，负责从德国给起义者偷运军火的英国官员罗杰·凯斯门特爵士（Sir Roger Casement，1864—1916年）在凯里郡被捕，8月3日在伦敦以叛国罪被处以绞刑，是第16位逝者，故题称"逝者十六"。

全诗18行，分3诗节，每节韵脚形式均为ABCBDB，翻译时遵循原诗韵律。

②这首诗中"我辈"指爱尔兰民众。复活节起义在爱尔兰民众中引发了极大的震动，特别是看到被英国人处死的起义人员越来越多，民众由最初的不赞成起义，希望和平获得自治权利，逐渐转向对英国政府的失望，并倾向于认为起义者的行为具有合理性。叶芝有感于此而写下这一节诗。

③"尔等"指赞同英国政府的立场的人，他们认为应当等到世界大战结束、英国战胜德国后，再继续实施1913年1月英国下议院通过的的爱尔兰自治法案。这些人包括当时的大部分爱尔兰人和英国人。

④皮尔斯是起义的指挥者，起义失败后被判处死刑，参见《一九一六年复活节》注⑧。此行寓意起义领袖皮尔斯已经遇害，因此听不到现在人们的议论，也无法再说出话来。

⑤麦克唐纳也是起义失败被处死的起义重要指挥者，是皮尔斯的好友，参见《一九一六年复活节》注⑩。

⑥此行提到的爱德华指爱德华·菲兹杰拉德勋爵，他和沃尔夫·透讷都是1798年大起义的领导者，均死于英国的监狱中，参见《一九一三年九月》注⑥。在此，叶芝将皮尔斯、麦克唐纳等复活节起义的烈士与前辈革命者相提并论，认为烈士们在泉下已然遇到了志同道合的新朋友——爱德华·菲兹杰拉德勋爵以及沃尔夫·透讷等这些历

史上的民族英雄。

⑦原诗此行以 *bone to bone* 这一短语作为全诗收束，音节急促有力，仿佛千钧之力喷薄而出，意寓诗中虚拟的对话之人——前辈起义者与后来者均已成为骸骨，语中自有无限悲凉，但又暗颂爱尔兰革命者的前赴后继，具有触动人心的力量。

58. 记一名政治犯①

她，向来不懂得何为耐心，②
自幼如此，而今竟教这么
灰黯一海鸥放下畏心飞临③
到她的囹圄，还栖集于此——
于此，甘受她纤指的抚摩，
再从她的纤指啄食。

她是否正抚摩那一翼孤独
追忆往昔，她心绪尚未变得——
变得一丝苦涩、一缕抽象之物，
群议尚未将她思想视同寇雠：
而瞽者与引瞽之瞽者④
还烂卧污淖纵酒？

58. *On a Political Prisoner*

She that but little patience knew,

From childhood on, had now so much

A grey gull lost its fear and flew

Down to her cell and there alit,

And there endured her fingers' touch

And from her fingers ate its bit.

Did she in touching that lone wing

Recall the years before her mind

Became a bitter, an abstract thing,

Her thought some popular enmity:

Blind and leader of the blind

Drinking the foul ditch where they lie?

许久前我曾见她引罄
在班磅礴之山脚,⑤
她那乡野之美
流淌青春萌动的茕茕野性,
她出落得清丽又甜俏⑥
宛如灵石韫怀、沧海造化之一禽。⑦

噢！沧海造化,或在长空悬止
当她破巢腾跃初出⑧
上凌某处嵯峨的灵石
上瞻云穿玄天,
覆在她狂飙击荡之胸府
正叱咤沧海的激漩。

When long ago I saw her ride

Under Ben Bulben to the meet,

The beauty of her country-side

With all youth's lonely wildness stirred,

She seemed to have grown clean and sweet

Like any rock-bred, sea-borne bird:

Sea-borne, or balanced on the air

When first it sprang out of the nest

Upon some lofty rock to stare

Upon the cloudy canopy,

While under its storm-beaten breast

Cried out the hollows of the sea.

◎注释：

①此诗写于 1919 年的 1 月 10—29 日，最初刊载在 1920 年 11 月的《日晷》杂志上，是叶芝为旧友马凯维奇伯爵夫人康斯坦丝·戈尔—布斯所作。马凯维奇伯爵夫人曾因参加 1916 年的复活节起义而被捕，被关押在伦敦的监狱中直至 1917 年遇赦出狱，后投身政坛，参见《一九一六年复活节》注⑥。但在 1918 年 5 月，康斯坦丝又因发表"煽动性演说"再次被捕，第二次被囚入伦敦的霍洛威监狱，和茉德·冈关押在一起，直到 1919 年 3 月才被释放。叶芝在她身陷囹圄时作此诗以勉之。部分中译本认为这首诗是叶芝写给茉德·冈的作品，不确。

全诗共 4 个诗节，每节 6 行，韵脚形式均为 ABACBC，翻译时遵循原诗韵律。

②"她"即康斯坦丝，她出身斯莱戈当地的望族，自幼娇惯，故叶芝称她"向来不懂得何为耐心"。

③原诗此行多处行中韵。grey, gull 构成头韵，分别以"灰黯""海鸥"对译，二词声母依次相同。fear, flew 构成头韵，分别以"畏心""飞临"对译，二词韵母依次相同。

④原诗此行有行中韵，故译为"聋者与引聋之聋者"，意指盲目的群众及其领袖也同样盲目。

⑤叶芝青年时曾见青春靓丽的康斯坦丝骑骏马狩猎在班磅礴山下，并对此印象深刻，参见《一九一六年复活节》注⑦。

⑥原诗此行 sweet 一词形容康斯坦丝容颜、性情之甜美，今译为"甜俏"，取柔和、甜美之意，茅盾《第一阶段的故事》："接着又听得一个女人的口音，故意装得那么甜俏，叫人听了难受。"

⑦原诗此行 rock-bred、sea-borne 构词形式相同且押韵，以"灵石韫怀""沧海造化"二对偶语译之。我的好友、爱尔兰文学译者云隐建议取陆机《文赋》"石韫玉而山晖"一语，以"灵石韫怀"译 rock-bred，差合原诗之意，从之。

⑧叶芝用"破巢腾跃而出"比喻康斯坦丝经历磨难出狱之后定然能成就大事业，此节极言她日后成就不可限量。这首诗作成不久之后康斯坦丝便出狱，随即在民族主义者主导的第一届"爱尔兰人自己的议会"中担任要职。

59. 再度降临①

圜转复圜转，在渐宽螺旋间，②
猎鹰不闻猎鹰人唤。③
万物崩离，中枢不维系，
横泻世上的唯有狼藉，
黯淡的血潮横泻，而四野④
沦覆了这仪式无邪，⑤
上智者尽丧其志，下鄙者⑥
却满怀恣放的狂热。

定有某种神启迫在眼前。⑦
定有再度降临近在手边。
再度降临！此言尚未出口，
一像庞然浮出灵秘之梦地⑧
遮我视线，荒莽一片尘沙里

59. *The Second Coming*

Turning and turning in the widening gyre

The falcon cannot hear the falconer;

Things fall apart; the centre cannot hold;

Mere anarchy is loosed upon the world,

The blood-dimmed tide is loosed, and everywhere

The ceremony of innocence is drowned;

The best lack all conviction, while the worst

Are full of passionate intensity.

Surely some revelation is at hand;

Surely the Second Coming is at hand.

The Second Coming! Hardly are those words out

When a vast image out of Spiritus Mundi

Troubles my sight: a waste of desert sand;

一具狮身而人首之形⑨

一睇似天日临睨，苍茫又无情——

正缓挪其足；在其四周

飞卷起流沙群禽之怒影。⑩

暗夜又临，此刻我已知晓

知晓两千载之长眠如磐，⑪

扰作了梦魇——被一只摇篮摇啊摇。⑫

好个戾兽！总算天机重返

散懒往伯利恒而行，降生。⑬

A shape with lion body and the head of a man,

A gaze blank and pitiless as the sun,

Is moving its slow thighs, while all about it

Reel shadows of the indignant desert birds.

The darkness drops again but now I know

That twenty centuries of stony sleep

Were vexed to nightmare by a rocking cradle,

And what rough beast, its hour come round at last,

Slouches towards Bethlehem to be born?

◎注释：

①此诗定稿于 1919 年 1 月，最初发表在 1920 年 11 月的《日晷》杂志上。诗题"再度降临"是一个基督教的概念。《圣经·新约·马太福音》第 24 章中记载耶稣基督预言自己将"再度降临"人间，主持末日审判，开创新纪元。

叶芝晚年曾将流行于公元 2 至 3 世纪的新柏拉图主义历史循环论加以改造，使之成为自己独特的信仰体系和世界观。他认为人类文明以两千年为一个周期循环往复。第一个周期始于公元前两千年的巴比伦，已经终结于古希腊、古罗马文明的衰落。第二周期则以基督之诞生为原点，是属于基督教文明的两千年，而 20 世纪的当下正处于第二个文明周期之尾声。就如《圣经·新约·约翰》第 2 章中记载的："斯乃末时，尔尝闻有敌基督者至，今已多有敌基督者兴起矣，以是知为末时也。（据《圣经》文理本）"则基督教文明必然在随后出现的"敌基督"的暴力冲击下终结，新的文明纪元随后开启。为此，他晚年不少诗作都充满了末世观照，而这首诗被认为是此类作品中最重要的一首。

叶芝写作这首诗是在 1918 年末至 1919 年 1 月。这时，第一次世界大战刚刚结束，欧洲战场的烽烟尚未散尽，代表新国际秩序的巴黎和会正筹备召开，德意志、俄罗斯、奥地利等欧陆传统强权先后爆发了革命。在爱尔兰，迈克尔·柯林斯领导的共和主义暴力派这时也逐渐获得社会主流的支持，英国即将派出号称"黑褐部队"的警察队伍来以暴制暴，整个爱尔兰形势一片山雨欲来。一时间，爱尔兰会走向何方？欧洲会走向何方？世界会走向何方？人类文明究竟又会走向何方？这一系列问题，想必早已萦绕在叶芝的心头，挥之不去。于是，便有了这首著名的诗篇——《再度降临》。

全诗 2 节，共 22 行，采用不太严格的五音步抑扬格，韵脚形式大致为 AABBC-CDD/EEFGGHHFIJKJKI，其中大量韵脚为半押韵，夹杂以跨行句，从形式上渲染一种"血潮涌动"之紧迫感，语言上也有突出的唯美主义倾向，营造出世界末日的一幅雄异图景。翻译时兼顾以上特征。

②叶芝认为宇宙运动所遵循的轨迹类似一种螺旋的椎体，参见《麦可·罗拔兹的双重灵视》注⑩。

③此处猎鹰象征现代文明，猎鹰人则比喻基督，意指现代文明与现代人已脱离了基督的庇护。

④以上 2 行描述的是一片暴力场景，象征世界大战以及当时欧洲此起彼伏的革命

态势，叶芝借之影射 1916 年复活节起义以来早已礼崩乐坏的爱尔兰现实社会。

⑤原诗此行 *the ceremony of innocence* 一语意指以基督教礼仪为基础的贵族精英文化，也暗示连洗礼都不足以洗去人类之罪，今译为"仪式无邪"。

⑥此行"下鄙者"有影射支持内战暴力建国的爱尔兰部分底层民众之意味，叶芝认为世界的秩序已然被这些底层者颠覆。

⑦"神启"预示着人类文明"第二周期"来临，文明的形态即将再次重塑。以下整个诗节都是对新的历史循环的预言，而这个新的周期在叶芝眼中似乎是充满暴力、混乱和非理性的，体现了他对现实世界中第一次世界大战以及当时蓬勃发展的社会运动的反思。

⑧原诗此行 *Spiritus Mundi* 是拉丁语，直译是"众灵的世界"，语出 17 世纪英国剑桥柏拉图学派的领袖人物亨利·摩尔（Henry More，1614—1687 年）。他受犹太教卡巴拉神秘主义传统启发，结合基督教义创造了这一灵学概念，可理解为"灵界、灵境"——一个超现实的、所有人类灵魂和记忆的集合之所，音译则为"斯庇意多思梦地"。叶芝自己曾解释道，所谓斯庇意多思梦地是"不再属于任何人格或灵性的众像之总库"，类似于荣格所称之"集体无意识"。今糅合其拉丁语音、义译为"灵秘梦地"。

⑨按照《圣经·新约·启示录》的说法，末世异象中那些"敌基督"的巨兽或有七角七目，或骑狮首之马，以剑、饥、疫、野兽等杀死地上四分之一的人。叶芝大概是从这一记载，掺杂自己幻视所见，塑造这一狮身人首之怪兽。它高高在上，没有情感，象征着下一个文明周期。

⑩这些禽鸟是死亡和毁灭的象征。

⑪叶芝认为一个文明周期的长度是两千年，此行意指这个巨兽经历了一个文明周期的蛰眠，如今已经醒来。

⑫这只摇篮本是耶稣基督圣诞曾用，但诗中将它也作为了孕育"敌基督"的场所，故云"两千载之长眠如磐"被这摇篮"扰作梦魇"。

⑬伯利恒（*Bethlehem*）在耶路撒冷之南，是犹太教和基督教的圣地，耶稣基督就诞生在这里。诗中安排"敌基督"之巨兽前往基督诞生地去投生，与前文比喻巨兽在耶稣摇篮中降生一样寓意丰富。原诗此行 *Bethlehem*，*be*，*born* 构成头韵，译文以"恒""行""生"对应押韵。

60. 拟铭于索尔·瀱立里之石上①

吾，诗人威廉·叶芝
以老磨坊之板材，与海青色之片石，
益以戈特铁铺之铸品，②
爰为吾妻乔氏，斯塔筑营。③
并冀此字迹长存
待一切再度湮沦。④

60. *To Be Carved on a Stone at Thoor Ballylee*

I, the poet William Yeats,

With old mill boards and sea-green slates,

And smithy work from the Gort forge,

Restored this tower for my wife George;

And may these characters remain

When all is ruin once again.

◎注释：

①此诗写于 1918 年 5 月至 7 月间。叶芝婚前在戈尔韦郡的戈特镇仅以 35 英镑的低廉价格，买下了 15 世纪由当地大族奥肖内西氏营建的一座诺曼风格石砌塔楼，还附带旁边的几间农舍。随后，叶芝对其进行了大规模的改建，并命名为索尔·灞立里塔楼。1919 年女儿安·巴特勒·叶芝出生后，他便每年携全家来此避暑。这座塔楼离格雷戈里夫人的廊园不远，是他晚年重要的创作场所，他的重要诗集《塔楼》《旋梯及其他》的命名都取自索尔·灞立里塔楼里的元素。这首诗是他为这座塔楼题写的铭文。

全诗 6 行，韵脚形式为连韵 AABBCC。翻译时遵循原诗韵律。

②塔楼位于戈尔韦郡的戈特镇。

③叶芝常以 George 作为其妻乔吉娜的昵称，诗中兼用来和上一行末之 Gort forge 谐音象形，可音译为"乔芝""乔姑"或"乔氏"等。这行诗表达叶芝对塔楼的精心改造，凝聚着对妻子之爱。末二字"筑营"与上行末二字"铸品"音近，且尾字都有"口"部首。

④叶芝万万没有预料到最后这两行铭文差点一语成谶。在爱尔兰内战期间，塔楼便遭到一定程度的损毁。终于在 1929 年，叶芝一家搬离索尔·灞立里，其后这座塔楼逐渐衰落失修，几近荒废，直到 1965 年才由当地政府修缮作为叶芝博物馆重新对外开放。

塔
楼

THE TOWER

61. 航往拜占庭①

一

那并非老人的国，年轻人②

彼此拥入臂弯——死殆之世代，

鸟儿拥入树林，在歌吟。

鲑之瀑，鲭簇之海，③

游鳞、毛群与飞禽，漫漫一夏的赞咏④

赞咏万物之诞毓、孳乳，终归枯骸。⑤

沉迷那浮音靡响，都漠视⑥

长生智慧的胜迹。

二、

年老的人，只是废物一个，

是拐棍披上褴褛衫衣，除非

灵魂拍手而歌，愈发嘹亮而歌

61. *Sailing to Byzantium*

I

That is no country for old men. The young

In one another's arms, birds in the trees

—Those dying generations—at their song,

The salmon-falls, the mackerel-crowded seas,

Fish, flesh, or fowl commend all summer long

Whatever is begotten, born, and dies.

Caught in that sensual music all neglect

Monuments of unaging intellect.

II

An aged man is but a paltry thing,

A tattered coat upon a stick, unless

Soul clap its hands and sing, and louder sing

歌颂片片褴褛垂挂凡人的衫衣。
并无学校教你唱歌，只顾研摩
灵魂自我的胜迹。
于是我远渡重洋而航行
往这圣城拜占庭。⑦

三

啊！贤哲们立于上帝之圣火
如立一壁黄金锦砖之上，⑧
请走出圣火，缠结入旋螺，⑨
做导师教我的灵魂歌唱。
摧我心肝，情欲成病魔
羁缚于一灵兽其将亡。⑩
其为人所知非其本质；再将我收辑
入于永恒艺技。⑪

四

一旦超脱自然，我决不要那
从先天万物炼取的肉身形相，
而所求之相要如希腊金匠炼化⑫
用百锻之金，又复以金镶，
去教一位昏沉的帝王解乏。
或置之金灿灿的枝榥高唱，⑬
唱与拜占庭的贵族贵妇们听，⑭
唱那往世、今世或是将来的事情。⑮

For every tatter in its mortal dress,

Nor is there singing school but studying

Monuments of its own magnificence;

And therefore I have sailed the seas and come

To the holy city of Byzantium.

III

O sages standing in God's holy fire

As in the gold mosaic of a wall,

Come from the holy fire, perne in a gyre,

And be the singing-masters of my soul.

Consume my heart away; sick with desire

And fastened to a dying animal.

It knows not what it is; and gather me

Into the artifice of eternity.

IV

Once out of nature I shall never take

My bodily form from any natural thing,

But such a form as Grecian goldsmiths make

Of hammered gold and gold enamelling

To keep a drowsy Emperor awake;

Or set upon a golden bough to sing

To lords and ladies of Byzantium

Of what is past, or passing, or to come.

◎注释：

①此诗写于 1926 年秋，是叶芝的代表诗作之一。叶芝在这首诗中用一贯的自负语气，重塑了生与死、艺术与灵魂、永恒与过客之类的象征。拜占庭即君士坦丁堡，是东罗马帝国的首都，也是东西方文明交融之城。叶芝将拜占庭作为理想中的文化圣地，用以象征艺术的永恒与完美，来寄托自己的精神家园。余光中先生曾说："对于叶芝，它(拜占庭)是心灵的国度，永存于时间的变化之外，很像先知诗人布莱克所说的'想象之城'。"(《天真的歌》，余光中译)傅浩先生也曾这样评论这首诗："(这首诗)重现相应的象征，把精进诗艺以使灵魂得以不朽这一信念，表达得更为清晰。"(《叶芝评传》，傅浩著)。

全诗 4 个诗章，每章 8 行，押韵形式为 ABABABCC。翻译时遵循原诗韵律。

②"并非老人的国"喻指爱尔兰现实世界。叶芝写这首诗时已 61 岁，表达自己的思想已然不适合于这个现实世界。

③鲑和鲭在叶芝诗中都是富有爱尔兰文化色彩的象征性鱼类。在叶芝生活的戈尔韦有著名的鲑鱼洄游之地，名为"鲑堰"，鲑鱼每年为产卵逆流而上，洄游至此则一跃而过，场面壮观。相传身手敏捷的爱尔兰古代英雄犹丘林就会"鲑跃"。鲭是集群洄游性的鱼类，在海中常常形成非常大的群落，广泛分布在爱尔兰大西洋海岸。诗中用鲑、鲭也有象征繁殖的意味，代表生命力。

④原诗此行 Fish, flesh, fowl 构成头韵，以"游鳞""毛群""飞禽"三个押韵词汇译之。游鳞可指代鱼群，如郭沫若《女神》："几匹游鳞，喁喁地向我私语。"毛群指代兽类，《文选》中左思《蜀都赋》云："毛群陆离，羽族纷泊。"刘逵注曰："毛群，兽也。"飞禽即禽类。又 commend、summer 构成腹韵，故在译文中用叠词"漫漫"译 long，增益其韵。这里用夏日象征诗人生命力、创作力旺盛的时期，这"漫漫一夏"都用来"赞咏"上文提到的鲑瀑、鲭海等各种游鳞、毛群、飞禽，还有下文提到的诞毓、孳乳之万物，实际上是象征此前相对具象的浪漫主义创作风格，叶芝此时对自己的这种艺术风格有所反思和扬弃。

⑤原诗此行 begotten, born 构成头韵，以"诞毓""孳乳"二押韵词汇译之。此行的意思是这些事物虽然美好，但"终归枯骸"，并非永恒之物。

⑥原诗此行 sensual music 一语直译为"感官音乐"，比喻在"死殆之世代"充斥着的

上面那些具象的、非永恒之物，类似汉语中"靡靡之音"的内涵，今以"浮音靡响"译之。

⑦拜占庭本为小亚细亚之古城，其地横跨欧亚二洲。公元330年5月11日，罗马皇帝君士坦丁一世在此建立新都，命名为新罗马，故又被称作君士坦丁堡。公元395年后一直作为东罗马帝国的首都，1453年被奥斯曼土耳其攻陷。奥斯曼帝国改其名为伊斯坦布尔，并定都于此，直到1922年奥斯曼帝国灭亡。叶芝认为拜占庭作为古罗马的继承者，亦是欧洲贵族文化的代表之地，其中洋溢着古典主义色彩的精神同物质、文艺同宗教、个人同社会和谐的统一，是不朽的象征。而他在《幻象》一书中也毫不掩饰自己对拜占庭这一圣地的向往："我想若能有一个月的时间生活在古代，并能自择愿往之地，我就耗在拜占庭，要趁着略早于查士丁尼大帝兴建圣索菲亚大教堂，并查封柏拉图学园……"

⑧1907年，叶芝同格雷戈里夫人全家游历意大利北部名胜，在拉文纳的克拉斯圣阿伯里奈瑞教堂见到了以马赛克（锦砖）拼镶而成的火中殉道者主题的大幅画像，留下了深刻印象。1924年他又携妻子去意大利的西西里、卡波里、罗马等地游览，在西西里岛再次见到了拜占庭时期的马赛克镶嵌画。叶芝将这些印象赋予象征主义色彩，他在《幻象》中憧憬自己若能回到古代的拜占庭，那么"我想我定能在小酒馆中寻觅到马赛克镶图中的哲人，他们可解我一切之困惑，他们甚至比柏罗丁更接近那超自然的降临……"

⑨叶芝认为万物都沿着一种特定的螺旋圈转的复杂轨迹在做循环运动，参见《麦可·罗拔兹的双重灵视》注⑩。叶芝在此寄望于超自然的力量能够给予自己创作灵感与接引。

⑩原诗此行 animal 指人类自己，人本质为一种高级动物，故译为"灵兽"。叶芝认为人的肉身是短暂的，自生来即正在死去。

⑪叶芝认为人的肉身种种最终都会死亡或毁灭，只有人类所创造的艺术作品能够传世不朽。傅浩先生认为叶芝在这首诗中表达的观点和中国古代先贤认为的"三不朽"中的"立言"颇为类似。

⑫叶芝推崇古希腊文明，故以"希腊金匠"比喻古希腊哲人与文学家，称他们是用黄金锻造自己孜孜以求之"肉身形相"的匠人。

⑬叶芝曾自注："我在某书中读到一段记载，那拜占庭宫廷里有一株金银铸成之树，上头有人工构造的鸟儿歌唱。"诗中暗以立于黄金"枝桠高唱"的"人工构造之鸟"来比喻自己构造的艺术作品，后文描述自己这些永恒的艺术作品堪能动帝王之圣听，亦入贵族贵妇之耳，字里行间带有自矜之意。关于叶芝提及的那本记载有人工鸟儿在金银树上歌唱的书籍，杰法尔斯在《叶芝诗歌新注》中认为其实是安徒生童话《皇帝的夜莺》——叶芝应当在少年时读到过这篇童话，而那个时代爱尔兰最通行的版本在封面上便印有皇帝和他的随从正在聆听黄金树上一只人工鸟儿歌唱的场景。有趣的是，安徒生笔下的这则童话其真实发生地是在中国，叶芝可能误记为拜占庭。

⑭原诗此行 lords, ladies 构成行中韵，以"贵族""贵妇"二押韵词译之。

⑮原诗此行 past, passing 构成行中韵，以"往世""今世"二词译之。

62. 轮^①

穿越冬之季我们呼唤春光，
再穿越春光把夏日呼唤，
又当茂盛的树篱振响
宣告最好之季是冬天。
再往后，便良辰不再，
因这春光之季尚未来临——
唯不知那何物搅扰我们血脉
不过是其长盼于坟茔。

62. *The Wheel*

Through winter-time we call on spring,

And through the spring on summer call,

And when abounding hedges ring

Declare that winter's best of all;

And after that there's nothing good

Because the spring-time has not come—

Nor know that what disturbs our blood

Is but its longing for the tomb.

◎注释：

　　①1921 年 9 月 13 日，叶芝在等待搭乘爱尔兰邮政列车时，在一小张优思顿酒店的便笺纸上写下了这首诗，他在 1922 年出版的诗集《诗七首及一部断章》最早收入此诗。

　　②叶芝晚年陷入历史循环论和宿命论，笃信血统，有强烈的家族史叙述倾向。

63. 丽达与天鹅①

飙然一搏：巨大的双翼仍在扑动②
凌于颤摇的少女，她两股被摩抚——
被这暗黑之蹼，她颈衔在他喙中，③
他攫住她无助的胸乳覆上自己胸脯。

她那惶惶然浑噩之柔指何以推开④
鸾交燕好之临幸从她渐张的双股？⑤
玉体又岂能，横陈在那汀芷洁白，⑥
唯不觉神异之心搏动在横陈之处？

腰肢间一颤竟教此地⑦
垣颓城圮，火延堞楼雕甍⑧
阿伽门农亦亡。⑨
                    这般操做、
又如此御幸，被这四空之兽性血气，
她是否借他神力采补了他的学问⑩
趁着这漠然之喙尚未教她沦堕？

63. *Leda and the Swan*

A sudden blow: the great wings beating still
Above the staggering girl, her thighs caressed
By the dark webs, her nape caught in his bill,
He holds her helpless breast upon his breast.

How can those terrified vague fingers push
The feathered glory from her loosening thighs?
And how can body, laid in that white rush,
But feel the strange heart beating where it lies?

A shudder in the loins engenders there
The broken wall, the burning roof and tower
And Agamemnon dead.
                        Being so caught up,
So mastered by the brute blood of the air,
Did she put on his knowledge with his power
Before the indifferent beak could let her drop?

◎注释：

①此诗定稿于 1923 年 9 月 18 日，首次发表在 1924 年 6 月的《日晷》杂志上。当时，叶芝应老朋友乔治·拉塞尔之约写下这首诗，准备发表在拉塞尔主编的《爱尔兰政客》上。但拉塞尔担心保守派读者可能会产生不必要的误解——据说叶芝的女秘书就曾哭着拒绝打印这首诗的底稿，因此未予发表。将近一年后始由《日晷》杂志刊发，并引发了争议。但时至今日，毫无疑问这首诗已然被视为叶芝晚年乃至整个 20 世纪诗坛象征主义最重要的杰作之一。

丽达与天鹅

"丽达与天鹅"这一母题出自古希腊传说，斯巴达国王廷达瑞俄斯（Tyndareus）被其弟驱逐出国，流浪到爱托利亚，被国王特斯提奥斯慧眼相识，将女儿丽达许配给了他。话说这位丽达实乃海仙，是当时全希腊少有的美人。她夫君迎娶美人之后得意忘形，竟然忘了向司管爱情、美丽和性欲的阿芙洛狄忒女神献祭，于是理所当然地遭到了女神的报复。一日，丽达正在欧罗塔斯河中沐浴，阿芙洛狄忒让宙斯化为天鹅，自己变成老鹰将宙斯所化之天鹅追逐到丽达沐浴的河边。天鹅盘旋间看到河中美丽的丽达，欲念顿生，遂以俯冲之态降临于丽达，强行使她受孕。丽达后来诞下两只天鹅卵，其一孵出宙斯与丽达之后代海伦(事迹参见《尘世的玫瑰》注②)与波吕克斯，另一卵则孵化出廷达瑞俄斯与丽达之子女克吕泰涅斯特拉(Clytaemestra)和卡斯托尔。

叶芝曾经收藏有一幅米开朗基罗画在费拉拉宫墙壁上的名作《丽达与天鹅》的摹本，在叶芝故乡斯莱戈的玛柯里城堡也有一尊刻画宙斯与丽达结合的小雕塑，伦敦的大英博物馆也藏有一尊这一题材著名的古罗马大理石浮雕，这些艺术品应当对叶芝创作这首诗在直观形象上提供了艺术借鉴。

全诗14行，总体上采用五音步抑扬格，形式上糅合了莎士比亚体和彼特拉克体商籁诗的特点，大体分为3个诗节，前2节各4行，形式和韵脚类似莎士比亚体前半部分，而后6行为一节，韵脚采取彼特拉克体后半部分的韵脚形式，合为ABAB/CD-CD/EFGEFG。全诗展现了叶芝晚年炉火纯青的象征主义技巧，在意境上充满了紧张的张力，语言上多用跨行长句，兼以抑扬格制造明显的紧张节奏感，渲染出他晚年所追求的一种"可怕之美"。翻译时力求体现以上特征。

②原诗开篇据称叶芝曾六易其稿，最终才定稿为用 *a sudden blow* 这一急促有力的短语，渲染出全诗紧张而富于张力的语言基调，这也是全诗一大紧要之处，此后这一整个诗节都从天鹅这一施暴者的主动视角进行描述，用词多采用被动语态。从场景来看，明显受到了米开朗基罗画作的影响。而后半行的天鹅之翼这一意象，非但在历代名画中有所表现，在欧洲诸多诗人的同类母题吟咏中均有着眼，如普希金之颂歌《丽达》记叙了玫瑰一般的丽达被那禽中之王舒展高傲的双翼所劫持，叶芝此诗亦从此入手。此行既如此紧要，译者尤须加以注意。

今将 *sudden* 一语译为"飙然"，形容急切之态，此语清蒲松龄在《聊斋志异·禽侠》一篇曾用之形容羽类之迅然："大鸟必羽族之剑仙也，飙然而来，一击而去……"与原诗契合。*blow* 在此做"击打、重击"解。汉语与之相近有一词曰"搏"，《礼记·儒行》曰："鸷虫攫搏，不程勇者"，孔颖达疏之曰："以翼击之为搏"，且"搏"又恰好与 *blow* 发语之辅音相同，故以"搏"译 *blow*。

③天鹅除羽毛洁白外，蹼、爪及喙基等无羽毛覆盖的裸露部位均为黑色，在欧洲甚至有人认为天鹅肉也是黑色的，故又将其作为虚伪的文化象征。叶芝在诗中以"暗黑之蹼"凸显天鹅行为的暴力和非正义色彩。

④这一诗节从丽达这个被侵犯者的被动角度进行描写。

⑤原诗此行 the feathered glory，本意指羽类之荣幸，以"荣幸、荣耀"在此作为两性交欢之讳语，汉语"幸"字亦有"临幸、宠幸"之意，且有强烈的男权主义取向，与原诗相符。又中国文化中形容男女欢爱，常用禽类比喻，如"颠鸾倒凤""交颈比翼"之类，故以"鸾交燕好之临幸"译 the feathered glory，既讳言其欢合，又带有强制性男权的叙事意味。

⑥原诗此行 rush 原意为灯芯草，系常见草本植物，多长于沼泽或浅水湿地。英诗中 rush 多泛化以指水草，在造境的功能上类似汉语"蒹葭""萍芷"等。而"芷"在汉语审美中以"香草"而兼喻"美人"，芷又为白花，与原诗之境相符，故译作"汀芷"。

此行写丽达横卧在水草丛生之处这一场景，应当是借鉴了英国桂冠诗人埃德蒙·斯宾塞(Edmund Spenser，1552—1599年)的长诗《仙后》第三卷第十一章中丽达安卧在水仙花丛与天鹅苟合的场景描写。叶芝自青年时代便在创作上受到斯宾塞的影响。

⑦原诗此行 loins 本意为腰，在英语中可用于指代男女私处的讳语，带有情色意味，汉语中"腰肢"一词则同样富含女性魅力之隐喻，自带风情，今乃以此拟译。

⑧宙斯所化之天鹅与丽达交合后所生之卵中孵化出古希腊第一美女海伦。后来，她引发的战争给特洛伊城带来了灭顶之灾。亦可参见《海伦在世时》注③。

⑨阿伽门农(Agamemnon)，古希腊神话中迈锡尼的国王，他是阿特柔斯之子，是《荷马史诗》中最重要的英雄人物之一，其妻即是从丽达所产天鹅卵中孵化而出的又一位美女克吕泰涅斯特拉。在特洛伊战争中，英武的阿伽门农任希腊诸城邦联军的统帅，最终以木马计攻陷了特洛伊城并焚毁之。但凯旋归来后，他在沐浴时被克吕泰涅斯特拉串通情夫埃吉斯托斯设计杀害。诗中借天鹅与丽达交合所诞二女给后世带来的沉重后果，来宣扬一种历史因果论，认为这冥冥之中的天意正是神对世人的天启。

⑩原诗此行 put on his knowledge with his power 指丽达借助天神的强大力量为自己"穿上"了神的学识，字句间有一个将学识比作衣服的暗喻，此处 put on 若直译则近似于汉语之"卷裹"一词，暗含穿戴之意。今译为"采补"，指汲取他人元气以补益于己身

之意，在汉语语境中亦兼有两性之隐喻，而"补"字部首亦从"衣"。这首诗将爱尔兰喻为丽达，将英国喻为天鹅，爱尔兰汲取英国文化与政治的营养，逐渐孕育了反抗的意识，就像美丽的丽达和她诞生的卵一样，都是"可怕之美"的生动诠释，而这种"可怕之美"又是诸多不祥后果所产生的原因。这也正是叶芝晚年所信奉的"历史演进之哲学"。

64. 题埃德蒙·杜拉克作黑色人头马图①

你的四蹄践踏过黑色的森林之陲，
那里甚至连可怕的绿毛鹦鹉都摇荡高鸣。
拙作全都被踩踏进这湿漉的泥秽。
我了解那种把戏，了解其意在杀生。
滋养之日光所催生，方能食之滋养。
也仅此而已，可我，弄得半疯半癫
被某种绿毛翅膀，把古老的木乃伊麦粒收藏②
在疯狂的黑夜茫茫，一粒一粒地磨碾
而后在洪炉中细细炙烤；但此时
我把浓醇的佳酿舀出酒桶
所出之处酣睡了七个以弗所酒徒，浑不知③
亚历山大之帝国何时亡，他们睡得真浓！④
快把你的四体舒张，换一场高卧羲皇。⑤
无论如何，我曾爱你胜过我灵魂，
也没有谁如此适于守望——
用不倦的双眸注视那可怕的绿毛鸣禽。⑥

64. *On a Picture of a Black Centaur by Edmund Dulac*

Your hooves have stamped at the black margin of the wood,
Even where horrible green parrots call and swing.
My works are all stamped down into the sultry mud.
I knew that horse-play, knew it for a murderous thing.
What wholesome sun has ripened is wholesome food to eat,
And that alone; yet I, being driven half insane
Because of some green wing, gathered old mummy wheat
In the mad abstract dark and ground it grain by grain
And after baked it slowly in an oven; but now
I bring full-flavoured wine out of a barrel found
Where seven Ephesian topers slept and never knew
When Alexander's empire passed, they slept so sound.
Stretch out your limbs and sleep a long Saturnian sleep;
I have loved you better than my soul for all my words,
And there is none so fit to keep a watch and keep
Unwearied eyes upon those horrible green birds.

◎注释：

①此诗写于 1920 年 9 月，最初收入诗集《诗七首及一部断章》，题作"观埃德蒙·杜拉克作黑色人头马图有感"。埃德蒙·杜拉克（Edmund Dulac，1882—1953 年），法国艺术家，也是驰名欧洲的插画家，为许多世界名著的善本配过插画。他是叶芝 1916 年的剧作《在鹰井畔》的服装和面具设计师，也曾为叶芝的一些书配过插图，还给他的诗歌谱过曲。他画过一幅黑色调的人头马图，叶芝以此为题作了这首诗，但在诗的后半部分融入了先锋派艺术家塞西尔·索尔克尔德（Cecil French Salkeld，1908—1968 年）的作品元素。

全诗 16 行，韵脚形式为交韵 ABABCDCDEFEFGHGH。翻译时遵循原诗韵律。

②"绿毛翅膀"：1919 年 1 月爱尔兰人选举了主张脱离英国统治建立"爱尔兰共和国"的议会，民族主义势力开始在爱尔兰政坛占据主导地位。1920 年起，"爱尔兰共和军"等组织与英国军警不断发生小规模的冲突，暗杀事件层出不穷，史称"黑褐之乱"，这成为随后爆发的爱尔兰内战的导火索。叶芝此时对极端民族主义者持反对态度，他们往往喜欢穿着绿色衣服、打着绿色的旗帜，故叶芝讽刺其为"某种绿毛翅膀"。

"木乃伊麦粒"：19 世纪上半叶曾在埃及底比斯古墓的一具木乃伊身上出土了远古时代遗留的麦种，随后英国利用这一麦种进行了培育种植。梭罗在《瓦尔登湖》的第一章中提到此事：*Nevertheless, we will not forget that some Egyptian wheat was handed down to us by a mummy.*（潘庆舲译："不管怎么说，我们可别忘了，有一种麦子是从埃及一具木乃伊那儿一直传到了我们手里。"）梭罗以此隐喻陈旧腐朽的思想虽历经千年，依然可以在当下顽固地生根发芽。叶芝受梭罗影响，在这首诗中也用到了这个隐喻。

③以弗所（Ephesus），或译艾菲斯，吕底亚的古城，也是小亚细亚西岸重要的希腊城邦，即今土耳其之小城塞尔丘克。以弗所在公元前 10 世纪由雅典殖民者建立，在古希腊时代是阿耳忒弥斯的崇拜中心，著名的阿耳忒弥斯神庙即坐落于此，古罗马时代则为亚细亚省的首府，一度成为仅次于首都罗马的第二大城市。圣保罗曾到过此地，圣母玛利亚在此终老。传说在公元 3 世纪古罗马执政官德西乌斯迫害基督徒时，有 7 位基督徒藏身以弗所城外的一处洞穴，待他们苏醒已是 200 年后狄奥多西二世统治东罗马帝国的时代。而此时狄奥多西二世皇帝的基督教信仰尚在动摇，见到这 7 位隔世

复生之教徒后，从此坚定了自己的基督教信仰。自此而后，欧洲的世俗王权逐渐向教权低头。叶芝化用这个典故，将隔世复苏之教徒与出土重生之麦种做类比，用来比喻他认为的那些抱残守缺、不通世务的极端民族主义者。同时，诗中有意将这 7 位教徒说成"酒徒"，带有讽喻。

④马其顿王国的亚历山大大帝于公元前 334 年率军攻陷以弗所，但其帝国在他驾崩后不久即告解体，逝作云烟，比喻时代早已发生巨变。

⑤原诗此行 Saturnian 作形容词指"萨图尔努斯（农神）的"，关于农神萨图尔努斯的事迹可参见《孤星当头》注释①。但在意大利神话中，萨图尔努斯被朱庇特推翻后并未身亡，而是逃遁至意大利的拉丁地区，被罗马人的守护神雅努斯（Janus）委任去治理意大利。他发挥农神的特长，力田劝耕，种瓜植树，使农业文明的曙光照亮了亚平宁半岛。其国于是大治，丰饶的"黄金时代"再次降临大地。此后，意大利遂有"萨图尔尼亚"之称，即"农神之地"，又定每年 12 月 17 日至 21 日为萨图尔努斯节，以祭祀农神，这几日无论是何身份，均可畅饮狂欢。因此叶芝在诗中将农神萨图尔努斯与醉眠了两个世纪的以弗所"酒徒"相关联。sleep a long Saturnian sleep 一语若直译可作"长眠若农神之醉眠"，在此语境中农神实为盛世之象征，有高枕安卧之意，故将此语译为"换一场高卧羲皇"。羲皇即伏羲氏，虽非华夏之神农，而与萨图尔努斯俱为各自文明在上古之重要神祇。又，原诗此行重复二 sleep 与 stretch，Saturnian 可视为构成行中韵，今用"舒张""一场""羲皇"等同韵词增益译文的韵律。

⑥"绿毛鸣禽"是叶芝对极端民族主义者的讽刺，讽喻他们惯用喧嚣的街头运动及轰轰烈烈的暴力活动来达到目的，参见注②。

[法国]埃德蒙·杜拉克《童话插画》

旋
梯
及
其
他

THE WINDING STAIR AND OTHER POEMS

65. 血与月①

一

福庇此地，②
厚福尤庇此塔楼。③
猩血、桀骜的一股劲头
崛起其脉系。④
娓娓然、冥冥然，⑤
崛起，就如墙垣从这
风侵的廛舍——⑥
嘲笑中我已营建
一座强大的徽标，
且歌以诗行复诗行
去嘲笑一代的时光
半死于其杪。⑦

65. *Blood and the Moon*

I

Blessed be this place,

More blessed still this tower;

A bloody, arrogant power

Rose out of the race

Uttering, mastering it,

Rose like these walls from these

Storm-beaten cottages—

In mockery I have set

A powerful emblem up,

And sing it rhyme upon rhyme

In mockery of a time

Half dead at the top.

二

亚历山大的是座灯塔；而巴比伦的[8]
是一幅圜穹的图景，是日志纪太阳之行，以及月亮的；[9]
而雪莱也有自己的塔，思想的冠世之力他曾颂歌。[10]

我宣示这座塔楼是我的象征，我宣示
这架蜿蜒、纠缠、螺旋踏磨般的旋梯是我祖传之梯，[11]
那是高德斯密和那位高德、柏克莱和柏克光临之地。[12]

斯威夫特捶撞自己胸膛入于先知般癫盲
因他鲜血透湿胸膛中的心脏让他堕入人寰，
高德斯密从容啜品着他脑中的蜜缸。[13]

而更傲然昂首的柏克他证实国家乃一树，[14]
这无解的禽之迷宫，一世纪又一世纪地掷入
数学的等式，但众叶已死去。

而上帝钦点之柏克莱他证实万象皆一梦，[15]
尘世这头现实主义的荒诞之豕，其崽看似这般壮盛，[16]

II

Alexandria's was a beacon tower, and Babylon's

An image of the moving heavens, a log-book of the sun's journey and the moon's;

And Shelley had his towers, thought's crowned powers he called them once.

I declare this tower is my symbol; I declare

This winding, gyring, spiring treadmill of a stair is my ancestral stair;

That Goldsmith and the Dean, Berkeley and Burke have travelled there.

Swift beating on his breast in sibylline frenzy blind

Because the heart in his blood-sodden breast had dragged him down into mankind,

Goldsmith deliberately sipping at the honey-pot of his mind.

And haughtier-headed Burke that proved the State a tree,

That this unconquerable labyrinth of the birds, century after century,

Cast but dead leaves to mathematical equality;

And God-appointed Berkeley that proved all things a dream,

That this pragmatical, preposterous pig of a world, its farrow that so solid seem,

只要头脑换了主题定然顷刻潜形。

"穷凶之愤"以及劳力之资,[17]
赋予我辈血脉以及自我渴求之家国雅量的气力,
一切非上帝睿智之火所耗靡。

三

尤云之月的这种纯真
已将激矢般光矩向大地投射。
过了七个世纪仍是纯洁,[18]
这贞洁之血不遗瑕痕。
那里,透血的地上,已然站立
士卒、刺客、侩子手。
无论是为盲目的恐惧或是微薄日酬
抑或空洞的仇恨之外,还鲜血淋漓,
但其上并无一股血流喷泻。
血的气息在这祖传之梯!
而未流血的我辈必相聚在这里
且喧嚣在沉醉的癫狂,因为月。

四

嵌上尘窗,熠熠
看如嵌上那月耀之九霄,
蝴蝶孔雀,蝴蝶玳瑁,[19]

Must vanish on the instant if the mind but change its theme;

Saeva Indignatio and the labourer's hire,

The strength that gives our blood and state magnanimity of its
own desire;

Everything that is not God consumed with intellectual fire.

III

The purity of the unclouded moon

Has flung its arrowy shaft upon the floor.

Seven centuries have passed and it is pure,

The blood of innocence has left no stain.

There, on blood-saturated ground, have stood

Soldier, assassin, executioner.

Whether for daily pittance or in blind fear

Or out of abstract hatred, and shed blood,

But could not cast a single jet thereon.

Odour of blood on the ancestral stair!

And we that have shed none must gather there

And clamour in drunken frenzy for the moon.

IV

Upon the dusty, glittering windows cling,

And seem to cling upon the moonlit skies,

Tortoiseshell butterflies, peacock butterflies,

一双夜蛾比翼。

是否每个现代国度都与塔楼相似，

半死于其杪？无论我所云如何，⑳

因为智慧是亡人的财货，

是某物不容于生命，而权力

如同拥有血之瑕玷的一切之事，

是生者的财货，但并无瑕玷

能染上月之容颜

——就在片云的绚烂已然在望之期。

A couple of night-moths are on the wing.

Is every modern nation like the tower,

Half dead at the top? No matter what I said,

For wisdom is the property of the dead,

A something incompatible with life; and power,

Like everything that has the stain of blood,

A property of the living; but no stain

Can come upon the visage of the moon

When it has looked in glory from a cloud.

◎注释：

①此诗写于 1927 年 8 月，最初收入 1928 年春出版的《流亡》。

全诗 4 个诗章，共 54 行。其中，第 1、3、4 章韵脚形式均为 ABBA……第 3 章为
3 行连韵 AAAABBB……翻译时遵循原诗韵律。

②"此地"指索尔·濑立里塔楼所在之地，此塔楼系叶芝婚后在戈尔韦郡所购之夏
居，参见《拟铭于索尔·濑立里之石上》注①。此行为习用之祝颂语，开篇采用简短明
快而又富于古典气息与宗教色彩之语，意为"祝福这里"。此外，全诗卷首之 blessed、
be 二词可视作行中韵，今将此行译为"福庇此地"，古音"福""庇"双声。

③此行较上一行意思递进一层，点出"塔楼"这一具体象征。

④原诗此行用韵密集，rose，race 甚至 out，of 均为用韵，开篇至此以大量的韵词
展开全篇，简洁凝练，有如行云流水，毫无凝滞。race 在此作"血脉、血统"解，今译
此行为"崛起其脉系"，"起""其""系"同韵。

⑤原诗此行 uttering、mastering 押韵，以相同后缀结构之二词译之。

⑥廛舍即房舍。叶芝购买索尔·濑立里塔楼时将与之相连的几间村舍一并买下。

⑦索尔·濑立里塔楼的修缮工作叶芝一直未能完成，当时在塔顶依然留有房间空
置失修。原诗所用 half dead at the top 一语，疑化用 18 世纪英国著名文学家斯威夫特
之语。根据英国启蒙主义诗人爱德华·杨格（Edward Young，1683—1765 年）的记载，
斯威夫特曾对一株枝梢大半枯萎的嘉树名木说："我必如此木，我必死其杪（I Shall be
like that tree，I shall die at top）。"叶芝以索尔·濑立里失修之顶，影射出斯威夫特的这
句名言。

江奈生·斯威夫特（Jonathan Swift，1667—1745 年），英裔爱尔兰人，18 世纪英国
著名文学家、讽刺作家、政治家，出生于爱尔兰都柏林的一个贫苦家庭，其父是定居
爱尔兰的英格兰人。1688 年，爱尔兰面临英军入侵，英裔的斯威夫特遂前往英国寻找
出路，任文学家威廉·邓波尔爵士的私人秘书。1699 年邓波尔爵士去世后，他回到爱
尔兰都柏林的基尔鲁特教区做了牧师，后又担任英国托利党《考察报》主编，卷入伦敦
的辉格党与托利党之争。1714 年，托利党失势，他回到爱尔兰，任都柏林圣帕特里克
教堂主持牧师，同时着手研究爱尔兰现状，以其如刀之笔积极支持争取爱尔兰独立自
由的斗争，直至去世，最终成为爱尔兰人心目中的民族英雄。其代表作品有寓言小说

《格列佛游记》《一只桶的故事》等，另有大量的政论和讽刺诗以抨击英国殖民主义政策，曾被高尔基誉为"世界伟大文学创造者"。叶芝对他非常崇拜，曾在日记中赞扬他："不论斯威夫特说什么都情趣盎然，让人感到他的生机和清晰……"（《1930 年日记四则》，西川译）

⑧埃及的亚历山大灯塔是世界著名的八大奇迹之一，建在尼罗河出海口的法罗斯岛上，为古埃及法老托勒密二世下令兴建，公元前 280—公元前 278 年建成，高 130 米，巍然屹立在亚历山大港外 1500 余年，但多次因地震受损。叶芝在此节先后引存在于典籍之中的、或物质或精神的"塔"的意象，寄寓自己的象征。

⑨巴比伦塔又称"巴别塔"，是《圣经·旧约·创世记》中记载的由不同种族人类联合修建的一座能通往天堂的塔。《圣经》记载，为阻止人类修建此塔而直接通往天堂，上帝遂让不同种族的人类说不同的语言，以使他们相互无法沟通。因此最终巴比伦塔无法建成，世上也分化出语言各异的人类种族。

⑩英国浪漫主义大诗人雪莱（Percy Bysshe Shelley，1792—1822 年）在其著名的诗剧《解放的普罗米修斯》中有 thought's crowned powers 一语，译为"思想的冠世之力"。

⑪原诗此行 winding，gyring，spiring 三词押韵，译以押韵词"蜿蜒""纠缠""螺旋"。

⑫奥利弗·高德斯密（Oliver Goldsmith，1728—1774 年），英裔爱尔兰人，18 世纪杰出的散文家、诗人和戏剧家，出生于爱尔兰一个信仰新教的家庭，著有小说《威克菲尔德的牧师》、讽刺散文集《世界公民》等，其著名诗作有英雄双行体的《荒村》等。

原诗此行 Dean 意为教堂的主持牧师，颇类我国佛教寺院中的"住持"一职，这里是指斯威夫特，他曾任圣帕特里克教堂的主持牧师，参见注⑦。

乔治·柏克莱（George Berkeley，1685—1753 年），英裔爱尔兰人，出生于爱尔兰基尔肯尼的一个乡村绅士家庭，祖上曾是英国贵族。他是 18 世纪最著名的哲学家、近代经验主义的重要代表之一，开创了主观唯心主义，并对后世的经验主义的发展起到了重要影响。他还是一位虔诚的基督教徒，曾担任柯洛尼大主教长达 18 年，与江奈生·斯威夫特是忘年之交。

埃德蒙·柏克（Edmund Burke，1729—1797 年），英裔爱尔兰人，英国 18 世纪著名思想家、政治家和哲学家。他出生于爱尔兰都柏林一个富裕家庭，其父是新教徒，其母是天主教徒。他曾在英国下议院出任辉格党议员，任职期间敢于同英王乔治三世抗争，反对乔治三世扩大王室特权的企图，以宪法捍卫代议政府。同时，他也支持美国殖民地以及后来的美国独立战争立场，并对法国大革命进行了系统反思，写下名著《法国大革命反思录》。其为人往往以"老辉格党人"自居，被认为是英美保守主义政治思想的鼻祖，誉之者赞其为"把一生献给英国政治实践的最伟大的政治思想家"。但批评者也不乏其人，马克思在《资本论》中就批判过他对法国大革命的保守态度。

此行提到的以上4人都是18世纪在英国社会取得杰出成就的英裔爱尔兰人。他们都有相似的宗教家庭背景，又都和索尔·灞立里所在的戈尔韦郡渊源颇深，这些经历与叶芝本人不无相似之处，故叶芝称索尔·灞立里为四人"光临之地"，其意在比追先贤，又暗带引先贤与自己并列之自矜。值得注意的是，叶芝在列举这4人时运用了高超的技巧，高德斯密的姓氏 Goldsmith 本义为"金匠"，与指代斯威夫特的一词 Dean（主持牧师、教堂住持）均为职业，借义构成对偶；而柏克莱与柏克的姓氏 Berkeley、Burke 也谐音。因此，在翻译时，将 Dean 译作"高德"，汉语中可指德行崇高之人，尤指高僧、高道等的修行，带有一定的宗教色彩，与 Dean 类似，故译文将"高德斯密"与"高德"对称，以明原诗中二词存在修辞上的关联；又以"柏克莱"与"柏克"对称，以明其谐音。

⑬高德斯密有一部文集题为《蜜蜂》（The Bee），叶芝或以此而造出"蜜缸"一语。

⑭叶芝认为埃德蒙·柏克是最早提出"一国即一树"这一观点的人。

⑮作为主观唯心主义者的代表，乔治·柏克莱对物质世界的真实性提出怀疑，他提出了著名的唯心主义论断"存在即被感知"，并坚信人类所感知的每一件事物都是"天主力量的作用"。在叶芝看来，柏克莱无疑是最早提出"万物皆虚幻"这一观点的人。

⑯"现实主义的荒诞之豕"一语或与叶芝在1926年6月出任爱尔兰自由邦货币委员会主席的经历有关。爱尔兰自由邦的第一套货币中，设计师为面值半便士的青铜硬币绘制了母猪带着猪仔的图样，但被自由邦政府以猪的形象不利于流通为理由，要求更换为另外的动物。叶芝认为这要求纯属荒诞。

⑰原诗此行 Saeva Indignatio 一语系拉丁语，出自斯威夫特为自己在圣帕特里克大

教堂的墓地所作的墓志铭。铭文以拉丁语写成，叶芝曾将其译为英语，其中译此语为 *savage indignation*，即"穷凶之愤"。

⑱"七个世纪"意指公元 12 世纪爱尔兰被诺曼人征服以来，直到 20 世纪之间 700 余年的历史。

⑲原诗此行提到两种蝴蝶的名称，*tortoiseshell butterflies* 即龟甲蝶，其蝶翼图案状如海龟甲片之形，故得名。*peacock butterflies* 即孔雀蝶，其红紫色的翅膀上有巨大的眼斑图案，如孔雀之尾翎，以此命名。关于这一段描写的意象，叶芝曾自注云：此诗象征性全由一段真实发生过的关于蝴蝶的意象所兴发，即在索尔·灞立里塔楼顶部的废弃空屋中，有蝴蝶自瞭望孔飞入，而后死于玻璃窗上。

⑳"半死于其杪"的含义参见注⑦。叶芝借斯威夫特之语，以索尔·灞立里塔楼失修之塔顶，来象征爱尔兰自由邦顶层设计的失败。

《血与月》 寸缄 绘

66. 十九世纪以降①

浩歌虽不复返，
中有我辈所欢悦灼灼：
岸上石卵之硈然
没入潮落。

66. *The Nineteenth Century and After*

Though the great song return no more
There's keen delight in what we have:
The rattle of pebbles on the shore
Under the receding wave.

◎注释：

①此诗写于 1929 年 1 月至 3 月间。这一时期叶芝对诗学的审视，已经从 19 世纪罗伯特·勃朗宁等人为代表的维多利亚时代诗风转向了威廉·莫里斯等人代表的现代主义，他也因此而认为诗歌的最后一个伟大时代——19 世纪已然逝去不返。如同他在这一年 3 月 2 日写给欧莉薇雅·莎士比娅的信中所说："我渐渐担心这个世上最后的伟大诗歌时代已然了结。"这首小诗正是他这一思想的体现。

全诗 4 行，韵脚为交韵 ABAB，翻译时遵循原诗韵律。董伯韬先生译此诗题为《十九世纪以降》，极确，今从之。

②原诗此行 *rattle* 指海浪冲击鹅卵石发出的强劲的撞击声，今译为"硠然"，即水激石之声。明徐弘祖《徐霞客游记·粤西游日记》："但见迥澜素波，触石奋出，硠然送声至座。"叶芝以此声音来比喻上一个时代那些伟大诗歌的余响。

67. 七贤^①

其一^②
我的曾祖父攀谈过埃德蒙·柏克^③
在格拉坦的屋里。^④

其二
我的曾祖父分享过
饭馆的长凳，给了奥利弗·高德斯密。^⑤

其三
我曾祖父的父亲聊过音乐，
喝过焦油水，同那位柯洛尼主教。^⑥

其四
而我曾祖曾经见过斯黛拉。^⑦

67. *The Seven Sages*

The First

My great-grandfather spoke to Edmund Burke

In Grattan's house.

The Second

My great-grandfather shared

A pot-house bench with Oliver Goldsmith once.

The Third

My great-grandfather's father talked of music,

Drank tar-water with the Bishop of Cloyne.

The Fourth

But mine saw Stella once.

其五

我们的思想从何而来？

其六

来自痛恨辉格主义的四位大德。⑧

其五

柏克曾是个辉格党。⑨

其六

无论他们了解与否，
高德斯密与柏克，斯威夫特还有柯洛尼主教
全都痛恨辉格主义，然而什么是辉格主义？
均产、怨念、理性的一班人物
彼类鉴事绝不报以圣贤之目
也不用酒徒的眼。

其七

如今全是辉格主义，
但我辈老人合力反抗这世界。⑩

其一

美利坚殖民地、爱尔兰、法兰西还有印度⑪
已纷扰，而柏克的伟大旋律给它唱反调。

The Fifth

Whence came our thought?

The Sixth

From four great minds that hated Whiggery.

The Fifth

Burke was a Whig.

The Sixth

Whether they knew or not,

Goldsmith and Burke, Swift and the Bishop of Cloyne

All hated Whiggery; but what is Whiggery?

A levelling, rancorous, rational sort of mind

That never looked out of the eye of a saint

Or out of drunkard's eye.

The Seventh

All's Whiggery now,

But we old men are massed against the world.

The First

American colonies, Ireland, France and India

Harried, and Burke's great melody against it.

其二

奥利弗·高德斯密歌其所见[12]

乞丐满街，牛入原野

但决然未见斑血的三叶草，

那片原野高举复仇之叶给它唱反调。

其四

斯威夫特之墓把它磨掉。[13]

其三

一个声音

柔若一苇之款语，自柯洛尼，

汇音聚量，今日雷霆霹雳。[14]

其六

这四位在哪里受教？

其七

彼行其道

模仿其所听闻，如孩童之模仿

他们懂得智慧出于清贫。

The Second

Oliver Goldsmith sang what he had seen,

Roads full of beggars, cattle in the fields,

But never saw the trefoil stained with blood,

The avenging leaf those fields raised up against it.

The Fourth

The tomb of Swift wears it away.

The Third

A voice

Soft as the rustle of a reed from Cloyne

That gathers volume; now a thunder-clap.

The Sixth

What schooling had these four?

The Seventh

They walked the roads

Mimicking what they heard, as children mimic;

They understood that wisdom comes of beggary.

◎注释：

①此诗写于 1931 年 1 月 30 日，原题作《梭伦、奇伦、泰勒斯、毕阿斯、克莱俄布卢、庇塔库斯和佩里安德》，原题中这七位人物并称为古希腊的"七贤"。这一时期的叶芝，尝试探寻自己家族与 18 世纪英爱知识分子谱系之间的关联。这首诗正是以与自己家族存在种种关联的爱尔兰裔英国贤哲来比拟古希腊的贤人，实际上表明了叶芝对英爱文学的本位立场。

关于叶芝对英语及爱尔兰语的自我认知，可参看他在 1930 年 4 月 30 日所写的日记："在我的阅读中，我发现了多少我思想中的英语和爱尔兰语的原创性呢？这是我思想的第一语言，其中不存在原创性。原创性所为与我的思想关系究竟如何？习语仅仅是我寻觅的一小部分，因为当我发现思想出自历史环境时，思想就益发生气勃勃。"（《1930 年日记四则》，西川译）

②诗中节号并非序号，而是有所指代。其中，"其一"指代埃德蒙·柏克，"其二"指代奥利弗·高德斯密，"其三"指代乔治·柏克莱，"其四"指代江奈生·斯威夫特。后文不重复出注。

③埃德蒙·柏克生平参见《血与月》注⑫。

④亨利·格拉坦（Henry Grattan，1746—1820 年），爱尔兰政治家、演说家、律师，18 世纪爱尔兰志愿军运动的领导者。在他的努力下，18 世纪 80 年代，英国先后废除了排挤爱尔兰贸易、禁止天主教徒获得继承和长期租地权等一系列限制，并放弃了对爱尔兰的立法权，使爱尔兰在形式上取得了自治权。在某一次演讲中，叶芝将自己与柏克、格拉坦并列，认为都属于政见卓越的欧洲文坛精英。

⑤奥利弗·高德斯密生平参见《血与月》注⑫。

⑥柯洛尼主教指曾经长期担任柯洛尼大主教的乔治·柏克莱，其生平参见《血与月》注⑫，叶芝认为自己的祖母曾经同柏克莱有过交谈。焦油水是一种从树皮中提取的树脂，柏克莱据说受到美洲印第安人的启发，发现并证明了焦油水具有"包治百病的奇效"，并发表了论文。由于他在当时所具有的社会影响，在他的宣扬下，这一疗法在欧洲开始盛行。

⑦斯黛拉是江奈生·斯威夫特的精神恋人以斯帖·约翰逊的化名，斯威夫特将有关她的日记结集为《致斯黛拉之日记》一书。诗中，叶芝通过表明自己曾祖父的生平经

历与以斯帖·约翰逊有交集，将自己的文化血统与爱尔兰人心目中的文化斗士斯威夫特相联系。同样地，他还曾在日记中写到"我祖先中某些人或许见过斯威夫特"。斯威夫特生平参见《血与月》注⑫。

⑧辉格党是英国历史上著名的资产阶级政党。"辉格"（Whig）原意指"强盗"，是苏格兰人骂人的语言。该党发源于拥护代表新教的威廉三世，反对代表天主教的詹姆斯二世，标榜实行"自由、开明"的原则，反对君主制，拥护议会制度，其党人以开明贵族为主体，在宗教观点上多属各种教派的新教徒。19世纪中叶，辉格党与其他资产阶级政党合并，改称自由党。辉格党长期与保守主义的乡绅、商人组成的托利党相对立。

⑨诗中重点提到的柏克、高德斯密、柏克莱和斯威夫特这四人中，柏克和斯威夫特有着类似的政治经历，二人都先入辉格党，但均因所具有的强烈的保守主义倾向，最终转而加入反对辉格党的托利党阵营。

⑩"这世界"指英国。

⑪在这些贤人所处的18世纪，特别是18世纪60年代以后，英国的国际政治环境十分艰难。法兰西和西班牙结盟对英国作战，北美殖民地爆发了反抗英国殖民统治的独立战争，东方的印度在孟加拉也发生了反英起义，而爱尔兰则经历了大饥荒和一系列暴力及和平方式的反英斗争。

⑫以下数行所描绘之景象出自高德斯密的名诗《荒村》，该诗对英国的圈地运动作出了尖锐的批判和深刻的揭露。

⑬斯威夫特曾给自己作挽诗《记斯威夫特博士之死》，又自做墓志铭，字里行间都流露出对英国社会的刻骨讽刺，并勉励爱尔兰人勠力同心争取自由。

⑭此节以"柯洛尼"代指乔治·柏克莱，他曾任爱尔兰的柯洛尼大主教。贝克莱提出著名的"存在即被感知"这一论断后，因为违背常理，随即遭到很多人的反对。但在叶芝所处的时代，逐渐有人接受了这一主观唯心论的观点。

68. 斯威夫特墓志铭①

斯威夫特已驶入斯人之安息。②
斯地中穷凶之愤③
不会撕碎其胸臆。
尔若有胆，效法斯人——
尔等迷世之行者；其④
为人类自由戮力!⑤

68. *Swift's Epitaph*

Swift has sailed into his rest;

Savage indignation there

Cannot lacerate his breast.

Imitate him if you dare,

World-besotted traveller; he

Served human liberty.

◎注释：

①此诗写于 1930 年 9 月，发表在《都柏林杂志》1931 年 10—11 月号，最初无标题，系叶芝对都柏林圣帕特里克大教堂中江奈生·斯威夫特教长自作的拉丁语墓志铭之英文翻译，但一些字句有改动。斯威夫特生平参见《血与月》注⑫。

墓志铭 6 行，韵脚形式为 ABABCC，今依其形制译为中文。

②此行叶芝对墓志铭原意有所改动，原文开篇拉丁文大意为："斯地静卧着骸体。"叶芝改译成"*Swift has sailed into his rest*"，文字上运用了一些技巧。斯威夫特其名的英文本意为"迅速的"，作名词又有"雨燕"之意，故将之与"驶入"一词相联系，语带双关。同时，*Swift*、*sailed* 以及 *has*、*his* 又分别构成头韵。今译此行为"斯威夫特已驶入斯人之安息"，取斯威夫特之首字"斯"字与"驶"音近，与"已"同韵，而又系"斯人"之首字。如此处理，或可使读者稍能领会叶芝炼字的精湛技艺。

③"穷凶之愤"拉丁文原文为 *Saeva Indignatio*，参见《血与月》注⑰。

④原墓志铭此行拉丁文为 *Strenuum pro virili*，意为"健儿们"，以接下行"为人类自由勠力"。而叶芝译作英语时，改为 *world-besotted traveller* 一语，今以中文译为"迷世之行者"。行末另开一句，以 *he* 引出下行，简洁明了，今译为"其"，接下行并作"其为人类自由勠力"，句亦成立，以扣叶芝改译之意。

⑤末行作祈语，以鼓舞来者，合乎欧洲传统墓志铭之形制。若接上行末之第三人称 *he*，又成赞颂墓主尘世功绩之句，字里行间丰富的多义性足见叶芝匠心所在。今译为中文，拟近其形。"人类"一语，此行指爱尔兰人民，墓主斯威夫特晚年以笔为刃，极力赞颂爱尔兰人民争取自由的斗争。

斯威夫特名著《格列夫游记》插图

69. 摩悉尼·刹特吉①

我问是否该祈祷。
但那婆罗门讲：②
"不用祈祷，念叨——
每晚在床上，
念叨："我做过君主，③
我做过奴隶，
并无何物——
即便傻瓜、无赖和泼皮
并无何物我不曾做，
而在我胸口之上
还压着头颅无数。'"

他所要往宁静中安放
是一个男孩狂乱时间④

69. *Mohini Chatterjee*

I asked if I should pray.

But the Brahmin said,

"pray for nothing, say

Every night in bed,

'I have been a king,

I have been a slave,

Nor is there anything

Fool, rascal, knave,

That I have not been,

And yet upon my breast

A myriad heads have lain.'"

That he might set at rest

A boy's turbulent days

摩悉尼·刹特吉
说了这些，语调或似这般，
容我加以阐释:⑤
"旧恋人还能拥有
时间阻绝的一切——
坟丘垒上坟丘
他们得以慰藉——
覆盖这昏黑大地
古老军队折冲，
孳息覆于孳息
如此剧烈之炮轰
可以将时间轰遁，
孳息日、灭寂日，相遇，
噢，如圣贤所云，
人类舞于不死之步。"

Mohini Chatterjee

Spoke these, or words like these,

I add in commentary,

"Old lovers yet may have

All that time denied—

Grave is heaped on grave

That they be satisfied—

Over the blackened earth

The old troops parade,

Birth is heaped on birth

That such cannonade

May thunder time away,

Birth-hour and death-hour meet,

Or, as great sages say,

Men dance on deathless feet."

◎注释：

①此诗写于 1929 年 1 月 23 日至 2 月 9 日，1937 年叶芝在《幻象》一书第二版的序言《寄给埃兹拉·庞德的包裹》一文中，首次公开这首诗。摩悉尼·刹特吉（Mohini Chatterjee，1858—1936 年）是孟加拉的一位婆罗门，也是当时印度吠檀多学派的著名通灵术士，据说擅长离欲出世的静修之道。早在 1886 年，青年时代的叶芝就以"都柏林秘术研究会"会长的名义，邀请摩悉尼·刹特吉来都柏林讲通灵之学。正是在他的影响下，叶芝奠定了轮回学说的终身信仰。

全诗 2 节，共 28 行，韵脚形式为交韵 ABAB……翻译时遵循原诗韵律。

②此处婆罗门指摩悉尼·刹特吉，以下为叶芝回忆刹特吉传授秘法时的情形。

③以下数行类似咒语。

④"男孩"即叶芝自己，他最初接触摩悉尼·刹特吉教义时，还是青年时期。

⑤以下是叶芝由回忆刹特吉所授秘法，而从其思想中兴发所得的意象，类似《幻象》中"自动写作"（正如我国民间扶乩或"请笔仙"之类迷信活动）的手法。

自『三月的满月』

FROM "A FULL MOON IN MARCH"

70. 耆年祝辞①

上帝佑我远离那些人
以孤独之心所想之思;②
彼咏以永恒一颂③
思以骨之髓。④

远离那一切其造就一智叟
堪为一切所赞诳;
嗬！我竟为何物？貌似并非
一顽愚，以此颂之故。⑤

我谨祝：一言既出
祝辞轮回复,⑥
虽我老朽，祝我得似——
顽愚而慷慨之一徒。⑦

70. *A Prayer for Old Age*

God guard me from those thoughts men think

In the mind alone;

He that sings a lasting song

Thinks in a marrow-bone;

From all that makes a wise old man

That can be praised of all;

O what am I that I should not seem

For the song's sake a fool?

I pray—for word is out

And prayer comes round again—

That I may seem, though I die old,

A foolish, passionate man.

◎注释：

①此诗写于1934年，最初以"耆年"（*Old Age*）为题发表在1934年11月2日的《旁观者》周刊上。叶芝用这首诗来回应曾当过自己秘书的美国意象派诗人埃兹拉·庞德对其《大钟楼之王》一剧的评论，并表达了对盛行一时的后期象征主义所谓"知性诗歌"的反感。

全诗3节，每节4行，共12行，隔行押韵ABCB······翻译时遵循原诗韵律。

②原诗首行 *thoughts* 与 *think* 二词同源且合韵，分别为"思想"一义的名词和动词形态，而汉语"想"与"思"二字同为心部，且构成双声，皆可作为"思想"一义的名词、动词解，考虑全段押韵，译为"所想之思"。

③"彼"指代上帝。原诗此行 *sings a lasting song* 一语用韵密集，*sings* 与 *lasting*、*song* 分别构成两种不同形式的押韵方式，译为"咏以永恒之颂"，"咏"与"永""颂"亦各为双声、叠韵，且"颂"与原诗韵字 *song* 发音略同，皆作"歌曲"之义。

④原诗此行 *marrow-bone* 为合成词，直译应为"髓骨"，与前文 *mind alone*（孤独之心）对比，表达叶芝认为自己的诗歌创作与当时所谓"知性"诗歌的性质有根本不同。

⑤原诗此行用韵密集，*for* 与 *fool*、*song* 与 *sake* 皆构成头韵，故译文以"愚""故"及"以""此"等增益其韵律。

⑥复，意为又、再，副词，对译原诗行末的 *again*，此处用为后置。

⑦原诗此行 *passionate* 通常被认为意指狂热、激扬，但细考其词源 *passion* 最初实际为"遭受"之意，尤其特指耶稣之受难，而后引申出带有强烈感情的狂热、热情等义项。结合此诗有反对当时流行诗风之主旨，叶芝在全诗最后一行用 *passionate* 或隐含"知其（反对庞德等人）不可为而为之"的寓意，亦表达坚持自己风格而无所畏惧的气概。故译为"慷慨"，兼有"赴难"与"激昂"之意。

71. 教会与国家^①

有新鲜的素材，诗人，
这素材遂怀于老者；^②
教会与国家之力，
践其暴民于双足之下。
噢！但心之酒会变纯洁，
思想之面包甜蜜化。
有那懦弱一歌，
梦里不再徘徊；
其何若教会与国家
才是那暴民吼吼于门外？
酒终究会变浊，
面包会变味。

71. *Church and State*

Here is fresh matter, poet,

Matter for old age meet;

Might of the Church and the State,

Their mobs put under their feet.

O but heart's wine shall run pure,

Mind's bread grow sweet.

That were a cowardly song,

Wander in dreams no more;

What if the Church and the State

Are the mob that howls at the door!

Wine shall run thick to the end,

Bread taste sour.

◎注释：

①此诗写于 1934 年 8 月，最初发表在 1934 年 11 月 23 日的《旁观者》杂志上，初题为《徒然之望》。

全诗 12 行，双行押韵，韵脚形式为 ABCBDBEFGFHF，翻译时遵循原诗韵律。

②原诗此行 matter、meet 构成头韵，今分别译为"素材""遂怀"，各字对应押韵。

[法国]欧仁·布丹《大运河教堂》

新
诗

NEW POEMS

72. 玉雕璆琳①

为哈里·柯礼夫顿作

我曾听那群神经质的女人说②
她们腻歪了调色板与提琴弓。
腻歪了诗人们——穷快乐,③
因众人皆知且余者可懂:
若不采取极端手段,
飞机飞艇就会出击,
如霹力王掷落弹丸④
直至城镇夷为平地。

演尽各自的悲情戏,⑤
这边哈姆雷特气昂昂,那厢正是李尔王,
彼为奥菲丽,伊系考狄丽。
可他们,应已演到终局场,
偌大戏台快要落下了帘幕,

72. *Lapis Lazuli*

(*For Harry Clifton*)

I have heard that hysterical women say
They are sick of the palette and fiddle-bow.
Of poets that are always gay,
For everybody knows or else should know
That if nothing drastic is done
Aeroplane and Zeppelin will come out.
Pitch like King Billy bomb-balls in
Until the town lie beaten flat.

All perform their tragic play,
There struts Hamlet, there is Lear,
That's Ophelia, that Cordelia;
Yet they, should the last scene be there,
The great stage curtain about to drop,

若剧中要紧角儿尚足称说，
就别打断她们的涟涟泪珠。
她们知道哈姆雷特与李尔——皆快乐；
快乐正改变着一切的惊惶。⑥
众人已企图，已遗落或寻找，
或烬灭——燃入颅中的天堂：
悲剧演到了高潮。
饶是哈姆雷特唠叨，李尔暴烈，
而一切终局终于一齐落幕⑦
落幕在戏台千百，
未可加之一毫忽。

他们，或徒步而来，或乘筏，⑧
或骑驼骑马，赶驴赶骡，⑨
古老文明沦于剑下。⑩
文明及其智慧随之陵弱：
伽利曼裘斯之手作靡遗——⑪
斯人勒石其如镂之吉金，
所镌之衣缕，视之如翻飞
在海风吹拂之一角——靡有立存；⑫
他那长长的灯罩塑如纤秆
以举修棕，立之一日犹未过，⑬
一切倾覆又重建，⑭
而那重建之人——也快乐。

If worthy their prominent part in the play,
Do not break up their lines to weep.
They know that Hamlet and Lear are gay;
Gaiety transfiguring all that dread.
All men have aimed at, found and lost;
Black out; Heaven blazing into the head:
Tragedy wrought to its uttermost.
Though Hamlet rambles and Lear rages,
And all the drop-scenes drop at once
Upon a hundred thousand stages,
It cannot grow by an inch or an ounce.

On their own feet they came, or on shipboard,
Camel-back, horse-back, ass-back, mule-back,
Old civilisations put to the sword.
Then they and their wisdom went to rack:
No handiwork of Callimachus,
Who handled marble as if it were bronze,
Made draperies that seemed to rise
When sea-wind swept the corner, stands;
His long lamp-chimney shaped like the stem
Of a slender palm, stood but a day;
All things fall and are built again,
And those that build them again are gay.

两个中国佬，其后跟着第三个，⑮
镌于璎琳之上，
头上飞着长足雀，⑯
乃是长寿之象；
这第三位，无疑是个仆人，
携来乐器一件。⑰

每道褪色的石纹⑱
每处无意的裂痕，或凹陷，
似流水倾泻，似雪山崩析，
或似犹然积雪的玉嶂，
虽无疑有梅花或樱枝⑲
香沁了半山的小栈房——⑳
那是这三人拾级所向，而我
乐于想象他们打坐此处；
此处，他们凝望山巅还有天末
凝望那所有悲伤的戏剧。
一人请以悲弦，
于是兰指初拨。
他们眼中满是皱纹啊，他们的眼！
他们古老的明眸——真快乐。

Two Chinamen, behind them a third,

Are carved in Lapis Lazuli,

Over them flies a long-legged bird,

A symbol of longevity;

The third, doubtless a serving-man,

Carries a musical instument.

Every discoloration of the stone,

Every accidental crack or dent,

Seems a water-course or an avalanche,

Or lofty slope where it still snows

Though doubtless plum or cherry-branch

Sweetens the little half-way house

Those Chinamen climb towards, and I

Delight to imagine them seated there;

There, on the mountain and the sky,

On all the tragic scene they stare.

One asks for mournful melodies;

Accomplished fingers begin to play.

Their eyes mid many wrinkles, their eyes,

Their ancient, glittering eyes, are gay.

◎注释：

①此诗完成于 1936 年 7 月 25 日，被叶芝自认为"或许是近年来最好的作品"，也是叶芝众多诗作中唯一直接取材于中国文化的作品，诗行中糅合了叶芝对东西方对待文明、战争、毁灭以及艺术与生命态度的诸多哲思，最初发表在 1938 年 3 月的《伦敦信使》杂志上。1935 年 7 月 4 日，已经过了 70 大寿的叶芝收到了青年诗人哈里·柯礼夫顿(Harry Talbot de Vere Clifton, 1907—1979 年)赠送的珍贵礼物———一件中国乾隆皇帝御用的青金石山子，据说当时的估价就达到两三百英镑。接此厚礼，叶芝显然是十分高兴的，隔日(7 月 6 日)他连续写了三封信分别给多萝熙·薇尔丝丽夫人、格温妮丝·福登以及埃德蒙·杜拉克，信中都提到了这件礼物，兴奋之情溢于言表。一年后，叶芝写成此诗，回赠给柯礼夫顿。

据考证，这件玉雕山子加上雕花木座共高 12 英寸(30.7 厘米)，正面雕刻中华文化中的传统题材"携琴访友"，所镂主、客及琴童三人，及山水、亭台、松石等皆栩栩如生，背面则有双鹤，一鹤立树下，一鹤飞天，并铭有清朝乾隆皇帝的一首御制诗："绿云红雨向清和，寂寂深山幽事多。曲径苔封人迹绝，抱琴高士许相过。"(《叶芝心/眼里的中国》，傅浩)

诗题 Lapis Lazul 是拉丁语，意为玉石青金。青金又名天青石，原产地在中亚之巴达克山，为一种深蓝玉石，其色如青天，又往往含有白点状方解石成分，似群星缀于天上，故名。青金石在我国历来作为石雕工艺的珍贵材料，颇受达官贵人的青睐。Lazul 的英文名通常写作 lasurite，无论是 Lazul 还是 lasurite，均取青金在波斯语之名称 lájwurd 转译。据我国地质科学史泰斗章鸿钊先生考证，青金石在我国古代曾被称为"璆(qiú)琳"，其音与波斯语之"拉求哇尔"、阿拉伯语之"拉求尔"、印度语之"雷及哇尔"或出同源(《石雅》，章鸿钊)。叶芝既在题中用 Lapis Lazul 这一拉丁语写法而不是直接用英语的译名，其本意或取青金之雅称而显珍视，故今以此石在中国之雅称译诗题为"玉雕璆琳"，以求音义合璧。

全诗共 56 行，分 5 个诗节，大体上采取交韵，韵脚形式为 ABAB……翻译时遵循原诗韵律。

②这一诗节中，叶芝将场景设在 20 世纪 30 年代战争阴云笼罩的欧洲大陆，以兆示人类文明毁灭已开启了新的轮回。而"那群神经质的女人"象征热衷政治的人，他们

冀望采取极端手段来以暴制暴，兼有指喻茉德·冈的意味。

③叶芝在这 2 行借"调色板""提琴弓"与"诗人"等意象元素分别提喻美术、音乐与文学创作，借以表达永恒的艺术与现实中人们热衷政治而不顾由之带来的毁灭这两者之间的矛盾。又，原诗在此行及以下各节中均以表示"快乐"之意的 *gay* 一词来表明自己在不同对比事物中的取舍，因为叶芝认为只有"快乐"才能破除人类文明的悲剧宿命，故以下凡称"快乐"之人之事，其所代表的观点即为作者所认同，具有鲜明的语汇规则化特征。

④原诗此行 *Billy* 是英语"威廉"一名的昵称，*King Billy* 在此语带双关，既指英王威廉三世，又指德皇威廉二世。前者在 1690 年的波义尼战役中使用炸弹击败了代表天主教势力的詹姆斯二世，后者则在硝烟尚未散尽的第一次世界大战中使用齐卜林飞艇轰炸了伦敦。这两位国君在战争中不择手段，造成重大毁灭，故在此音译为"霹力王"。

⑤这一诗节中，叶芝借莎士比亚笔下的人物作为象征主义元素，进一步阐发了上一节的观点。他将莎翁笔下英雄的哈姆雷特与李尔王与上节所言及"神经质的女人"之代表奥菲丽(莎士比亚悲剧《哈姆雷特》中人物)、考狄丽(莎士比亚悲剧《李尔王》中人物)作对比，表明自己立场的取舍。此节之所以引用大量莎士比亚作品中的人物，或因莎士比亚之名也为"威廉"(参见注④，事实上叶芝本人的全名中也有"威廉")，这也体现了叶芝晚期风格中行文貌似思维跳跃，实际又暗含逻辑关联的特点。

⑥叶芝在《拙作总序》的"风格与态度"一节中曾说："昔闻格雷戈里夫人曾拒演某些摩登戏，并云'悲剧对将死之人必须为一件乐事'。"

⑦原诗此行中 *scenes*, *once* 押韵，又搭配相同的 *drop* 一词，以作警语。译为"一切终局终于一齐落幕"，增益其韵。

⑧这一诗节中，叶芝阐释了他深信不疑的人类文明周期论的观点。叶芝受基督教以及东方轮回学说等复杂的宗教思想影响，认为人类的文明呈现周期性循环特征，第一个周期始于公元前 2000 年至公元元年基督降生，其主导文明是古希腊文明，第二个周期始于基督降生至公元后第二个千年为止，其主导文明则为基督教文明，而自己所处的时代正是第二个周期的最后阶段，是以人类文明即将面临毁灭。此行中"他们"指第二周期中交替勃兴的分属不同文明之人类。

⑨"骑驼""骑马""赶驴""赶骡"分别借指古埃及人、阿拉伯人、基督教徒和伊斯兰教徒。叶芝认为这些人在文明的"第二周期"交替兴起，主导着人类文明。

⑩"古老文明"指主导"第一周期"的古希腊文明。

⑪伽利曼裘斯(Callimachus)，公元前5世纪古希腊雕塑家，弓钻的发明者，设计了以莨苕叶为装饰元素的科林斯柱式，据说雅典卫城厄瑞克忒翁神庙之女神像柱正是他的大作。但他的作品往往因精巧过度而遭损毁，至今大多无存。因这首诗主题为玉雕，故叶芝联想到这位并无多少实物作品流传于世的古希腊雕塑家，并用他来阐发古希腊文明已无孑遗之意，"第一周期"之人类文明毁灭殆尽。

⑫伽利曼裘斯擅长用自创的弓钻在大理石上雕刻出帷幕般的衣纹，塑造出衣带当风的人物形象。这2行诗状其技艺之精妙，暗喻古希腊文明曾经的辉煌。此行最后一个单词 stands 接此节第5行 No handiwork of Callimachus，意为伽利曼裘斯之手作已无存立。

⑬在古罗马地理学家帕萨尼亚斯(Pausanias)所著之《希腊志》中记有伽利曼裘斯曾为厄瑞克忒翁神庙打造了一只金质座灯，形如一株修长铜杆支撑的棕榈，一直延伸至屋顶。此物今已不存，故云 stood but a day，意为站立不过一日，为押韵译以"立之一日犹未过"，原诗以此象征古文明的辉煌是暂时的。

⑮这一诗节开始，叶芝将视角转到玉雕本身，他按照自己的理解对雕刻内容进行了描绘并有所兴发。总体来说，叶芝认可这件中国工艺品所表现的平和、欢活而富有东方智慧的气质。如1935年7月6日他在致薇尔丝丽夫人的信中就讲到：玉雕上刻着"一座高山，上有庙宇、树木、幽径以及一僧一徒。这苦行僧、门徒、顽石，乃感性东方之永恒主题。然而，我错了，东方永远有自己的解决方式，故此他们毋须知晓何为悲剧。是我们，而非东方，必须发出那英雄的呐喊。"他大概认为这种来自东方的达观精神，是人类在文明颠覆中又重建这一循环过程中所亟需的禀赋。当然，按照傅浩先生考证，叶芝对玉雕所刻画的"携琴访友"这一中国传统题材的内涵谈不上有多深的理解，诗中有关描写明显因袭英国汉学家阿瑟·韦利(Arthur D. Waley, 1889—1966年)所译白居易之《游悟真寺诗一百三十韵》的诗境(《叶芝心/眼里的中国》，傅浩)，而这首诗实际上和玉雕所表现的意境并无直接关联。按照中国传统艺术中"携琴访友"的表现范式，玉雕所刻画的前行二人应是一主、一客两位高士，而非叶芝臆断的"苦

行僧"和"门徒"。此外必须指出，叶芝在这一行用 *Chinaman* 称呼玉雕上雕刻的人物，可译为"中国佬"，语带轻视，流露出他老年时期性格上的孤傲。

⑯"长足雀"即仙鹤，玉雕背面刻有两只仙鹤，其中一只飞于天上，故称"头上飞着长足雀"。

⑰对玉雕上抱琴之琴童形象，最初叶芝并不理解，后来在较为了解中国艺术的埃德蒙·杜拉克指点下才知道童子所抱之物是中国的乐器古琴。

⑱这一诗节中，叶芝带着自己的视角进入玉雕所镌刻的东方文化场景中，手法颇类济慈的名诗《希腊古瓮颂》。

⑲玉雕所刻树木其实是松树，寓意"松鹤延年"。但松针团簇之形状好似花朵，因此叶芝误以为"无疑是梅花或樱枝"。

⑳原诗此行 *half-way house* 指欧洲常见的建于旅途半路供旅行者、登山者歇脚的旅行小屋，此系叶芝因文化背景不同导致的误解。玉雕所刻其实是半山腰的一座凉亭，这也是中国山水主题常有的元素。这座小凉亭曾让叶芝先后产生不同的解读，他一开始曾以为是一座寺庙，故按照白居易《游悟真寺诗一百三十韵》的英译来构思自己的想象。

73. 拟日本诗意①

此有一事古来稀——
人生七十吾已度。②
(欢呼春花于春日,
只为春日复回归。)③
人生七十吾已度,
未为褴衫叫化儿。
人生七十吾已度,
少小老大七十春,
吾亦未尝鼓舞悦欢欣。

73. *Imitated from the Japanese*

A most astonishing thing—
Seventy years have I lived;
(Hurrah for the flowers of Spring,
For Spring is here again.)
Seventy years have I lived
No ragged beggar-man,
Seventy years have I lived,
Seventy years man and boy,
And never have I danced for joy.

◎注释：

①此诗定稿于 1937 年 10 月 30 日。1936 年 12 月底，叶芝曾将此诗的初稿寄给多萝熙·薇尔丝丽夫人，表示此诗脱胎于"一首赞咏春天的日本俳句之散文体翻译"（见《论诗信简：叶芝致多萝熙·薇尔丝丽》[*Letters on Poetry from W. B. Yeats to Dorothy Wellesley*]）。关于写此诗时叶芝究竟参考了哪首日俳这一重要问题，理查德·芬纳阮在《新编叶芝诗集》中断言叶芝是看了 1932 年出版的英文版《古今俳句选(*An Anthology of Haiku Ancient and Modern*)》中名为 Gekkyo 的俳人之作品而写这首诗的。这首俳句的日文原文虽已失考，但在《古今俳句选》中被日本学者宫森麻太郎以"散文体"翻译成以下这个样子：

> My longing after the departed Spring
>
> Is not the same every year.
>
> （春逝后，我的期盼，岁岁都不同。）

考证这首俳句的作者 Gekkyo 应系江森月居(1756—1824 年)。此人生于日本京都，号竹巢、三果园，有《续鸟集》《月居七部集》等传世。他是江户中后期有名的俳人，在当时曾和井上士朗、铃木道彦并称"宽政三大家"，也是一代俳偕宗师与谢芜村门下高足。

宫森氏在这首俳句的译注中解释俳旨："季节更替年年相同，所不同的是诗人随岁月而增的感触。"他还专门提及这首俳句的内涵其实源自一句中国的古诗："年年岁岁花相似，岁岁年年人不同。(《代悲白头吟》，刘希夷)"由此可见，唐诗的气象很可能才是叶芝这首诗的最终源头。可以想象，暮年的叶芝看到东方诗人如此内涵丰富而又隽永凝练的伤春之句，想必百感交集，必要将所思所感都付诸笔端了。

叶芝不懂日文，所参考的文本是散文体的英译，因此他并没有模拟俳句五、七、五的音节格律，而是写成了现在 9 行的样子，按照英诗 ABACBCBDD 的韵脚形式去安排韵脚，但诗中隐括了日俳原有的伤春感年之意，并按照自己的理解有所发挥。对中国古典文学有所了解的读者，甚至可以在字里行间找寻到唐诗的一缕淡淡气息。今乃以七言为主体译之，力求将诗中暗含之东方文化风貌尽可能地展现出来。

②叶芝写作此诗时已年满70岁，按中国人的说法，已过了"古稀之年"。诗中开头2行的表述，显然受到了中国文化的影响，或许还可视为对杜甫的著名诗句"人生七十古来稀"的一种化用。这一表述在后文中也不断重复。

③括号中的2行文字借用了江森月居俳句之诗意，其中 *flowers* 这一意象取自唐诗"年年岁岁花相似"，而同行中 *for* 又和 *flowers* 构成头韵，故译此行为"欢呼春花于春日"。

[日本]葛饰北斋《鸢尾花》

74. 情人之歌①

鸟儿思欲天堂,②
惘惘如我已不知从何欲想,③
子宫为种子所思欲。④
此刻,将同样的燕息沦灭⑤
入心,入穴,⑥
入于用力的双股。

74. *The Lover's Song*

Bird sighs for the air,

Thought for I know not where,

For the womb the seed sighs.

Now sinks the same rest

On mind, on nest,

On straining thighs.

①此诗写于 1936 年 11 月 9 日，是一首暗含情欲象征的诗。叶芝晚年热衷于情欲题材，这首诗写成后不久，他便在给多萝熙·薇尔丝丽夫人的信中写到："我的诗全都出自愤怒与情欲。"

全诗 6 行，韵脚形式为 AABCCB，遣词造句方面故意错综语汇，在短小的篇幅中营造出一种不对称的跌宕起伏之感，翻译时力求展现原诗这些特点。

②"鸟儿"在此带有性器官的隐喻。

③原诗此行 know not 措辞古雅，在老派英语中是"不知道"之意，且 know、not 音近，在行中构成近似叠音的效果，以带叠音的"惘惘不知"一语对译。叶芝又在此行故意颠倒语序，前置突出 thought for 这一动词短语，以凸显与上一行 sighs for 同结构排比的效果。因此，译文将"惘惘不知"分拆以对应原诗手法。

④原诗此行正常语序应为 the seed sighs for the womb，通过将 sighs for 一语拆开分别放于诗行的首尾，造成句法的变化以丰富诗句的表达，故译文采取被动语态颠倒词序。前 3 行大意是将鸟儿对天堂、种子对子宫的欲望与"我"不知何从的欲望做对比。

⑤"燕息"即休息之意，语本《诗经·小雅·北山》之"或燕燕居息"，"燕"在此通"安"。今以此译原诗 rest 一词，以求字面上贴合前后文中的 bird（鸟）、nest（巢）等关于禽类的意象。又，原诗最后 3 行将 sink on 这一短语分拆入 3 行之中，有"沉沦到"之意味，这一手法颇类中国古典诗体中的"离合体"。

⑥原诗此行 nest 带有性器官的隐喻。

75. 美丽崇高之物^①

美丽崇高之物：欧李尔瑞的高贵头颅。^②
艾贝戏台上的先父，他面对狂热之群，^③
说："这圣徒国土……"待到掌声消尽——
他美丽的俏皮头颅向后甩——"……的泥糊圣徒。"
斯坦迪士·欧格瑞狄撑着两张桌^④
对着一位醉酒的看官慷慨高论。
奥古丝塔·格雷戈里坐于她鎏金的大班桌，^⑤
八秩冬景渐临的她说："昨儿那人威胁要我命。
我告诉他每晚六到七点，我就坐在这张桌，
扯上百叶窗。"茉德·冈在豪士车站把列车等候，^⑥
那个派拉司·雅典娜挺着脊梁骨和高傲的头颅：
奥林匹亚之众神！那往事，还复有人知否？^⑦

75. *Beautiful Lofty Things*

Beautiful lofty things: O'Leary's noble head;

My father upon the Abbey stage, before him a raging crowd:

"This Land of Saints," and then as the applause died out,

"Of plaster Saints"; his beautiful mischievous head thrown back.

Standish O'Grady supporting himself between the tables

Speaking to a drunken audience high nonsensical words;

Augusta Gregory seated at her great ormolu table,

Her eightieth winter approaching: "Yesterday he threatened my

life.

I told him that nightly from six to seven I sat at this table,

The blinds drawn up"; Maud Gonne at Howth station waiting a

train,

Pallas Athene in that straight back and arrogant head:

All the Olympians; a thing never known again.

◎注释：

①此诗写于 1937 年，叶芝在诗中列举了欧李尔瑞、老叶芝、欧格瑞狄、格雷戈里夫人以及茉德·冈等 5 位自己认为具有"美丽、崇高"品行的人。

全诗 12 行，是叶芝所作不多的自由体诗歌之一，翻译时兼顾原诗形制。

②欧李尔瑞，参见《一九一三年九月》注③。叶芝的父亲曾为欧李尔瑞画过肖像画。

③叶芝的父亲约翰·巴特勒·叶芝(John Butler Yeats, 1839—1922 年)是一位肖像画家。1907 年，他曾在艾贝剧院卷入《西部浪子》一剧风波的关键时刻登台演讲，为该剧和剧作者沁孤辩护。以下 3 行所描绘的便是老叶芝在戏台上慷慨陈词的场面。

④斯坦迪士·詹姆斯·欧格瑞狄(Standish O'Grady, 1846—1928 年)，爱尔兰历史学家、作家，爱尔兰文学复兴运动最重要的理论家之一，被誉为"爱尔兰文学复兴之父"，著有《爱尔兰史：英雄的纪元》等。以下 2 行诗描述的场景取自 1899 年 5 月他在爱尔兰文学剧院的纪念晚宴上发表即兴演讲。

⑤以下 4 行半描写的是 1922 年格雷戈里夫人受到庄客威胁一事。当时正是爱尔兰内战期间，庄客威胁她要以暴力夺取廓园的土地，但年近八旬的格雷戈里夫人并没有丝毫屈服。

⑥以下 3 行叶芝回忆了 1891 年 8 月第一次向茉德·冈求婚遭拒后，陪茉德同游都柏林郊外豪士崖的场景，参见《白鸟》注①。

⑦原诗此行后半用强否定语气，决绝中掩藏着对故人、往事的无限伤怀，直译则为"一件事再也无人知"。今译为反问句，增其缠绵缠绵之意味。

76. 帕内尔^①

帕内尔一路往下走，他对一个欢呼的人说：^②
"爱尔兰会得到她的自由，而你还得劈石头。"^③

76. *Parnell*

Parnell came down the road, he said to a cheering man:
"Ireland shall get her freedom and you still break stone."

◎注释：

①此诗作于 1937 年 1 月，初发表在 1938 年 3 月的《伦敦信使》上，原题作"断想：帕内尔"，是一首讽刺诗。查尔斯·帕内尔（Charles S. Parnell，1846—1891 年），19 世纪后期爱尔兰著名政治家、爱尔兰民族党和议会党的领导人、民族主义自治运动领袖。他曾被称为"爱尔兰的无冕之王"，其一生可谓"誉满天下，谤满天下"。他与爱尔兰的芬尼亚党结盟，担任"大不列颠地方自治联盟"主席，猛烈抨击英国在爱尔兰的土地殖民政策，鼓吹土地改革，扩大了民族自治运动的群众基础。同时，以其大英帝国下议院爱尔兰派领袖的身份，在议院政治中通过一系列合纵连横的手段，得到格莱斯顿首相及其领导的自由党的支持，从而出台了第一个爱尔兰自治法案。后因与一位支持者的妻子通奸引发轩然大波而身败名裂。帕内尔为人具有非常鲜明的个性，叶芝在致多萝熙·薇尔丝丽夫人的一封信中曾表示这首诗就"包含了帕内尔真实说过的一句话"，而叶芝本人曾自称为"帕内尔派分子"。

②原诗此行 *came down the road* 在这里的语境中有"走下坡路"的意味，语带讥讽。

③受英国殖民政策影响，当时的爱尔兰社会生产长期处于较低水准，工业发展缓慢，唯有石材资源较丰富，特别是在爱尔兰大饥荒之后，人们为了糊口，往往只有去采石场做苦力。在当时的英国提及爱尔兰人，通常就会联想出采石场苦力的形象。

77. 古石架①

政治家，好说话，
说起假话瘪扭扭。
记者们，编假话
掐你颈，扼你喉。
那就喝啤酒待在家
且让街坊把选票投。
　　说话之人披挂金胸铠②
　　在古石架下。

因为现下和将来
生在这阴沟，
没人分得清谁是有福人，
从那路过的众混球。
若把愚蠢接上优雅

77. *The Old Stone Cross*

A statesman is an easy man,
He tells his lies by rote;
A journalist makes up his lies
And takes you by the throat;
So stay at home and drink your beer
And let the neighbours vote,
Said the man in the golden breastplate
Under the old stone Cross.

Because this age and the next age
Engender in the ditch,
No man can know a happy man
From any passing wretch;
If Folly link with Elegance

没人分得清哪头是哪头。
　　说话之人披挂金胸铠
　　在古石架下。

然而不着调的戏子③
实在最让我怒冲冲，
他们说要更像人样得
靠拖沓、哼唧和嘟哝。
真不知都是啥怪家伙
把得意的圈子簇捧。
　　说话之人披挂金胸铠
　　在古石架下。

No man knows which is which,

Said the man in the golden breastplate

Under the old stone Cross.

But actors lacking music

Do most excite my spleen,

They say it is more human

To shuffle, grunt and groan,

Not knowing what unearthly stuff

Rounds a mighty scene,

Said the man in the golden breastplate

Under the old stone Cross.

◎注释：

①此诗写于 1937 年 4—6 月，1938 年 3 月先后发表在《民族周刊》和《伦敦信使》两种杂志上。

全诗 3 节，每节 8 行，其中前 6 行隔行押韵 ABCBDB，每节末两行重复无韵，翻译时遵循原诗韵律。

②"说话之人"或指公元 871 年葬于斯莱戈附近之鼓崖的康族战士德纳德哈奇。叶芝在《凯尔特的薄暮》中提及鼓崖有一处非常古老的墓园，并引用载于爱尔兰古史《四师年鉴》中的一段韵文："一位康族的虔诚士兵安卧在鼓崖的榛木十字架下。"他写到："不久前，一位老妇人夜里去教堂墓地做祷告的路上，看见了一个身披盔甲的男人站在她面前问她要去哪儿。那就是'康族的虔诚士兵'——当地的智者说，仍旧怀着古时候的虔诚看护着墓园。"在此诗中，叶芝或借德纳德哈奇这一虔诚的古代守墓战士之口，表达对现实社会问题的批判，以及对爱尔兰传统秩序的怀念。

③叶芝说自己讨厌演员朗诵诗歌，他曾批评过明星演员赫荣·艾伦和弗洛伦丝·法尔的诗歌朗诵方式，见于《论诗信简：叶芝致多萝熙·薇尔丝丽》以及叶芝在《大钟楼之王》剧本的注释。

乱
辞

LAST POEMS

78. 班磅礴山下①

一

誓言谨以圣贤之所言——②

在玛瑞缇克圣湖之畔③

此地阿特蕾丝女巫所素知,④

所言且使神鸡一啼。⑤

誓言谨以那骑马仙军,谨以那女神——⑥

肤色骨相显非凡人,

那白皙、修容的群体,

那永生之气,

完满是其热忱所赢。

此刻彼辈驾驭冬日之黎明,

班磅礴神山映背景于斯地。⑦

以下是彼辈开示之要义。

78. *Under Ben Bulben*

I

Swear by what the sages spoke

Round the Mareotic Lake

That the Witch of Atlas knew,

Spoke and set the cocks a-crow.

Swear by those horsemen, by those women

Complexion and form prove superhuman,

That pale, long-visaged company

That air in immortality

Completeness of their passions won;

Now they ride the wintry dawn

Where Ben Bulben sets the scene.

Here's the gist of what they mean.

二

无数回，人之死死生生[8]
介乎两种永恒，
一为血脉，一为灵魂，
而古老爱尔兰知之悉尽。
无论其人寿寝床上
或为枪击而亡，
与彼所爱暂时的分离
都是糟透而可怕之事。
尽管掘墓人劳碌久长，
铁铲锐利，筋骨强梁，
然彼辈不过将所葬之人
复注以人类之精神。[9]

三

汝等曾闻米切尔之祷祝：[10]
"降兵燹于吾辈之世！呜呼我主！"[11]
知悉当一切言辞已尽讲，
当有那一人拼斗正狂，
会有物垂落他久盲的双眼，
常自我完善他的偏颇之念，
只要片时的站立稍息、
喧笑，其心即入宁谧。

II

Many times man lives and dies

Between his two eternities,

That of race and that of soul,

And ancient Ireland knew it all.

Whether man die in his bed

Or the rifle knocks him dead,

A brief parting from those dear

Is the worst man has to fear.

Though grave-digger's toil is long,

Sharp their spades, their muscles strong,

They but thrust their buried men

Back in the human mind again.

III

You that Mitchel's prayer have heard,

"Send war in our time, O Lord!"

Know that when all words are said

And a man is fighting mad,

Something drops from eyes long blind,

He completes his partial mind,

For an instant stands at ease,

Laughs aloud, his heart at peace.

甚或那无比睿智者亦渐紧张[12]
紧张带以某种暴狂——
就在他尚未践行运数，
亦未知悉其职守，亦未择其俦。

四
诗人和雕塑家，勉力职守![13]
还有那些时新的画手，
毋逃避尔显祖所勉力，
引人类之灵见于上帝，
让他将摇篮填充得当。

我辈之力肇始于度量：
构形于一位古板埃及人所思，[14]
构形于温雅的菲狄阿斯所制。[15]
米开朗基罗遗下明证[16]
在西斯廷教堂之藻井，[17]
那里只需半醒了亚当
足可撩动寰球浪荡的女郎
直教她情肠炽热。
足证有个目的被安设
设在心智的秘动之先：
俗世俗人，尽美尽善。[18]

Even the wisest man grows tense

With some sort of violence

Before he can accomplish fate,

Know his work or choose his mate.

IV

Poet and sculptor, do the work,

Nor let the modish painter shirk

What his great forefathers did,

Bring the soul of man to God,

Make him fill the cradles right.

Measurement began our might:

Forms a stark Egyptian thought,

Forms that gentler Phidias wrought,

Michael Angelo left a proof

On the Sistine Chapel roof,

Where but half-awakened Adam

Can disturb globe-trotting Madam

Till her bowels are in heat,

Proof that there's a purpose set

Before the secret working mind:

Profane perfection of mankind.

十五世纪沉浸进入绘影[19]
——背景为上帝或圣灵
之园林其为生灵所安息。
那里堪足寓目的万物——
群芳百草、无云之天宇,
视之传神乱真或尽相穷形——
且当沉眠者梦迷而半醒。
且当匿迹亡形尚在宣讲,
还梦着床架与床,[20]
那天国已开启。

　　　　螺旋复圜转;
当那益发伟大之梦已然不返,
卡尔弗、威尔逊乃至布莱克、柯莱德,[21]
——为上帝子民备好了安息,
帕谟之训谟如上,自那以往[22]
混乱扰攘我辈之思想。

五

爱尔兰诗人! 勤练手艺,[23]
去颂赞一切精制之事,
去鄙夷时下流行之类
此类全然无状彻头彻尾,
他们善忘的头脑与心脏
孽障生于孽种之床。[24]

Quattrocento put in paint

On backgrounds for a God or Saint

Gardens where a soul's at ease;

Where everything that meets the eye,

Flowers and grass and cloudless sky,

Resemble forms that are or seem

When sleepers wake and yet still dream,

And when it's vanished still declare,

With only bed and bedstead there,

That heavens had opened.

Gyres run on;

When that greater dream had gone

Calvert and Wilson, Blake and Claude,

Prepared a rest for the people of God,

Palmer's phrase, but after that

Confusion fell upon our thought.

V

Irish poets, learn your trade,

Sing whatever is well made,

Scorn the sort now growing up

All out of shape from toe to top,

Their unremembering hearts and heads

Base-born products of base beds.

去颂赞农人，而后是㉕
策蹇乡间的绅士，
僧侣之神圣，再后
是挑脚汉酒鬼们笑噱下流；
去颂赞那老爷夫人快活人，㉖
他们早被碾作了泥尘㉗
已历尽七度峥嵘世纪。㉘
将汝等心智掷入世外之日㉙
则我辈在未来时日之中
仍可做爱尔兰不屈之种。

六
班磅礴兀兀山巅下边㉚
鼓崖墓园有叶芝长眠。㉛
有位先祖是此地教长㉜
——多年以往，有座教堂静立一旁，
路边有架古老的十字。㉝
毋以美石，毋以陈辞；
于就近所采白垩之岩㉞
遵其所愿，兹言是镌：

冷眼一掷㉟
于生，于死。㊱
骑者，行矣！㊲

Sing the peasantry, and then

Hard-riding country gentlemen,

The holiness of monks, and after

Porter-drinkers' randy laughter;

Sing the lords and ladies gay

That were beaten into clay

Through seven heroic centuries;

Cast your mind on other days

That we in coming days may be

Still the indomitable Irishry.

VI

Under bare Ben Bulben's head

In Drumcliff churchyard Yeats is laid.

An ancestor was rector there

Long years ago, a church stands near,

By the road an ancient cross.

No marble, no conventional phrase;

On limestone quarried near the spot

By his command these words are cut:

    Cast a cold eye

    On life, on death.

    Horseman, pass by!

◎注释：

①此诗完成于1938年9月4日，最初题为"彼之信念"，发表在1939年2月3日的爱尔兰《时代》杂志，发表时叶芝已经与世长辞。这首诗被誉为叶芝诗歌的压卷之作，叶芝在诗中对自己的一生进行了总结和回顾，他的墓志铭便出自这首诗。傅浩先生评价这首诗是"总结了他毕生探索求证的信念，并推己及人，向后来者提出殷殷忠告"。(《叶芝评传》，傅浩)这首诗在现代主义诗风之下又带有强烈的浪漫主义情怀，其语言技巧之纯熟、内涵之丰富，置之20世纪上半叶的世界诗坛，足称不朽之作。

题中之班磅礴山(Ben Bulben，又译为"本布尔本山")是叶芝故乡斯莱戈的一座名山，它厚枕一般的山体犹如一道屏障，矗立在叶芝故乡的北境，相传这山上是许多远古凯尔特神祇的家园。在叶芝的许多诗歌中，这座神山本身就具有独一无二的象征意义。

全诗分6章，共94行，基本按照双行韵安排韵脚，翻译时遵循原诗韵律。

②全诗第1章类似引子，开示以后诗篇的思想渊源。叶芝在此章总结了自己信仰体系的两个源头：一是基督教诞生前的神秘主义宗教思想，二是植根凯尔特文化传统的爱尔兰民间信仰。此行之sages(圣贤)即指基督教诞生之前以埃及亚历山大为学术中心交融贯通的西方文明各种思想流派的先哲，诸如柏罗丁、赫尔墨斯·特利斯墨杰斯尼斯等，并以此远溯到古希腊、古罗马文明的圣贤。叶芝曾在关于这首诗的素材手稿中写到："我之所信，一如基督教诞生前千年，坐在棕树、榕树下，或积雪的岩石间的老圣贤们之所信……"

原诗此行用韵较密，swear、sages、spoke都构成头韵，又首言即用swear by，语出郑重，故以起誓之语气拟译，其中"誓言""圣贤""所言"等谐音词汇用以营造音节回环之感。

③玛瑞缇克湖即今之厄尔玛亚湖，在埃及亚历山大港的南部，历史上是新柏拉图学派起源地，被称为五大道场之一。对叶芝影响颇大的古罗马贤哲柏罗丁曾在湖滨受业于新柏拉图主义的创始人安莫尼乌斯·萨卡斯。

④雪莱在著名的八行体长诗《阿特蕾丝女巫(The Witch of Atlas)》中描述了一位名为阿特蕾丝的女巫在玛瑞缇克湖中洞察万物真伪，并顺着洞穴中的尼罗河航行，象征

着想象中的意识。当代美国著名诗人哈罗德·布鲁姆（*Harold Bloom*，1930—2019 年）在《雪莱的继承者：勃朗宁和叶芝》一文中，认为女巫这一形象"接近叶芝对人类血液和肉身的贬斥"，而叶芝自己也在《雪莱诗歌哲学》一文中将阿特蕾丝女巫所穿过的洞穴诠释为雪莱对人类之"精神洞穴""青春洞穴"和"对死亡的神秘洞穴"的隐喻。

⑤发源于亚历山大的赫尔墨斯神智学派认为，生命之树上有雄鸡，以啼鸣来兆示世界周期往复的开启。叶芝以此冀望新时代的来临。

⑥这里起誓的名义换成了媚芙女王和班磅礴山上的仙界骑士，叶芝以此标榜自己思想的另一个重要来源——凯尔特传统下的爱尔兰民间文化。叶芝在《凯尔特薄暮》中曾记载有人亲身佩宝剑、手握匕首的白衣女子从珂罗克纳热山中的媚芙女王葬身之处走出，又引用他叔叔家的老女仆玛丽·芭特尔的描述，这些绝美的女子"有些是把头发披散下来的，就像画报上睡意惺忪的淑女们……另一些穿着白色长裙，而那些把头发拢上去的则穿着短裙，所以你看得见她们的小腿……她们长相华美、神采飞扬，就像人们在山坡上见到的那些三三两两骑着马、舞着剑的男人"。（《凯尔特薄暮》第 16 章"既美且猛的女人们"，许健译）她们被认为都是媚芙女王的化身。

《凯尔特薄暮》还记载班磅礴山麓南侧高出平原几百英尺之处，有一块白色的方形石灰岩，它是仙界的大门。"它在午夜时分忽忽悠悠地开启，仙军们一冲而出……地里遍布着头戴红礼帽的骑手们，空中则充满了尖叫声……""那些不信基督教的狂野骑手们便冲上田野。"（《凯尔特薄暮》第 22 章"诱拐者"、第 29 章"鼓崖与萝西斯"，许健译）

原诗此行 *Swear by those horsemen, by those women* 押韵且构成对仗，译为"仙军""女神"对仗语。

⑦凯尔特古代史诗《芬尼亚传奇》中很多故事以班磅礴山为背景展开，著名芬尼亚英雄迪尔穆德就死在这里。

⑧叶芝在这一章中表达了对家族血统与个体、永恒与死亡之间哲学关系的思辨。

⑨叶芝笃信灵魂转世学说，认为人死后转世可以保留上一世的记忆。这一思想也带有鲜明的爱尔兰文化印记。

⑩约翰·米切尔（John Mitchel，1815—1875 年），爱尔兰民族主义者、记者。他

原是实习律师，1848 年在都柏林创办《民族》和《爱尔兰团结》报，号召起义反对英国的殖民统治，并积极组织筹备"青年爱尔兰"暴动，被逮捕后流放至澳大利亚。1853 年逃往美国，在纽约编辑《市民》日报。美国南北战争期间曾为南方政府服务，1865 年受到短期监禁。后成为在美爱尔兰侨民民族主义运动的领导人，主编《爱尔兰公民》，呼吁和英国殖民者进行斗争。回到爱尔兰后，于 1875 年当选为议员，不久逝世。其著作《狱中日记》，是爱尔兰革命的宝贵文献。

⑪祈祷者在祷辞中往往希望上帝"降和平于当世"，而米切尔在《狱中日记》中曾夸张地模仿祈祷者的语气，说"降兵燹于吾辈之世！呜呼我主！"。

⑫以下 4 行也是化用米切尔《狱中日记》中的句子。

⑬以下 2 章阐明叶芝对待文学和艺术的态度，并对后世的诗人、雕塑家、画家等提出自己的希望。

⑭"古板埃及人"指柏罗丁（Plotinus，205—270 年），又译作"普罗提诺"，新柏拉图主义的奠基人，生于埃及的吕克波利斯。233 年，在亚历山大拜安莫尼乌斯·萨卡斯为师学习哲学，为前往印度研习东方哲学而参加罗马对波斯的远征军。后定居罗马，颇受皇帝加里努斯及贵族们的赏识。其学说融汇毕达哥拉斯学派和柏拉图学派的精髓，参以东方神秘主义思想，对欧洲中世纪神学和哲学思想，以及基督教思想文化都有很深刻的影响。

⑮菲狄阿斯（Phidias，前 480—前 430 年），古希腊最杰出的雕刻家，有西方雕塑史上"第一座高峰"之美誉。他主持了雅典帕特农神庙的雕刻工程，但其艺术作品今天已无遗存，是一位没有作品传世而又享有不朽盛名的雕塑大师。他作为理想主义古典风格的开创者，对后世欧洲新古典主义艺术思潮有着深远的影响。叶芝在此用意在于使后世的艺术家多学习古希腊、古罗马的艺术。

⑯米开朗基罗（Michelangelo Buonarroti，1475—1564 年），意大利文艺复兴时期伟大的画家、雕塑家、建筑师和诗人，文艺复兴时期雕塑艺术最高峰的代表，与达·芬奇、拉斐尔并称为"文艺复兴三杰"。

⑰米开朗基罗于 1508 年 5 月至 1512 年 10 月间为梵蒂冈的西斯廷礼拜堂大厅绘制了一组气势磅礴的天顶巨画，以《圣经》为题材，名为《创世纪》。其中最著名的一幅为

《创造亚当》，绘上帝将灵魂的火花赋予亚当形体那一瞬间的场景，用亚当那将生未生的形体寄寓丰富的人文主义精神。

⑱原诗此行 *Profane perfection of mankind* 直译为"人类世俗之完美！"表达了叶芝鲜明的人本主义倾向。其中 *profane*，*perfection* 可视为谐音近形，今译为"俗世俗人，尽美尽善"，差拟其构语之形。

⑲原诗 *Quattrocento* 意为"十五世纪"，尤指意大利的文艺复兴前期。以下这一节描述当时欧洲绘画艺术的特点。那时崇尚宗教之美，所绘作品多以静态的园林为背景，描绘宗教题材，塑造人物往往是上帝与圣徒的形象。董伯韬曾译 *Quattrocento* 为"夸琢鲜特派"，音义兼备，别具一格。

又，此行 *put in*，*paint* 谐音近形，译为押韵词"沉浸""绘影"。

⑳柏拉图在其名著《诗学》中针对文艺和现实关系的问题有过一个著名的比喻。他将物质世界的真实事物比作床，这张真实的"床"只是理念世界中"床"这一概念（比如某种满足人睡觉、休息之物）的摹本，而艺术作品则是这个"摹本的摹本"，因为艺术家临摹的真实事物只是"床"这个概念的外形，"和真理隔着三层"。（《诗学》，罗念生译）柏拉图用这个比喻抹杀了文艺作品的真实性，叶芝在此委婉地表达了批判。

㉑叶芝在此提到了卡尔弗、威尔逊、布莱克、柯莱德等四位具有浓郁古典主义风格特色的画家，且他们的名字在英语音节上两两对仗。从汉语角度卡尔弗、威尔逊中间各有一"尔"字，布莱克、柯劳德中间各有一"莱"字，均可视为对称。

爱德华·卡尔弗（Edward Calvert，1799—1883 年），英国版画家，创作上受威廉·布莱克晚年风格的极大启发，呈现出古典主义的倾向。

理查德·威尔逊（Richard Wilson，1714—1782 年），英国画家，曾游历意大利，作品题材多为意大利风景和英国乡村房舍、公园及威尔士山脉的风光，造型明确，色彩丰富，善于用光，被誉为"英国风景画之父"。

威廉·布莱克（William Blake，1757—1827 年），英国最重要的浪漫主义诗人，同时也是著名的画家和雕刻家，曾在皇家艺术学院学习美术。他的版画创作以其独特的进步内容和宗教色彩，在英国版画史上占有非常重要的地位。他的诗歌和艺术对叶芝一生的创作都产生过无比重要的影响，叶芝对布莱克的创作成就非常推崇，曾亲自选编出版过他的诗集。

柯莱德·罗兰(Claude Lorrain, 1604—1682 年),法国风景画大师,其画作善于运用光线的变化,人物刻画也十分细腻,曾从古罗马的建筑遗迹中汲取艺术养分。

㉒塞缪尔·帕谟(Samuel Palmer, 1805—1881 年),英国风景画家、版画家、作家,曾游历欧洲各国,对名胜中的古典气质感念深刻,是英国浪漫主义文艺流派的重要人物。他与威廉·布莱克是忘年之交,布莱克晚年的田园生活灵悟对其画作影响颇深,其画作往往在淡远的诗意中渲染出怀旧的哀愁,在布莱克去世后被认为是得以传承其衣钵之人。帕谟曾评论布莱克为英译古罗马大诗人维吉尔作品集所作的插画:"这画拉开了肉体之帷帷,张开了最神圣勤勉的圣徒之所窥,那唯存于上帝子民之安息。"[引自《帕谟之生涯与文章》(The Life and Letters of Samuel Palmer)]此处"安息"一词语出《圣经·新约·希伯来书》第 4 章第 9 节:"这样看来,必另有一安息日的安息,为神的子民存留。"

又,原诗此行 Palmer's phrase 有类似视韵的效果,今译为"帕谟之训谟"。

㉓以下这一诗章寄语后世的爱尔兰诗人,也阐明了自己对文学及诗歌的价值取向。

㉔这里"床"是诗歌以及文艺作品的比喻,参见注㉒。

㉕叶芝在以下 7 行中列举了希望后世诗人歌咏的题材:农民、乡绅、僧侣、下里巴人以及合乎爱尔兰文化传统的贵族阶层,这也是他极力拥戴爱尔兰传统农业社会秩序这一理想观念的集中体现。

㉖此行化用英国大作家沃尔特·司各特爵士(Sir. Walter Scott, 1771—1832 年)《猎歌》一诗中的句子:"Waken, lords and ladies gay!(醒醒,老爷夫人快活人!)"其中 lords and ladies gay 是传统上对贵族们的称呼。

㉗此行化用爱尔兰爱国主义作家弗兰克·奥康纳(Micheal Francis O'Connor O'Donovan, 1903—1966 年)的诗句:the earls, the lady, the people beaten into clay(公侯命妇和百姓,都被碾作泥尘)。其背景是 1649 年英国执政者克伦威尔率领远征军征服了爱尔兰,其间英军在爱尔兰的多座城市展开了残酷无情的杀戮,经此以后爱尔兰传统意义上的天主教贵族基本遭到清洗,许多地主也丧失了土地。叶芝将这些贵族视为

爱尔兰传统的代表。

㉘"七度峥嵘世纪"意指公元 12 世纪爱尔兰被诺曼人征服以来，直到 20 世纪之间 700 余年风云激荡的历史。

㉙原诗此行 *other days* 一语或仿德鲁伊教之 *The Other World*(旁外之世)而来，指另一个世界的时间，参见《蜉蝣》注②，今译为"世外之日"。

㉚末章回归现实，在诗中安排了自己身后之事。整章语句看似平易，但内蕴绵长、音节雄浑，最后三行更是作为墓志铭镌刻在斯莱戈鼓崖墓园中威廉·巴特勒·叶芝的墓碑之上，瞻仰凭吊之人至今不绝道路。原诗这一行 *bare Ben Bulben* 谐音押韵，造语颇具巧思，今译此行为"班磅礴兀兀山巅下边"，"磅礴"联绵，"兀兀"叠音，"班""巅""边"同韵。

㉛原诗此行 *Drumcliff* 在盖尔语中意为"柳焰之山脊"，本是斯莱戈北面一处高地，在班磅礴山之南，上有叶芝家族的墓园。叶芝将其名转写为英语，袁可嘉先生译作"鼓崖"，颇为文雅。

㉜鼓崖之上有座教堂，叶芝曾祖父约翰·叶芝在 1811 年至 1846 年间曾担任这一教区的教长，并主持这座教堂。

㉝鼓崖上有古代康族战士德纳德哈奇的墓地，有座十字架。参见《古石架》注②。

㉞叶芝故乡盛产白垩岩石。1939 年 1 月 26 日，诗星陨落，73 岁的叶芝病逝于法国的开普马丁，安厝在罗布克吕纳。7 年之后的 1948 年 9 月 17 日，遵叶芝遗愿，其骸骨由爱尔兰政府派遣海军军舰护送回爱尔兰，迁葬在故乡的鼓崖墓园——他祖辈长眠之地，并以家乡所产的白垩岩为墓碑。迁葬仪式由时任爱尔兰外交部长的肖恩·麦克布莱德主持，他的另一个身份是叶芝一生的苦恋茉德·冈的儿子。

㉟以下三行作为墓志铭被镌刻在鼓崖墓园叶芝的墓碑上。在叶芝 1938 年 8 月 15 日写给多萝熙·薇尔丝丽夫人的信中有这首诗的初稿，其中此行之上原本还有一行"提缰，提气"。

㊱墓志铭前二行为省略成分的跨行句，全句实为"*Cast a cold eye on life，cast a cold eye on death.*"直译为"掷冷眼于生，掷冷眼于死。"

㊲全诗的最后一行带有丰富的多义性。*horseman* 既可以指首节提到的"骑马的仙

军", 以隐喻凯尔特传统文化的民间信仰; 又因叶芝推崇传统的骑士精神, 可用 *horse-man* 比喻理解和支持叶芝毕生信仰的同道(参见《在戈尔韦赛马场》注②); 同时亦可作为诗人自称, 因为在叶芝信奉的古希腊传统中, 诗神珀珈索司正是一匹生有双翼的白马(参见《万事艰难亦痴魔》注②)——叶芝在这首总结一生的诗中乃以驾驭诗神的"骑者" 自居, 并镌入墓志铭, 带有他作为大诗人当仁不让的一份自矜。

另, *pass by* 一语用现在时态, 可视作祈使语气, 勉励来者之勇敢前行, 亦可视为一般现在时, 表明正在经行以追求自身的理想, 且 *pass* 一词又有过往之意, 作为墓志铭, 片羽之辉, 情怀无限。同时, 音节也与前两行一样, 形式对称而铿锵有力。此中妙义, 殊难尽译, 唯译作骈语"骑者, 行矣!" 虽未臻尽美, 稍能兼顾各义。

《班磅礴山下》 寸缄 绘

79. 长足之虻^①

为教文明不至沦灭、
大战常捷，
让犬宁歇，将马系付
远桩羁绁。
恺撒主公在牙帐中^②
舆图铺开，
他双目凝视着虚空
一手托腮。^③
似一长足之虻悬乎渊上
彼所思兮动乎静中。^④

为教绝顶丛楼焚燎、^⑤
花颜永忆，
轻行尔步，若尔非要

79. *Long-Legged Fly*

That civilisation may not sink,

Its great battle lost,

Quiet the dog, tehter the pony

To a distant post;

Our master Caesar is in the tent

Where the maps are spread,

His eyes fixed upon nothing,

A hand upon his head.

Like a long-legged fly upon the stream

His mind moves upon silence.

That the topless towers be burnt

And men recall that face,

Move most gently if move you must

行此绝地。
她，一分女人、三分稚子，还道⑥
无人得见。她那效行
贩夫拖曳步履之双足
——学步市井。⑦
似一长足之虹悬乎渊上
伊所思兮动乎静中。

为教怀春少女寻觅⑧
心中那个亚当初爱，
快阁上教皇的偏祠，
孩童勿进来。
那脚手架上端坐着
米开朗基罗。⑨
挥手无声唯闻鼠鸣——
他笔走盘礴。⑩
似一长足之虹悬乎渊上
彼所思兮动乎静中。

In this lonely place.

She thinks, part woman, three parts a child,

That nobody looks; her feet

Practise a tinker shuffle

Picked up on a street.

Like a long-legged fly upon the stream

Her mind moves upon silence.

That girls at puberty may find

The first Adam in their thought,

Shut the door of the Pope's chapel,

Keep those children out.

There on that scaffolding resides

Michael Angelo.

With no more sound than the mice make

His hand moves to and fro.

Like a long-legged fly upon the stream

His mind moves upon silence.

◎注释:

①这首诗写于 1937 年 11 月至 1938 年 4 月间,定稿之日或在 1938 年 4 月 11 日,带有叶芝对西方现代艺术中立体主义(Cubism)风格的尝试。长足虻(Long-Legged Fly),双翅目长足虻科昆虫,外表多呈蓝或绿色,带有金属光泽。因其形小,常能栖停在静止的水面上。

全诗共 3 个诗节,对应象征文明、毁灭与永恒三种不同意象,又各有引申。每节 10 行,前 8 行隔行安排韵脚,每节最后 2 行大体重复,翻译时基本遵循原诗韵律。

②盖乌斯·尤利乌斯·恺撒(Gaius Julius Caesar,前 100—前 44 年),罗马共和国杰出的政治家和军事统帅,罗马帝国的奠基者,著有《高卢战记》。这一整个诗节用恺撒这一古罗马文明的代表性人物,来提喻整个西方文明。

③以上描写截取了代表西方文明源头之一古罗马的恺撒,在与蛮族作战前夕运筹帷幄、成竹在胸的一个片断场景。

④每节最后 2 行所写景象非常唯美,通过截取长足虻悬停在溪流之上这一瞬时的场景,以静衬动,渲染出一种动与静、悬浮与坠落的紧张之态。在这一动一静之间,所运用的诗学技法颇类宋朝诗僧正觉的"风定花犹落,鸟鸣山更幽"一联,极尽参差起伏之妙。此节借以类比恺撒思考时在沉默与静止的时间中所蕴涵的动感,并暗指只有静止才能催生出运动这一哲学思考。

⑤此节转入象征"毁灭"的场景——依然是用到古希腊神话中特洛伊的海伦这一典故。关于原诗此行所用之 the topless towers 一语,参见《海伦在世时》注③。

⑥"她"指海伦,象征带来毁灭的女子,其事迹参见《浪游的安歌士之歌》注⑦等。在叶芝诗中,海伦往往兼有对茉德·冈的比喻。这里用"一分女人、三分稚子"形容海伦在政治上的幼稚,并以之作为毁灭之因的一种诠释。

⑦以上 3 行比喻当时宣扬暴力革命,煽动街头政治,最终引发内战的政治群体,并作为这一诗节"毁灭"主题的代表形象。

⑧这一诗节通过对"艺术"这一题材的解构,来阐释"永恒"。

⑨以上 6 行描写的是米开朗基罗在梵蒂冈的西斯廷教堂天穹顶上创作《创造亚当》

的场景，参见《班磅礴山下》注⑰。

⑩原诗此行 *hand moves to and fro* 所描写的是米开朗基罗左右挥手以作画之场景，*to and fro* 类似于并列短语，意为"来来回回"。今译以汉语并列词"盘礴"，可形容米开朗基罗之画作"高大、雄伟"，亦可指其手绘动作之"左右徘徊"，合乎诗意。

80. 黑塔楼①

话说那汉子们在古之黑塔楼，②
虽则渠辈食如羊倌食，
钱已花光，酒已馊，
而战士所需无阙遗。
若辈俱乃守誓人：
兀那旗来毋得进!③
那墓中有逝者挺立，④
但风吹来从这海垠：
风咆哮时他们颤震，
古之骸颤震在山际。

兀那旗来威逼或是行贿，
或悄言有一人是个傻子
这人，当他真命之王已被忘怀，

80. *The Black Tower*

Say that the men of the old black tower,

Though they but feed as the goatherd feeds,

Their money spent, their wine gone sour,

Lack nothing that a soldier needs,

That all are oath-bound men:

Those banners come not in.

There in the tomb stand the dead upright,

But winds come up from the shore:

They shake when the winds roar,

Old bones upon the mountain shake.

Those banners come to bribe or threaten,

Or whisper that a man's a fool

Who, when his own right king's forgotten,

犹在意是何王登基建极。
倘若他已死去很久
尔等为何这般害怕吾侪？
那墓中有月光昏垂，
但风吹来从这海垠：
风咆哮时他们颤震，
古之骸颤震在山际。

这塔楼的老庖丁登了又攀
在晨露中抓着小小的雏鸟，
当我们健壮之人平卧而眠
他誓称已听闻这王之巨角。⑤
但他只是一条谎狗：⑥
吾侪其将誓言坚守！
那墓中阴暗黑胜漆，
但风吹来从这海垠：
风咆哮时他们颤震，
古之骸颤震在山际。

Cares what king sets up his rule.

If he died long ago

Why do you dread us so?

There in the tomb drops the faint moonlight,

But winds come up from the shore:

They shake when the winds roar,

Old bones upon the mountain shake.

The tower's old cook that must climb and clamber

Catching small birds in the dew of the morn

When we hale men lie stretched in slumber

Swears that he hears the king's great horn.

But he's a lying hound:

Stand we on guard oath-bound!

There in the tomb the dark grows blacker,

But winds come up from the shore:

They shake when the winds roar,

Old bones upon the mountain shake.

◎注释：

①这首诗写成于 1939 年 1 月 21 日，被认为是叶芝生前的最后一首诗作。

全诗共 30 行，分 3 个诗节，每节最后 4 行体式相似，每节韵脚大致为 ABABC-CDEED，翻译时基本遵循原诗韵律。

②"那汉子们在古之黑塔楼"，指凯尔特史诗中大英雄芬恩和他的伙伴，帕特里克·狄斯金推断此处或化用勃朗宁的诗句。

③这里"旗"比喻政治宣传的标语等。

④乔伊斯在《古爱尔兰社会史》(*A Social History of Ancient Ireland*)中对古代爱尔兰丧葬习俗有如下介绍："有时国王和诸侯的遗体以直立之姿下葬，全副披挂，面向敌疆。"此外，在斯莱戈有古爱尔兰武士约翰·贝尔之墓，他也是以挺立之态入葬的，而且还手持着标枪。

⑤此行"王之巨角"根据叶芝研究者基士(*W. J. Keith*)的考证，其意象取自凯尔特人与不列颠人共同的史诗——《亚瑟王传奇》。亚瑟王的一群猎狗睡在诺森伯兰郡瑟文谢尔茨城堡的墓室之下，而他本人在等待某个人吹响桌上的号角，并用著名的石中剑斩断边上一条袜带。一个农民发现墓室并斩断了袜带，但并没有吹响号角。于是亚瑟王醒来，看着已归鞘的宝剑又睡下，并说：

> 灾殃降临在某凶日
>
> 愚昧之力此时诞生
>
> 拔剑者谁，袜带斩开
>
> 却不吹响角号声
>
> (*A woe betide that evil day*
>
> *On which the witless might was born*
>
> *Who drew the sword—the garter cut*
>
> *But never blew the bugle horn*)

见《约翰·霍普金斯大学学报》1960 年 2 月期。

⑥谎狗：说谎的狗，语出鲁迅。1925 年底至 1926 年初，陈西滢在《现代评论》等

刊物上发表一系列文章，捕风捉影诽谤鲁迅的《中国小说史略》系剽窃日本学者盐谷温《支那文学概论讲话》的部分内容，引发文坛哗然。后经孙俍工将盐谷氏的著作译介至中国后，真相方才大白，鲁迅遂造了"谎狗"这面旗子回敬给陈西滢，见《且介亭杂文二集》之后记。而 *lying hound* 是"说谎的猎犬"之义，典之所出见注⑤，字面意思合于鲁迅语。借而对译 *lying hound*，以丰富译文表达之内涵。

后　记

　　本书在翻译过程中，得益于著名翻译家、诗人钟锦教授与朱钦运博士，海外学者黄启深博士、舒毅博士、陈浩博士，翻译家云隐先生，当代古典诗人眭谦、曹燕河，现代主义诗人乔衍等海内外众多师友的帮助和勉励，他们对本书译笔提出的真知灼见，都化作笔墨点滴，融入了本书的字里行间。尤其是钟锦教授还在百忙之中欣然为本书做序，并题写了书名。

　　本书的部分盖尔语词汇发音及释义承蒙祖籍爱尔兰的 Aileen O'Mahony 博士的指点，她和我一样，都是叶芝诗歌的爱好者。

　　堂妹萧潇和周玉、裴明霞两位师妹审阅了部分译稿，并提出了宝贵的修改意见。

　　翻译过程中，白明路、闫赵玉、杨强等三位好友分别以传统的格律诗、词和联的形式对我鼓励，兹将他们的大作放在文后，以呈读者。我个人认为他们足以代表当代古典诗词创作的青年力量。

　　画家陈寸缄女士为本书的部分译诗配上了中国的水墨丹青，芳翰数轴虽出闺阁，亦足见胸中锦绣。这是 1936 年叶芝写下《玉雕璆琳》一诗后，他的诗歌与中国传统艺术手法的又一次结合。

　　在此，由衷感谢我母校武汉大学出版社的郭静编辑，她不辞辛劳地付出，使得这样一本看上去有些另类和冷门的诗歌译本有了付梓的可能。还要感谢武汉大学艺术学院的易栋教授，没有他的鼓励，这部书稿可能会一直躺在我电脑里，中途辍笔。

　　还有一些我不便提及姓名，但又心怀感激的人。

　　从某种意义上，这本小书其实是以上诸君和我共同的成果。当然，书中所有疏漏之处，责任完全由本人承担，望各位读者不吝赐教。

　　最后，要感谢祖国数千年语言艺术和文学技巧的积淀，这份丰厚的文化遗产让我精译叶芝晦涩而美丽的诗篇成为可能。

萧俊驰

2021 年 3 月 27 日深夜，于开若玲琅轩

诗友题赠

萧君译叶芝诗集有成，嘱题
白明路

把君述作感增欷，季世谁裁大雅辞。
文字愧交华盖运，风怀深寄叶芝诗。
三生精魄犹为我，一瓣心香岂在兹。
却引西贤来入彀，可能微意许人知。

踏莎行·题萧俊驰译叶芝诗集
闫赵玉

沧海跫音，精灵之吻。诗篇传译笺天问。
蓝鲸跳月烛波明，山川灵秘谁堪讯。

上帝无言，繁星黯陨。时间一夕焚成烬。
炉边掩卷梦沉酣，昔年心迹凭相认。

题萧俊驰新译叶芝诗集联
杨 强

生则以诗鸣，死则以诗闻，侧欧罗巴文雄其间，
奈孤怀渺渺，难起九原，莽然亚国绿野，孰向遗编解微旨；

世隔百馀载，地隔万馀里，自班磅礴山鬼去后，
幸两意冥冥，若合一契，乐乎禹甸爱林，绝怜异代有知音。